Geniul inimii

Cartea iluminărilor mele

心灵的守护神

我的启悟书

［罗马尼亚］奥拉·克里斯蒂 著

丁 超 译

山东教育出版社

Geniul inimii
Cartea iluminărilor mele

© Aura Christi
© Fundația Culturală Ideea Europeană
All rights reserved.

图书在版编目（CIP）数据

心灵的守护神　我的启悟书 /（罗）奥拉·克里斯蒂
著；丁超译. —济南：山东教育出版社，2019.11
ISBN 978 - 7 - 5701 - 0696 - 7

Ⅰ. ①心… Ⅱ. ①奥… ②丁… Ⅲ. ①诗集－罗马尼
亚－现代　Ⅳ. ①I542.25

中国版本图书馆CIP数据核字（2019）第163133号

山东省著作权合同登记号：15-2019-281号

XINLING DE SHOUHUSHEN　WO DE QIWU SHU
心灵的守护神　我的启悟书
［罗］奥拉·克里斯蒂　著　丁超　译

主管单位：山东出版传媒股份有限公司
出版发行：山东教育出版社
　　　　　地址：济南市纬一路321号　邮编：250001
　　　　　电话：（0531）82092660　网址：www.sjs.com.cn
印　　刷：山东临沂新华印刷物流集团有限责任公司
版　　次：2019年11月第1版
印　　次：2019年11月第1次印刷
成品尺寸：140 mm×210 mm
印　　张：19.25
定　　价：98.00元

（如印装质量有问题，请与印刷厂联系调换）
印厂电话：0539-2925659

本书的出版得到了罗马尼亚文化院
2017年度"翻译出版支持计划"的经费支持

Carte apărută cu sprijinul financiar TPS 2017
(Translation and Publication Support Programme)
Institutul Cultural Român (ICR)

关于作者

奥拉·克里斯蒂（Aura Christi），罗马尼亚诗人、小说家、随笔作家、政论作者和出版人，现任《当代人》（*Contemporanul*）杂志主编，罗马尼亚作家联合会会员，摩尔多瓦共和国作家联合会会员。她1967年1月12日出生于基希讷乌（时属苏联，今摩尔多瓦共和国首都）。1984年毕业于当地的"Gh.·阿萨基"罗马尼亚语—法语文理高中，1990年毕业于国立大学新闻学院。1983年10月23日在《摩尔多瓦青年》（*Tineretul Moldovei*）刊物上发表第一篇作品，开始文学生涯。1993年重新获得罗马尼亚国籍并定居布加勒斯特，2009年移居到城北郊区的莫戈什瓦亚。诗作陆续被翻译成法文、俄文、英文、瑞典文、意大利文、西班牙文、匈牙利文、马其顿文、中文、朝鲜文、保加利亚文、波兰文、阿尔巴尼亚文等发表或出版。她的长篇小说和随笔主要描写"处于外国占领榨床下人的各种命运",这一主题被她本人称为"放逐中的家国"(acasă-în exil)并反复体现于创作中,她所追求的是"努力尝试在诗歌中为自己发现一个祖国"。

多年来,克里斯蒂应邀访问过以色列、希腊、摩尔多瓦共和国、中国、土耳其、俄罗斯、马其顿、意大利等国家,出席各种诗歌节和研讨会。她的主要作品包括诗集《从影子的另一面》(*De partea cealaltă a umbrei*,1993)、《反对我》(*Împotriva Mea*,1995)、《失明的仪式》(*Ceremonia Orbirii*,1996)、《国王河谷》(*Valea Regilor*,1996)、《最后的墙》(*Ultimul zid*,1999)、《北方的哀歌》(*Elegii Nordice*,2002)、《朴实的花园》(*Grădini austere*,2010)、《寒冷的苍穹》(*Sfera frigului*,2011)、《神的轨道》(*Orbita zeului*,2016)以及多种合集选本;随笔集《生命的碎片》(*Fragmente de ființă*,1998)、《流亡的迷宫》(*Labirintul exilului*,2000,2005)、《另一坡》(*Celălalt versant*,2005)、《永恒的宗教》(*Religia viului*,2007)、《三千符号》(*Trei mii de semne*,2007)、《命运的操练》(*Exerciții de destin*,2007)、《生存的饥饿》(*Foamea de a fi*,

2010）、《尼采和伟大的正午》（*Nietzsche și Marea Amiază*, 2011）、《陀思妥耶夫斯基与尼采：苦难颂》（*Dostoievski – Nietzsche. Elogiul suferinței*, 2013）、《放逐中的家国》（*Acasă – în exil*, 2016）；长篇小说《夜之鹰》（四部曲：第一部《雕塑家》，2001、2004；第二部《陌生人之夜》，2004，2016；第三部《大游戏》，2006；第四部《羔羊的雪》，2007）、（*Vulturi de noapte: Sculptorul*, vol. I, 2001, 2004; *Noaptea străinului*, vol. II, 2004, 2016; *Marile jocuri*, vol. III, 2006; *Zăpada mieilor*, vol. IV, 2007）、《黑暗中的家》（*Casa din întuneric*, 2008）以及《狂野的圈子》（*Cercul sălbatic*, 2010）等。

克里斯蒂的作品曾获罗马尼亚文化部诗歌奖（1993）、罗马尼亚科学院诗歌奖（1996）、罗马尼亚作家联合会诗歌奖和维内亚出版社奖（1997），摩尔多瓦作家联合会随笔奖（1998），"扬·希乌伽里乌"诗歌奖（1999），罗马尼亚文学刊物和出版社协会"年度作者"奖（2007），罗马尼亚—加拿大"罗兰·加斯帕里克"诗歌节颁发的"诗歌终身成就奖"（2009），以及罗马尼亚国内文学期刊《托米斯》（2001）、《安塔雷斯》（2003）、《文学谈话》（2004）、《诗歌》（2008）诸多文学期刊颁发的奖项。

在所有地方和所有方面，我都要抵达最后极

限，我的一生完成了到极限另一端的跨越。

—— 费奥多尔·陀思妥耶夫斯基

犹太人隔离区即属于选择！围墙和壕沟。

不要期待怜悯！

在这个最基督教的世界里

诗人们是——犹太人①。

—— 玛琳娜·茨维塔耶娃

---

① 录自《终结之诗》，让尼娜和扬·亚诺希夫夫妇从俄文翻译。——罗文版注（中文根据罗马尼亚文本转译）。

一部给识者的书

一部给我的书

用词语发现并抵达另一个祖国

——序奥拉·克里斯蒂《心灵的守护神》

吉狄马加

　　诗人奥拉·克里斯蒂在这部诗体小说的扉页上有这样一句话"一部给识者的书，一部给我的书"，我想这句话其本身的指向已经非常明确，那就是作为一本心灵之书，无论是作者，还是这部诗体小说本身，都渴求在这个世界上能找到真正的知音，同时这本书又是写给自己的，因为这些文字并非一种虚幻的记录，它们真实地包含了生命的每一个自然的状态，这其中有对生命作为体验的根本性内容的直接呈现，也有对生命作为存在之物其意义的终极追

1

问，毫无疑问，这是一部无论向内还是向外都充满了奥秘的心灵史、情感史和精神史。对人类内在精神的潜望和探微，也如同对外部宇宙世界的探索一样，它们都是对某种精神极限的跨越，当然这种跨越所谓的极限也是相对而言的，因为从哲学和精神的层面来讲，不论是人类心灵的内部宇宙空间，还是浩渺无穷的外部宇宙世界，它们都只是给跨越者提供了无限的可能。

读奥拉·克里斯蒂的作品，或许正是因为她传递了一种能跨越语言和文字的精神，这种可感知的思想和启悟，总能让阅读者在与这些文字交流时不知不觉地淡化了其文化的背景，这说明在这个世界上有许多从个体经验出发而被抽象出的具有形而上的思想情感，一旦在新的形式下为认识自身打开了通道，它就会获得被普遍认同的世界性意义。藏传佛教大师宗喀巴在其教义中，十分强调轮回对所有生命存在的意义，从这个意义而言我发现奥拉·克里斯蒂的诗歌更接近于佛教的经验，就是她那些试图重新发现自己的叙述，也都在时间和空间上延续了生命的无常，更重要的是，这种生与死的触及和转换，更让我们对那看不见的轮回深信不疑，从接受美学的角度我们完全可以对这样的诗句做出自己的解释，"它们是唯一的证明，你过去是、现在是、将来是，只有当你在一种新的境界，重新发现自我的时候，你才会问自己：我是谁的天空，上帝？你将在哪个世界把我唤醒？"我以为这还是一本作者的"我的启悟书"，那就是她希望从整体上真正成为自己"心灵的保护神"，在这样一个人被称为过客的尘世间，似乎只有对自我灵魂的净化以及对重新回忆的守护，我们或许才能找到重返永恒之路的入口。需要指出的是，对于更大的轮回与时间，这些生命存在并不是由虚幻之物所构成的，它们包含了生命中的善与恶、美与丑、真理与谬误、真实与虚假，最为可贵的是这部作品在主体上具有强大的确定性，它让我们看到了在碎片式的回忆中人类被遗忘的脸庞，以及永生永世都无法完成的对自我的救赎，同时，它还让我们与作者一起去努力寻找那些倘若属于自己的东西。可以相信，这部诗体长篇小说就是一个完整的深入自我的过程，并从本质上揭示了宗教中需要启示和救赎的东西，其中的每一个片段都与个体的生命经验紧密相连，可以说都是诗人和另一个自我的心路历程，作为创造者的诗人为每一个象征和隐喻都赋予了意义，这些被记录的精神密码如同一条隐秘的河流，让我们从中聆听到了这条可符号化的流体所隐含的声音，这个声音不仅将引领写作者，同样也会引领所有的阅读者去重新找回存在于我们生命中的那个天堂。我想这或许就是诗歌的创造性给我们提供的可能，也是这部诗体小说最富有虚构性、模糊性、多意性和创造性的地方。这部作品显然已经经过了跨语言翻译的考验，我同样相信它会在不长的时间里，在我们这个古老的东方国家找到它应有的知音。

诗人奥拉·克里斯蒂是我的一位朋友，我们在中国和罗马尼亚都有过多次友好的交往，她不仅仅是一位杰出的诗人，同时还是一位卓越的小说家、随笔作家、政论作者和出版人。近些年来，她一直致力于推动中国和罗马尼亚作家和诗人的交流，在她主办的出版社和刊物还重点出版刊载了多位中国作家诗人的作品，作为中罗文学交流的一位使者，她的热情、真挚、坦率和睿智都给我和许多中国同行留下了深刻的印象，可以说，她的这部诗体小说在中国的出版，更是我们友好交流的又一最新的成果。这部书的翻译难度是可以想象的，因为它所有的叙述都是用诗歌来完成的，在这里作为一个读者，我要感谢译者丁超教授所付出的艰苦努力，因为他卓越精湛的翻译，才得以最终让这部充满了哲思和抒情的诗体小说呈现在了我们面前。是为序。

2019年7月25日于北京

吉狄马加

彝族，1961年6月生于中国西南部最大的彝族聚居区凉山彝族自治州，是中国当代最具代表性的诗人之一，同时也是一位具有广泛影响的国际性诗人，其诗歌已被翻译成近四十种文字在世界多个国家出版。曾获中国第三届新诗（诗集）奖、郭沫若文学奖荣誉奖、肖洛霍夫文学纪念奖、国际华人诗人笔会中国诗魂奖、南非姆基瓦人道主义奖、欧洲诗歌与艺术荷马奖、布加勒斯特城市诗歌奖、波兰雅尼茨基文学奖、英国剑桥大学国王学院银柳叶诗歌终身成就奖、波兰塔德乌什·米钦斯基表现主义凤凰奖。现任中国作家协会副主席、书记处书记。

一个启悟的故事

奥拉·克里斯蒂

《心灵的守护神》与《复活节岛》脐带相连。这两部孪生诗体长篇小说在一年时间里写就，是一个有关爱的故事，一个启悟的故事，有关我们生息范围的真实状态。两部小说的结构都是由三部分组成，构成一个世界的终结和一种开始……我不想过多形容。《心灵的守护神》副标题是"我的启悟书"，而《复活节岛》的副题是我的"歌中的歌"。它们所沿袭的一种伟大传统起始于荷马、圣经，后来又延续到普希金、拜伦勋爵、米哈伊·爱明内斯库、布达伊·德利亚努创作的诗体长篇小说。这两部作品有一个叙事核心，有人物、对白、山顶、河谷、台地、高峰……是连续不断、灵动强烈的低细语流，从我的内心奔涌上升，原原本本，无以阻挡；而我不过把它记录了下来。这也是一种神奇吧。当然，正如同生命，神奇的事情还远不同于理解、解释、抽象概念。它们在发生着，仅此而已。倘若你有清醒、在场、不死的心灵，所有的神奇都会被体验被歌唱。倘若你不乏天赋，神奇就会被描绘。

　　阅读一些批评家或翻译家撰写的那些直接或间接的文字、札记、评论，我也在从其他视角重新发现我这两部诗体长篇小说。"心灵的守护神"和"地下室"是小说赖以构写的两个观念，是我写作出版这数百页文字的形象结节。"心灵的守护神"是一个永恒、复杂、有明显难度的概念。化繁为简，它是爱的天赋，是对于一切具有的宽恕、感恩，对一切的接受、歌唱和祝福。为"心灵的守护神"所居佑的人，会用恋人般的目光亲近世界，会作为一次启悟和自我超越的激励那样对待生命，而苦难——不论其多么巨大、深重、粗暴、荒谬，如此等等——则会是一次有利的、希冀的、有意创造的机会，去从另一个角度重新发现自我，让自己停靠在感激、厚爱和盛大的喜悦，能够再次享有重新发现和增加内心之光、永恒、生命的机遇。这也就是永恒的生命。更确切说，就是活水，耶稣曾在水井面前对撒玛利亚妇人讲到它，引起了部分门徒的愤怒，因为一些宗教原则明确、不可改变地禁止他与一个撒玛利亚妇人交谈。

"心灵的守护神"是一个有关耶稣的概念，创造它的是弗里德里希·尼采——极其少有的思想家之一，他深层次地理解了——如同J.W.歌德，或许正是循其足迹——耶稣生命的宏大性、革命性和尊严。在古罗马人看来，此处的"神"（Geniul）是一种守护神，一种陪伴神。"地下室"同时来自陀思妥耶夫斯基和尼采。这两位巨擘对其有另外的看法，对此我在专书《陀思妥耶夫斯基与尼采：苦难颂》中作过阐释。简言之，"地下室"是认同你内心神圣之"我"的天赐物，让"他"产生影响并消灭本我，即自我。譬如，紧随伊纳爵·罗耀拉或圣奥古斯丁进行灵修，就有机会抵达"地下室"，抵达神圣之"我"。或是重读孔子！在极端罕见的情况下，你与"那个我"认同、同时放弃你自己的强烈程度，其结果是认同尼采（和其他思想家，他们所在的星宿与这位无辜的隐居者关注的重大命题相距甚远！）命名的"世界的心"，而对费奥多尔·陀思妥耶夫斯基："整体的心"，俄语是сердцевина целого。关于这些启悟性和塑造性的研究涉及，托尔斯泰伯爵在其生命的最后几年也写过许多东西。托尔斯泰的笔记包括一系列启示，发人思考，并惊人地直接让我们想到量子物理学领域的一些最新发现，暗示到最顶尖"智慧的头脑"世界里那种被察觉的维度。我指的是"预言神"。托尔斯泰懂得一个基本的真理：当你做某件事的时候，就要把你交付出去，把你放弃，彻底忘掉你，忘掉你自己。接下来一切都将自力流畅，顺理成章。

我从内心深处感谢丁超教授——他是一位优秀的人，一位出色的学者，一位罗马尼亚文化的热爱者和使者——以其才能将我的这部小说转换到最古老文明之一的语言。同他一道为翻译此书工作，准确说是回答这位资深学者的问题，在远方陪伴他的工作，我不止一次地体会到了成就感。

向伟大的诗人吉狄马加致以热忱的感谢，在他的序言中我发现了不少非同凡响，以一位抒情神父般的优雅、坦诚和细腻阐述的真理，我们在其典范性的诗作或极富学识的随笔中，不断通过其他视角重新发现了他。

感谢享有盛名的山东教育出版社支持出版这部不同寻常、对我本人亦不同寻常的小说。

O poveste inițiatică

Geniul inimii e legat ombilical de *Ostrovul Învierii*. Cele două romane în versuri gemene, scrise răstimp de un an, sunt o poveste de dragoste, o poveste inițiatică despre adevărul în a cărui rază respirăm. Ambele romane, cu o construcție triadică, constituie sfârșitul unei lumi și începutul unei... ezit să aștern calificative. *Geniul inimii* e subintitulat *Cartea iluminărilor mele*, iar *Ostrovul Învierii – Cântarea Cântărilor mele*. Venite în siajul unei mari tradiții începute de la Homer, Sfintele Texte și până la romanele în versuri semnate de Pușkin, lordul Byron, Mihai Eminescu, Budai Deleanu, ambele romane au un nucleu epic, personaje, dialoguri, culmi, văi, platouri, înălțimi... E un murmur continuu, extrem de viu, care urca dinlăuntrul meu și era de nestăvilit, la propriu; eu l-am transcris și atât. E un miracol. Ca și viața, miracolele, firesc, sunt departe de înțelegere, explicații, abstracțiuni. Ele se întâmplă. Atât. Și dacă ai inima trează, prezentă, vie, miracolele se trăiesc și se cântă. Iar dacă nu-ți lipsește Harul, se descriu.

Redescopăr din alte unghiuri cele două romane în versuri ale mele în timp ce citesc rândurile, însemnările, cronicile directe sau indirecte, semnate de unii critici sau traducători. *Geniul inimii* și *subterana* sunt concepte pe care au fost construite romanele, noduli imagistici despre care am scris și publicat câteva sute de pagini. *Geniul inimii* e un concept viu, complex, de o evidentă dificultate. Simplificând lucrurile, e harul de a iubi, iertând, mulțumind pentru totul, acceptând, cântând și binecuvântând totul. Persoana locuită de *geniul inimii* se apropie de lume cu ochi de îndrăgostit, tratează viața ca pe un pretext de inițiere și depășire de sine, iar suferința – oricât de monstruoasă, profundă, nedreaptă, absurdă ș.a.m.d. – ca pe un prilej fast, dorit, creat voit, de a se redescoperi din alt unghi, eșuând în recunoștință, iubire și bucuria jubilatorie de a avea parte de încă o șansă de a redescoperi și multiplica lumina lăuntrică, viul, ființa. Adică Viața Vie. Și mai mult: Apa Vie, despre care îi vorbește Iisus femeii samaritene în fața fântânii, scandalizând o parte din ucenici, deoarece unele precepte religioase îi interziceau explicit, irevocabil, să abordeze o samariteană.

Geniul inimii e un concept iisusiac, creat de Friedrich Nietzsche – unul dintre extrem de puținii gânditori care a înțeles în profunzime – ca și J.W. Goethe, poate chiar pe urmele lui! – grandoarea, caracterul revoluționar și demnitatea vieții lui Iisus Christos. Geniul la romani era un Înger păzitor, un Înger însoțitor. *Subterana* vine din Dostoievski și Nietzsche, în egală măsură. Ambii uriași o vedeau altfel și explic aceasta în cartea mea monografică Dostoievski – Nietzsche. *Elogiul suferinței.* Flagrant de succint

3

vorbind, *subterana* e darul de a te identifica cu Eul divin dinlăuntrul tău, lăsându-l pe El să lucreze și anihilând eul propriu, adică ego-ul. Ai o șansă să ajungi la subterană, la Eul divin, făcând exerciții spirituale în trena lui Ignatiu de Loyola sau Sfântul Augustin, de pildă. Sau recitind Confucius! În cazuri ultrarare, intensitatea cu care te identifici cu Eul Acela, abandonându-te, are drept consecință identificarea cu ceea ce Nietzsche (și alți gânditori, aflați la planete distanță de temele majore abordate de acest sihastru alb!) numește *inima lumii*, iar Fiodor Dostoievski: *inima întregului/* în limba rusă – сердцевина целого. Scrie mult despre aceste incursiuni inițiatice și formatoare, în egală măsură, în ultimii ani de viață, Contele Tolstoi. Însemnările tolstoiene conțin o serie de revelații care pun pe gânduri și trimit direct, izbitor, la unele dintre recentele descoperiri din domeniul fizicii cuantice, apropo de acea dimensiune decelată în universul *maimarilor minții* între *maimarii minții*. Mă refer la *geniul profeției*. Tolstoi a înțeles un adevăr esențial: când faci ceva anume, livrează-te, abandonează-te, uitând cu totul de tine, de ego-ul tău. Și totul va curge cu de la sine putere.

Mulţumesc din adâncul inimii domnului profesor Ding Chao – un spirit superior, un erudit de prim rang şi un mare iubitor de cultură românească, un ambasador al acesteia – pentru darul de a transpune romanul meu în limba uneia dintre cele mai vechi civilizaţii. Lucrând împreună cu domnia sa la traducerea acestei cărţi, mai exact, răspunzând la întrebările acestui cărturar emerit, am simţit nu o dată, în timp ce-l însoţeam de la distanţă, senzaţia de împlinire.

Calde mulţumiri marelui poet Jidi Majia, în a cărui prefaţă am descoperit nu puţine adevăruri uimitoare, expuse cu eleganţa, francheţea şi fineţea unui sacerdot liric, redescoperit mereu din alte unghiuri în poemele sale exemplare sau în eseurile de o erudiţie copleşitoare.

Mulţumesc prestigioasei Edituri pentru Educaţie din Shandong pentru darul de a edita acest roman neobişnuit, pentru mine însămi neobişnuit.

Aura Christi

心灵的守护神 我的启悟书

目 录

1

第二部　喷火怪兽喀迈拉的孩子们

8

10

第一部

地下室的故事

同样的脚本

同样的脚本，

在本质上，没有变化。

全部都起始于一种

头昏和眩晕的感觉。

接着而来的是一片深沉的黑暗

还有漫天浓雾

使你无法再看清自己。

这里的我不过是面具

或大不过

一眼泉水。

身体——你过去一直这样

称呼——处在光年

在这种孤独的距离

世界的创始；

还有玫瑰，啊，玫瑰

——寓意着完美的头像——

它们是唯一的证明

你过去是、现在是、将来是

只有当你在一种新的境界

重新发现自我的时候，你才会问自己：

我是谁的天空，上帝？

你将在哪个世界把我唤醒？

什么都没有。无人。空空如也

没有你，没有世人，你被缩减

到某种东西，没有名字，没有味道、

颜色、躯干、

边缘、回声。

并且你在下降。

愈发悄然地下降。

近乎带着恐惧

你屏住自己的呼吸。

你在聆听，却并不知道

究竟在听什么。

天气潮湿雾霭蒙蒙。

这是一次寒冷的等待，

缺少你所相信

而又不知道

自己仍还相信的目标。

你降临在你身上

如同你在前行

穿经一个地下的墓穴。

你早已不再是你

自己。落在后面的

是噪音和心愿；

灰尘和粉屑成了

嗜好、爱情、战争。

这是一片世界末日般的寂静，

弥漫着地狱和腺体的味道。

然而，可以感到某种东西……

某种如微风轻拂的东西

来自黑茫茫的深渊。

你在前行，内心交织着

恐惧、好奇，

虔诚、羞怯和某种

无法定义的东西，在生长

在当你发现没有任何可看、

可期、可爱的东西之后。

有某种东西似乎在前行

来自某处，自下而上，通过你。

你在等待，在伺机，在听

如同彗星一样

秒钟闪过的呼哨

或者完全是其他的东西——

又是何人相赠？

清晰的目光

滑过座座山峰。

这里，在高原

头脑好似坚冰

或如同花岗岩

而心灵的守护神——

纯净，像青铜一样，

似日出东方。

一切都重新回到你这里；

这个生动而聪慧的本原

数千年来被你偶然居住

它在生命表层

它反射在任何人

但里面

没有任何东西属于你

偶然的情境在促使你

抄录某人所有的悄声私语

这位某人没有面孔，

没有身份，

没有根系，没有祖国，没有名字。

这位某人被倾听

连大气也不敢喘

就像你竖起

内耳

去聆听一段含混不清的

往事

努力让你去回忆

那些倘若属于你的东西。

地下室的故事

杜鹃又在歌唱，啊，它过去就这样
疯唱。我数着。已是差一刻十点。
夜晚却不愿降临；黑暗吸吞着空气。
眺望落日在两个世界之间的隐没
我等待着夕阳像世界末日般的消失。

四周无人。一阵拍翅的簌簌声
在飞翔中撞破了紧张的天空。
如临人间终结的平静，就像面对
一道峭壁，我站立在家的门槛
忽然间感到自己在开始下降。

台阶接着台阶，呼吸屏住呼吸
我肆意享用着终结的温情。

我溺惯着自己：前行穿过地下室——
我生命的家园，诅咒中的伊塔卡①
爱人，海水之间的土地，嶙峋的山石。

---

① 伊塔卡，希腊西部爱奥尼亚海上的小岛，荷马史诗中神话英雄奥德修斯（奥德赛）的故乡。——译注（后文的全部注释亦为译者添加）。

天赋

曾经有过，后来又再次……

而且现在依然，因为倘若没有发生，

那么无论是年复一年的秋季，还是蓝天，

无论是贝督因人①，还是那些毛脚燕

就都不会讲述……

一切皆从绿色的翅膀开始。

不对，一切已经始于

一块黏土，对它来说

本来只是一条单独的

性命，然而却被赋予了

一群生灵，

---

① 贝督因人（罗文beduin），阿拉伯半岛和北非地区的游牧民族。

之后又——随意偶然地——
为它带来
天空和大海
在那些孤零零的、
神赐的肋骨之间。

没有任何可以作为。
没有任何可以作为。
你能够做什么又如何做，
当一切都如同经书那样
安排在你身上？
一切都已发生
没有任何解脱，
没有向你征求意见，
没有把你问到。
从那时起你就在跌落
从一种惊奇陷入另一种惊奇，
更加凉爽，
更加强烈。

你是怎样一朝被挑选而后来
经常永久，分分秒秒，

年复一年，跨越世纪？

并且始终如此！……

怎么可能在某个时候又像从未有过

而后来，日复一日，你就被挑选成为

严寒和冬季的私生子，

战栗的，

芬芳和绿草的，

隼和神经的养子

它们是用青铜铸就

不会为任何人成为

伟大、迟到的爱情之果，

来自一位身边的神灵，

他有着银色的头发，

还有一位女性，被保留在

妇女和姑娘的模样？

怎么可能为了一种永恒

让你被挑选去看到所有那些

不应当出现的，啊，被看见的？！……

而你的顺从又是多么无耻的事情！

出于谦卑，出于一种混杂的

羞怯和没有能力去做

别的什么，让你一直歌唱

那些，天呀，不合适的东西——

而这，保佑着，其中的眼神

都属于世界的无所不知者们!

通过那首过于美妙，

哦，呜呼，是被喜爱、被亵渎和被诅咒的歌，

我们所有人，挤在一起，集合着

一些人在另一些人身上——如同

在悬崖边——就要这样!

啊，那是何等罕见的窘境

又是何等的吵闹出现在我可怜的身体

在我胡乱称谓的*我的生命*①!

通过谁的眼睛我把一切的一切

感知和目睹?!

……上帝啊，你要追寻什么

通过这个无所不察，

巨大的灾难?

这是多么异乎寻常的叛离

---

① 原著为突出某些重点词语，采用了斜体印排，中文版概以楷体处理，以别于其他部分。

让你从第一天，就惊恐地歌唱

所有那些运用在不属于任何人的

让你在后来，迟迟地看到，它们带着

一个独有名字的烙印，从里面

涌来一切，包括诅咒！！

何等的奴役：你被栗色的天赋骏马拉动，

它们在你身上找到的只有无限宁静，

你在细节中可以描写一切，

去感谢去祈祷让你

被连根一起拔起

从所谓偶然的被挑选中

从诅咒中，因为没有找到

自己能够被解放的方式，

来挣脱，来逃出天赋

那有毒的利爪！

远方

你穿过下晚

那蒙上雾的光

向前行进。

远方是地狱

天堂在远方。

你明白在这片陌生的地界

你已经什么都不再明白，

你被带到这里

直到很晚的时候

才有人对你说起

那时已经不能

再做任何改变。这里

既没有生命，也没有死亡。

任何事情都不取决于你。

你只能听任。发出被撕碎的微笑

去做那些他人要求你的事情。

倘若我请求某个人的悄声私语

它却已经与你远离陌生

善在远方。

恶在远方；

然而，总是在等待时机，

你看到它在富有创意地微笑

在聪慧的天边，

在白桦树中间，

有着各种事情和众生，

他们已经迷离恍惚

由于那神圣、过于急切的等待，

放眼仰望天空。

夏日临近

高照的阳光

早已不再温柔。

太阳在燃烧

猛烈而耀眼。

骰子已经抛出。

你陷入沉思，

黄昏爬上来

通过你，

如同大海——

通过孤零零的波浪，

如同神赐的鲜血——

通过同样的奥秘

而低声吟唱的

是懂的那人。

呼吸

你在呼吸和惊诧

自己呼吸。

只有沙漏知道：

一切都在持续

哪怕只是眨眨睫毛的瞬间

在你迟迟入眠之前

能够低声私语：

那个是你的人

被知识天使①牵引

被六翼天使②赞美

感谢你！

伟大的夜晚知道：

---

① 罗文heruvim，指九级天使中第二级掌管知识的天使，源自《圣经》。

② 罗文serafim，意为上品天使，六翼天使。

我爱你，上帝，

胜过我爱

生命。我知道，我只有

唯一的权利：

去感恩。

我自己栖身在

不知道是谁的翅膀底下，

所处的范围属于同一些人

巨大的目光

来自谁都不属于的阴影，

在那里玩耍的

是同一个孩子

出生于神圣的家族，

生于鬼灵，而不是泥土，

在一种奇迹的微笑之中

上下两千年之久

被发现被遗失，

被发现又被遗失……

自由课

忧伤的圣者们，带着黑色的光环，

被子弹、被辱骂打得遍体鳞伤，

被变成了谷物的看守，

之后又变成武器和士兵的看守；

被飞鸟和群狗虔敬地对待，

被施以城下之辱的圣者们，

一反常态的开朗、亲近和陌生……

环绕他们的雾气发自一种微笑

勉强能被读解，他们在沉默中被欣赏，

彼此相依紧贴，如同灵魂在叹息，

如同从另一波的深处生长的波浪，

迟疑地聚拢自己的凉意

从天空，从雄鹰，从水岸……

圣者们近乎消失了，带着燃烧的目光，

用贴在瘦弱身体上的翅膀，护身的

是铁环铠甲，其中的一只翅膀为我

保暖，是我的蓝天，后来又是大地，

在捐建的神圣教堂院落里

我默默地跟随着耶稣

在沙土上描绘着某种无法理解的东西……

黑色的圣者们，他们的根已经被丢失

在一个几乎被遗忘的神话的黑暗之中，

它说忧伤是蓝天

属于雄鹰，而希望是空气

呼吸它的是那些花岗岩的雕像。

带着黑色光环的圣者们

沉默无处不在。宁静悄然而至
撒满山顶和平缓的丘陵
落在高高的城墙和云端……谁
经过烈火、刀剑、蓝天，他就是先知

抑或我们头昏眼花地称之为迷茫的东西
畏怯地避开我们的目光……
千百年来在这里复活和死去
同样的圣者们倒在奥秘和神话当中

带着黑色光环的圣者们，从远方
来临，在几个极为神圣的时辰
闯入了七道山梁环抱的古城

他们祈祷，让我们回忆起
在生命这部大书中看到的全部，
在坟墓中他们闪闪放光……

自从我认识了自己

他教会了我，一切
要用血来偿付，之后，我的神
毕竟对我心怀善意，尽管我
并不值得他的任何目光。
我的所有甚至都不配
去碰他的凉鞋。
但是在我们这一带，
感谢上帝，评价并非
按照匹配或功绩。如果一切
是另一种样子，我早就会遭受火刑
被活活烧死。不会有人
挺身出来灭火，因为，
自从我认识了自己，我就不明白
是由于什么模糊的原因，我就木然地
看到了那些不应当看的东西。
自从我认识了自己，就低垂着头，

面带着同样的善良微笑，却被某个人
撕碎、遗忘，我只能做
同样的，总是同样的事情：
把我的神听从，

我等待着他并跟随着他
出于一种腼腆，混杂着
虔诚还有某种并不能
很好定义的东西。然而那神并非
总能到来。他的到来
是看到不能没有我的时候。
那么，留给我的又是什么，当我重新发现自己
面对着他的完美缺失？

要我做监视者吗？当他不露面的时候，
一切都显得甚至就是这样：被劫掠，被出卖，
遭背叛，被踩在脚下
在公共广场，在十字架之间，
那里有一段时间以来，充满灵异，
有一种可怕的寂静降临，
让你像拧上的螺丝站在原地
并且，有的时候，让你真想

奔向世界的尽头。

然而你已经在一个世界的尽头，
我低声说。我战栗着。一直战栗。
你如何才能有放逐中的家国之感？
你如何才能在竞技场上，始终有
在家的感觉？在我的祖国连孩子们都知道
该如何回答这样的问题，
因为我们的男人们千百年来
连续不断地征战沙场，
而女人们把他们等待。对一些人直至今天
她们还在等待。那我又做了什么？我？！
自从我认识了自己我就在写诗
我等待着我的神，是的，同一个，
始终是同一个神。

近些，再近些……

你从强烈的雾和光中走来，
匆匆地碰触到我
用一种孤独的目光
熄灭了我身上的黑暗

在它空得不能再空的位置，
在一场天塌地陷的灾难中，
你燃点火焰，哦，又通过它
聚拢众生，这一切我看在眼里。

我看到你轻轻地、逐渐地
朝着世间的万物移动
森林、河流、战争，
从故事中带来的狂风暴雨

带着英俊少年和抢劫路人的鬼魂
还有行走在河流上的神灵①，

————————————

① 此处作者借用了《圣经》中有关耶稣在水面上行走的典故。

那些纯净的泉水
要浸湿我的无比忧伤

近些，再近些
从你来的地方带来爱情，
带来陆龙卷、群山和企鹅，
大漠、苍鹰、暴风雨……

我不再乞求怜悯，也不要权力。
后来，我及时明白了，
我是被挑选被诅咒的
永生永世都是如此，

因为在同样的身体里——
我们是一体——当你安放
同样的灵魂，同样的
拯救的极度。

……然而，还是把我搂进怀抱吧，
上帝，把这罪孽捏成粉末。
我为自己感到困倦
因为处在永远而无法理解的旋涡。

完全的燃烧

你不要急于燃烧自己，
天使一边喊着一边奔跑，
惊动他脚下的大地。
啊，我又如何能够不急，
当周围的一切在燃烧
而我在看，你也在看：
野草在燃烧还是燃烧，
而它疯狂的火祭
随着分分秒秒蹿升
变得愈加凶猛。
苹果树在燃烧还是燃烧
不再停歇
直到秋天进入树上的苹果
一抹黄，一片红，间着青绿

我能不着急燃烧吗，

当祖先们在土地里

燃烧并不停燃烧？我可以感到他们的火；

几乎到处都是那火焰在变成鲜血，

神圣的浆液，匆匆流淌，经过野草、

树木、欧洲野牛、苍鹰、天空和人群，

恋人和房屋，把我们所有人捆绑

一些人在另一些人身上……

你不要急于燃烧！

上帝，我又如何能够不急，

当我所做的一切都出于你的意愿，

其中写着这种完全的燃烧？

是心中对它的渴望把我带到了这里

在意志的模具里，

用血的字母写着：全部

你要付出全部而后把我跟随。

你把你深爱的唯一儿子

给予了这里的世界

而人们却把他钉死

在大十字架上。

他们现在又一次，急不可待，

想把他钉死！……所有的事情

都有一个尺度和一种平衡。

总之，我怎么能够不燃烧，

当你在我身上安放了全部

我能做的只有自我解救：

把全部付出，同时在生命

和非生命中把大写的你追随?！

我迫不及待地让自己彻底燃烧，

当然，要在上天的祥和荫庇中。

你给予我的一切，都属于

你，我的主人，我的隔壁！

我如何能够不去燃烧

当夏日的酷热漫漫，当所有的苹果树焦枯

当成群的蝴蝶爱上灼热的天空

抚爱着我的双眼，我的心，我的魂?

尽管思念冬雪，哦，我却不能

停在半路。

不能因为寒冷

是我的近亲，我也不能

像在歌里唱的那样

去随心随性，我听从的是

发酵剂和规律。

一切照书上写的处理。

好似一场游戏

我寻觅着你，喊你，唤你，总之，
在你身边我高兴，在你身上我哭泣
当没有任何希望的时候
我就像沿着一口水井下到自己的身体
深入，再深入，我远远地
看见你并认出你：你还是老样子，
与书中的描写毫无二致。

是啊，你在那里，在地下室里生存，
经过各种花园、快乐、短粗的呻吟、号哭、
错乱、背叛、桥梁、爱情、胜利、
怯懦、落日、公园、神灵、
英雄，行走不同的国度，穿越我童年的
牧场，我的记忆至今仍在那里摇荡，
还有那些古代宫廷的文书、不同的大陆、欧洲白桦。

我发现你在那里，周围的微笑和菜畦
属于我的曾祖母，娜塔莎·米哈伊洛娃
我的父亲塞米昂提出的问题
在我的脑袋上敲开了深渊般的大洞。
在那深渊里有人为自己带来了花岗岩王位
是一位圣徒，一位修士或神灵，他的名字
让世界不断地感到困惑和惊奇。

神，啊，我的圣壁上的神
时至今日仍在折磨自己
纵横奔跑在大地。
当身心无法抵御困顿或
某种残酷的误解，他就昏沉入睡
在睡眠中问着自己：上帝，在你的花园里
究竟有无我的一席之地？

在那里，我降落了几千年的深邃之地，
如同在迷雾中行走着我，如同在迷雾中
行走着你，发生的一切好似一场游戏，
那里有我歌唱有你歌唱，有我哭泣有你哭泣，
你快乐而天上的雨下个不停，我知道：
等我的是你，是你。就这样自始至终！

你还爱我吗？你还把我抱紧——

让我再来一次？你还接纳我吗？
你把我从水中从林间放下让我蜷缩，
让我就这样到秋天。终于，我终于
发现为什么你给了我这个身体和生命
为什么你给了我整整几千年的时光
而我气喘吁吁地奔跑
要对你讲述我发现的全部……

你把我的目光捧在手掌

你把我的目光捧在手里，
从花园和土地中
把它们聚到一起。你聆听活人
还有亡灵，在苍天也在坟茔。

你从死亡中把我扶起
又把我推入生命，
你让我行走于水面，
经历生活、耻辱和神话。

不知从何时起他就走失，
请你把他全部完整地恢复。
给我那一半吧，上帝。
昨天晚上，沮丧的我，在红罂粟花丛

我绽放了，我哭泣在白杨树上

我匆匆躲入玫瑰花间

直到暴风雨突然大作

直到时光变得很晚。

把身体给我，用其中

富有旋律的肋骨

把我捏成并且

从那以后，就像透过窗户

我眺望着世界并等待着

你把孪生的心灵集合

从河流，从森林，从声声呜咽

从毛脚燕的飞翔中……

我要去问群鹰

我要去问群鹰。它们知道！
一切都简单干净。
我要去问小草和天空。
椴树我昨天已经问过。

而他，帝王，对我讲了
在我生存中
那个关键时刻
所有应当知道的事情。让我

成为我自己
当不再可能的时候，当一切
从根基发生动摇和震撼，
姻亲的白杨树这么说

37

乌鸫姐妹们也这么说。让我
成为我自己，雪在纷飞，
雨下不停，还有那些藻类，
啊，藻类钟爱大海，

如同大海爱着自己，
它就是自己，在用力挣扎，
大地的江河翻起浪花
天上的百川被海接纳。

我要去问小草。她知道。
她的世界全部都是别样
她的天空一切显得不同，
那时她的气息被羔羊呼吸

被思想被兔子被山羊呼吸。
我要去问马匹，最后还有莫希干人①
是的，尤其是马匹，还有家庭的守护神，还有鹿群。
但特别又特别的还是岁月

---

① 住在加拿大和美国东北部大西洋沿岸的印第安人。

我要把它们集合在我身上并向它们发问

在这个夏天，我生命的转折，

当风吹拂着我，带我飘向

另一侧山坡，飘……

万众之间

"你要觉得自己像一个孩子

迷失在无数的大人中间。"

自从我知道了自己，我就有这样的感觉

虽然所有人都对我说

我是一个正常的人，或许，

就是如此，我总是这样感觉并且看不到

任何理由要去谎称事情

是另外的样子。我想同样感觉的还有

海豚、母鸡的幼雏和花朵。

我想完全一样感觉的还有蜜蜂、

狮子和磨坊、飞马、伊特鲁立亚人[①]、

藻类、大象、小提琴。

---

① 伊特鲁立亚人，公元前6世纪前后，以今天意大利中部托斯卡纳地区为中心生息的古代民族。

要让诸多的小提琴也享受同样

罕见的现实吗？是，是的，是的，包括小提琴

为首的就是那把红色小提琴①，它的制作者

就是尼古拉·巴索蒂大师，是他

教会我们如何推延那些没完没了的、

诸神、雅士、情人进入我们，依附我们

并且如何在上苍给予我们一切之后

我们再把一切给予他们。在所有的礼物当中，

就有同风车的搏斗②。啊，风车，风车，

活的幽灵，单薄的身影，有着绿色

或咖啡色的眼睛，被风卷向我们，

朝着高高的天空，稀薄的，

像绿宝石一样。啊，风车，姐妹们……

---

①指有关"红色小提琴"的传说，有加拿大同名电影。该片1998年出品，由佛朗索瓦·吉拉德执导，主要讲述了一把小提琴穿越了三个世纪时空的故事。

②典出《堂·吉诃德》，指无用之功，无谓的勇敢。

无人

无人到来。在这不眠之夜
睡意不曾光顾，
夏日的魔鬼也不能把我安抚。
有家宅守护神相伴，他
再没有任何征象，
没有任何的消息。也没有一只
黑色猫头鹰在飞翔中切断
某种阴影，某道光线。

悄然溜过的是无人，像一只蜜蜂
返回蜂巢，我听着里面
那位伟大的无人的脚步
如何变成一种奇异的回声，扭曲着
如同一把在天空中拉开的弓，
穿过阴影和宅舍、世纪、

历史、传说，被胡乱送上

混浊喧嚣的波峰，

然而，从里面又聚积起某种东西

似乎在增长，不断增长……

于是岁月膨胀，在不知不觉中增大

在它们弯曲的脊背上

披着一件黑色斗篷，作为

不期之运的表示，把它扔到

深陷在不眠和夜色的

同一处心灵。

你究竟是什么?

你究竟是什么?

上天是从何处野草,

从哪方水土,从什么书籍、国度,

把你聚集

又把你带到我的面前

像一种蔑视

还是一种诱惑

它似乎在从我的魂灵

升起,被那些贝壳

采集入海?

你难道真的存在?

倘若如此,

你来自何处?

从什么柏树或神的

44

花园你被带来

搅乱我的宁静

施与我无眠和魔法，

从泥土中凝聚起强力

从葡萄中

把整个太阳造就

当所有一切看上去

都丧失殆尽，

被匆匆席卷，

从一个时代进入另一个时代，

你能把它们带回我的心灵？

啊，我知道，我们永远

不会是胜利者，

但也不会被战胜，

噢，我的这番口气，

就像后来的喷火怪兽……

我们要听故事

我在等待。我们知道
皇帝和他两个儿子的故事。
我们知道浪子们的
时代、沉默、
死亡和信仰。

我们知道无数的清晨带着露水
从踝关节为自己开创了穹苍
还有那些不眠之夜带来了
战栗、疑问、挣扎
而转轴的尽头是一片黑暗

然而，我们要听故事。从我
到你是一片树枝的瑟瑟声，
是另一个星球，一次展翅。

从我到你是凉爽
来自越来越汹涌的波浪

似乎还有一种六月天。
可以听到在空中飘动着
越来越近，一叶孤舟。
无人从旁边经过
它划开藻类、思想、魂灵和河流
把它们等份地切割。

时光为我奔流不息。
自从在记忆里
我有蝴蝶般的心灵，
就没有人再来摇撼
我的生命之树。

锚

——另一个世界的锚
是你！天使在大声叫喊
一路狂奔
在夕阳翻耕过的大地
情形令人惊叹

花香深沉，我等待着
天空也能像我们一样。
晚些时候，从湖泊中聚拢起
夏天的精灵，去浸湿
孪生的心灵

天空的眼皮合上了
时不时地，悄悄惊动。
战胜夜草的

是从未品尝过的微风。

你来吧，快看那光是怎样
消散；在万物之上
天神的长袍又留下自己的影子。
另一个世界的岸
是你的身体。还有家。

我们在孤独中出生，
爱情中的我们要比在死亡中
更加孤独。剩下的——
杳无音信，除了那些
无比的焦虑。

那些骑马而来的众神
在我们当中陡直降临
于灵魂，于睡眠并行走于水面；
他们把我们采获，从影子，
从梦中，还从植物里。

自从开天辟地，亲爱的，
灵魂的根

就无处不见；

谁看见它们——谁就重生

或是凋零

天空的眼皮合上了

时不时地，悄悄惊动。

战胜夜草的

是从未品尝过的微风。

爱情的魔法

在内心在草地上
啊，彩蝶飞舞的天空，
你把多少尘埃
不停地抖落在夕阳？

你让灵魂返归
宁静
从贝壳中提起勇敢的海水，
从思想中长出参天的大树。

你仿佛在移动一座大山
从今天白昼那神奇莫测
永恒的脉动
把它一直深深地爱入胸骨

向左，再向左
一股魔法般的蒸汽
打着旋涡，聚成一体。
你沉默无语，等着它对你说

你从哪里来，你在做什么，
你过去是谁，现在又是何人，
能够让一切凝结
仿佛在古老的童话故事，

那些去邪的咒语
真是甜美如蜜，俨然波浪
被温和地安放在
不能碰到自己岸边的灵魂。

它连肉体也无法触及，
也不能相遇那永远年青、神圣、
遁迹潜形在树林的面孔，
随风飘散的芬芳，

它们在曲折的飞翔中，
落到屋顶，散在草丛，

当岁月聚集在

一次次的星期三那天。

星期三来临。我们的爱

在相视中迎来夜晚。

夜晚降临在世间，

在公园，牲口槽，在夏天

在椴树的气味中，

知识的天使

从内心宣示

世界的另一次开启。

我的爱情从轴心

把行星推动

又把我的心转向它们

朝向徐缓漫长的世纪。

这些词语

从何处进入了古罗马的四轮战车？

我悄声问着苍穹

而穹苍向我做了回应。

苍天啊，我该怎么办？

我该如何，苍天啊，
该如何面对我的心？
难道石头会向自己提出
这样的问题？
而老虎、核桃树和松貂又会怎样？
在万籁俱寂的夜晚
那些蟋蟀、睡莲和熊蜂，
垂柳、桌子、床头的柜橱，
满是缺痕的它们又会怎样？

我该如何，哦，苍天啊，我该如何
面对我的心，里面有你带来的
蜂蜜和夜晚？难道那些洋槐
也这样发问自己，还是它们
被其他的槐树爱着

夜晚和白昼，简单纯粹，

以自身而来的力量？

哦，苍天啊，我该如何，该如何

面对我的心？你告诉我，

祭坛上的一支支蜡烛

是因为这般缘故而猛烈摇曳吗？

还是它们的燃烧，不会

由于对别的蜡烛的情思

而熄灭，我的心能够感到，

天啊，对**那支蜡烛**

已经熟识千百年，就如同

巧遇得到见证，

忽然间，从心里感到她远非

上天派来的一位陌生女子

现身于虚幻的海市蜃楼？

面对如此情形，一支蜡烛

如何应对？她说些什么

给自己爱上的那支蜡烛？

骏马又会以何种方式行动？

那么狮子又会如何走出

极度的困境?

心,啊,心,你

不要再沉默不语?!

而那些蟋蟀、月亮、太阳

去爱的时候,难道不提出

中邪的问题,

足够面对所有的死亡,

面对其他的生命?

我该如何,该如何,上帝?

我在大地上

纵横奔跑,

我上到天空,穿越森林,

我经过了火与剑

还经历了如同城下之辱的

相思熬煎;我曾在河流上行走。

我能做什么

又能采取什么措施?我该去问

知晓一切的老人、隐修士和圣徒吗?

我的心无法找到自己的位置,

无法沉默,无法入眠……

一颗心究竟是何物？能为何物？

它是一个世界的烙印，它讲话的

语言在鲜血、河流和贝壳里，

在故事和灵魂中，我要朝着它们

从石头、从罂粟花、

从森林、符咒、从坟墓中归返吗？

心是何物？能为何物？

它是生命的永恒源头，

从那里我一直在与你交谈，

与你沉默并且没有停歇吗？

心是何物？能为何物？

它是一缕凉爽的微风？

是给溺亡者和死寂的

那口空气？

然而……

有某种拯救的东西存在于滚烫的历史

在这个夏天火一般的档案之中！

达吉雅娜①鼓起勇气，她第一个

告诉叶甫盖尼·奥涅金②

自己已经深深坠入爱河！

尽管知道不该这样做，然而，

她却做了这不该做的！

一个姑娘在一个男孩面前

不该首先表白爱情！

理论上说，我们都是天才；

本身的做法却让我们

头撞南墙！假如达吉雅娜

当时或多或少

①②借用了俄国诗人普希金的《叶甫盖尼·奥涅金》中人物的名字。

不是一个姑娘呢？理论说：

你要等等，你要听话，你要放心。

实际呢？哦，当走出定式，

走出模板、走出偏见的时候，

一切是何等的复杂，

当你抬眼仰望天空，

把目光投向花园，关注神话的时候，

一切又是何等的简单，

你做着世界上最艰难的事情：

你要自己，通过你，去成为你

因为没有终结，你在变化，不断变化。

于是，用肉眼就可以看到：

玫瑰花，分分秒秒，爱着

讲述着全部，因为自从创世，

天空和大地，就习惯了这样的

创造。罂粟花也是同样的做法，

还有蜜蜂，还有狮子，还有晚香玉。

我同样设想在石头的世界

也是这样发生。我院子里的

乌鸫也是如此。在孩子们中间

也是彼此喜爱，眨眼间就可以从一个星球

飞向另一个星球。远离善，

远离恶，夜的眼皮

合上，睁开，自然地跳动。

连续不断的优美旋律

从红色小提琴中同样地流淌，把我们托在

它们那甜美的无形后背，又同样

带着我们去跨越天涯海角。

信天翁同样落入大海，

用它们巨大的翅膀照亮着整个

地平线。雪花也同样飘降。

从今往后我将去爱，像蜜蜂，

像乌鸦，像信天翁，像小提琴。

从今往后我将像花朵一样去爱。

是的，像花朵。恰似我爱着所有的绽放？！

大作

应当打磨众人中的生命，

阿辽沙对伊凡①说。还有

夏日的余火，被挡在门廊，

也应当打磨。应当

打磨一切，每时每刻，

当我们乘着巨大的翅膀

又陷入忘却在镜子里的眼神。

应当慢慢打磨，

如同写书，在连续不断的钟点，

这部大作：草地、圣徒、

---

① 这里借用了俄国作家陀思妥耶夫斯基的长篇小说《卡拉马佐夫兄弟》中的人物阿辽沙和伊凡。

最后的一些人、陶土、

玫瑰花、岩石的花朵、大海、

英雄豪杰、群鸟和必然

困惑的心，在它们当中留下了

神圣的飞鸟，它们

相互挨挤在一起，

不知道该飞向何方

它们要穿越的夜色在吞噬

一切的一切：山峦、世界，

夏日、眼睛、岸边、大海、

胸骨、使徒和灵魂的

边缘，思念在那里燃烧

不停燃烧，要去完成

所有长久以来的手书

在河流和石头当中的东西、芬芳、

古代的敕封，在街巷，在炉台

和榆树里，我爱在其中，

我等待和倾听。

一切会是别的样子

啊，一切会是别的样子，一切
会是别的样子，如果我突然
告诉所有人，
把生命与死亡区别开来的时候
人们错在了什么地方。

啊，一切，绝对一切
会是别的样子，假如我的心
不再讲述
向着绿草、石头、高山、
树木、每日的晨曦

并且永远地沉默
就如同那懂得沉默的天空、
石头，风暴过后的大海，

如同懂得沉默并且不
讲述全部的海豚、野猪

和太阳，它懂得让无人
升起、西下和消失，
如同秋天懂得让自己
亡于落叶和枯树，死在人心，苏醒在
一个来世的生命，复活在春天。

是的，一切都会不同，
假如我的心不去交谈，
尤其与你，并请求石头、
大海、天空和河流向你讲述
我的故事。不论什么，

不论发生什么，石头会告诉你
还有如同思想、闪电、狂风
和白桦树的大海，告诉你我曾是一个女孩
现在也不时地依然如故，
我等你，就在这里，天地之间。

我在生命和死亡之间把你等候，

在散发香味的可爱羊群

和成群的彩蝶之间，在勇猛的

蟋蟀和充满幻想的罂粟花之间，在梦想的

密林深处，那些我睡梦中漫游的仙境。

在女像柱的阴影处

在女像柱孤独的阴影处

他留在这里，在这片土地，

那是别离时刻，你是否记得？

我曾请求你

用我这里的目光

把大卫王①安抚并且

一定向耶稣致敬。

你将在圣母玛利亚

密涅瓦教堂②那里，

在祭台的左侧，我说着，

当你在入口看到

---

① 犹太以色列国王（公元前1000—前960在位？）。

② 位于意大利罗马的著名教堂。

贝尼尼的大象①，吸引着

鸽子、好奇的眼神

和灯光。站在两个

柱子之间，作为大卫的子孙

被高卢人宠爱的耶稣

手扶十字架和拐杖

目光略显茫然，

从十字架和拐杖

转向大祭台，

就像要经过火与剑

或是越过一道边界。

那时你在前往佛罗伦萨……

正值七月，在各种物品，

在各路人流和果木中间，

声名狼藉的浪热和沉默

仿佛来自另一个世界，

降临在四面八方。

---

①意大利艺术家乔凡尼·洛伦佐·贝尼尼（Gian Lorenzo Bernini）1667年设计的雕塑
《大象与方尖碑》。

从那时起沉默开始蔓延

变成一种没有见过的宁静。

通过鬼魂的双耳尖底瓮

疯狂的精气徐徐升腾天空；

然后，通过飞鸟，通过它们温和的影子，

返回到树林、神鹰、芳香，

停留在所有恋人中

最热烈的恋人身上

在他们折断的翅膀上

把灯点燃，熄灭，又……

你为什么不给我写信？上帝，这一切

就像一场天赐的游戏，身在当中的我晓得

而你晓得我晓得，你晓得我也晓得你晓得：

在周围所有触及的地方

我心中的神——尽情放歌……

从那歌声中一切在复苏，

在启动，在飞向着更高的云天

直到听见一声沉闷的音响；

有一种粗磨的东西在到处疯长，

它发自一缕思绪的深处，

所有的东西从那里来向那里去

并且按时返回，

如同刀剑入鞘，是的，如同野草——

要进入同样的夜晚，如同石头——

朝着更高的穹苍，如同锦鸡——

要呵护刚刚破壳而出的幼雏，

如同无数的行星——向着相同的星座

和它们生锈的中轴，梦想它们的

是那些终年睁大的眼睛。

当然，在人们中间

不是这样相爱！可又是谁

对你这样说，啊，我们毕竟都是人？

或许，我们两人早已完全变成

别的东西；无人

有任何的察觉。

关于我也没有任何其他的消息。

对自己的存在

也毫不知晓。我想

我就不该去知道更多的东西，

当我还将存在于这个躯体，

在其中把你思念，如同盲人

思念白昼，如同鲜血

思念它的心脏主人，

如同被遗忘在白色大理石台面的碎片

思念完整的白色瓷器，

如同一位断臂者——无法舍弃他自己的手臂……

啊，是的，差点忘了：在一个星期五，

一位亲密朋友的去世

把我从翅膀上拽下，我泪流满面

直到一个天使的国度

把他送上天空，连同他

梦想的国际和所有一切，

在那个世界人们生来就是兄弟。

得到更有力印证的是

把我卷入的旋涡。

得到更有力印证的是神

他通过我让杨树花般的雪片

飘落了整整一个白天和两个夜晚

而且依旧飞舞……

我在等待自己，同时等你

我在等待自己，同时等你。
风啊，你在塑造哪个世界的面孔？
我生存着并问自己：思绪啊，
我作为父母亲的根，
又是哪个世界的回声？

有时，我开始理解。
每件事情——
在被理解当作一片阴影触碰的时候——
我身上的某种东西都姗姗来迟
它似乎留下，又似乎熄灭。

我想详细地描写所有这些，
尤其因为黄昏悄悄地爬上
各种物件、树木、脑膜。

我的身体带着某种来自黄昏的东西
正如我想携带自己的血液。

我不是来自这里；我刚刚能够呼吸。
上帝啊，全部所见和不能所见的父亲，
完全另一个世界的和煦来风！
空气愈加变得猛烈。

穹隆被弯曲在胸骨里面，
就如同我的生命被压挤在一堵墙中。
尽管如此，快来吧，亲爱的，
在所有最优秀的儿子当中，只有你——
是最可爱的。

奥菲莉娅的号哭①

你放心，我不过是那归宿
属于一支不属于我的歌。
我知道：我应当有所准备，
在神旋涡般来临的时候。

通过我来说吧……你不要害怕，
我不会在紧闭的门前扰乱你的安宁。
我不过是一个迟到的少女，
身体是影子和梦做成。

我不过是一个羞怯的姑娘，
生长在一只钟形的玻璃罩下面

---

① 这里借用了莎士比亚戏剧人物的名字，奥菲莉娅是哈姆雷特的女友，自杀而死。

得到了太多的生命

经历了太多的死亡。

"我曾想通过你

来为自己疗伤……"

我在夜晚的翅膀上低声说。

够了。打住。

我想入非非，我征服了自己。让我把它

从原地拿起，从这个美丽的身体中逃遁。

我要在另一个十字路口把神等候，

不论何处——以别样的开始。

你把一切忘却，从旁边过去吧。

就像一阵风穿经大门，

就像白日从树林间流逝，

就像圣水——让死人复活。

……毕竟，我爱着你。哦，圣父，

从我这里拿去这个杯盏！

你如何成为看不见的某人的庙宇，

不同世界之间一道徒然的边界？！

你像块木头

你像块木头，我咕哝道，
已经无可救药，因为
你像块木头。你
就如同橡树的叶子
如同一块花岗岩石。
你像暴风雨之后的大海，
不再由着惯性推动
而是一片平静，因为
它把一只翅膀留在了神话里。

你像没有黑斑的太阳
又像晴朗光耀的正午，
当一切都停滞下来，
原地不动，而那个地方
没有任何东西触碰。
任何的地震

都不能把你从源头移动，

在那里一切都可以预见，

如同板上钉钉。你

是最坚硬的石头做成

——假如存在这样的东西；

我相信如此！——用的是

最不能移动的泥土。

重要的是不要让我彻底

失去理智，我说，让自己的心

去碰撞在疲倦的城堡中

匆忙找到的所有的高墙。

我的心没有给我一丝的抱怨。

我的心，直到现在，对我也没有任何言语。

重要的是我不要失去理智。

是的，我想这就是全部，此刻，此地，

我重复道。忽然间，我想起来，哦，老天，

我正是自己生命的灾难，

神——最忠实的朋友

不留情面地对我说。我有过错：

是的，是的，我就是我灾难的地域，

我对于自己是黑色的奇迹，

它——眼也不眨！——

继续咕哝道：你像块木头，

啊哈，像木头，那些大工匠们，

几百年来，正是用它制作奇妙的小提琴

又在暴风雨过后，直接用

天上飞落的橡树叶子，

在重归宁静的大海上歌唱！

我亲眼看到：那种宁静的下面

夹带着许多双耳长颈陶罐。

你如同太阳——

那是巨大的正午之源头，

万物生长的力量，

那也是我在不知不觉的书写中

陨落和坍塌的地方，为你，仅仅为你。

你如同石头，如同花岗岩，

艺术家们用它雕凿优美的塑像，

不容置疑，在某个时候，

几个世纪之后，它们会在每天的夜晚

向你讲述我的故事，全部故事，

而我却没有能力做到这样。

我的夜晚

啊，我的亲姐妹们
从战栗和泉水中把魂灵
痛饮，让家宅守护神们迷惘，
白色的猫头鹰，在树洞里瞌睡，
撩动思念的孤独余火，
森林和花香中的灰烬
还有在烧灼内心的群狼，
正是从它们当中消逝又复活
杜鹃的幼雏和岁月光阴……

啊，我的夜晚，姐妹们，
把对根的爱抚放到叶子里面
送上毛脚燕尽情飞翔的蓝天，
当年轻的亡灵之血
把恋爱中的青草滋养，

而月亮那冷漠的圆盘，没了踪影。

带着被别的世界留下刀痕的

心灵，我聆听着

各种芬芳发出的当当钟声

我迷失在它们青铜般的沉默，

如同大海沉入洋底，遁进深闺，

那是梦想的贝壳、幽灵和尼贝龙根①人的地方，

同时向北方漂流，在手掌里摇晃

圣人的心，在那里他们清晰地

看到，顺带的，月牙状的沙丘和穹苍，

蠢笨的乌鸫在里面做了快乐的巢

而采集了我的全部花蜜还茫然不知的灵魂

没人知道会把它们带向何方。

①尼贝龙根，北欧神话中指"死人之国"或"雾之国"。

哀歌

我是一个孤独的人。我独言自语。
哎，这有什么？那些树林，当你穿行其中
并在你的身后留下痕迹
飞向芬芳、思想和盐的天空，
难道不是在同它们自己交谈？

树叶发出一阵颤动
把面孔转向水面、光芒、瓢虫，
朝着一棵树还能变成的东西
它的周围是其他更幼小的树
还有玫瑰和紫藤的棚架。

你究竟为什么让自己被环绕，
当你被不眠的困扰所包围？
你的身体——里面藏满叶子的

树——受到从上帝花园派遣的
某种不安所折磨？

你要因忧伤逃向何处？在哪个世界上
你可以为自己找到安宁、岸边和隐蔽处？
我们从来都不孤独，一个隐修士
对我说。我们从来都不孤独，
叶子、正午、布满石头的河滩都在齐声附和。

另一个世界的回声

你属于另一个世界的回声
消遁在寂静的枞树林间；
你应当等待，好落入
那些姗姗来迟的乌鸫当中。

你应当是海鸥翱翔
和恋人相爱的大海，
被那些喜好战争的人歌唱，
当他们吸着烟斗的时候。

你应当成为家宅
把大门向四面敞开……
倘若这些孩子不在草场上嬉戏
生活又会是何种样子？

倘若我们的目光彼此相视，
没有某种东西在内心深处
无情而又神圣地把我们燃烧，
生活又会是何种样子？

我们逐次地成为回声，
家宅和树林，寂静，孩子，
同走散在收割后田间的小山羊
尽情戏耍到很晚的时候。

豁然开朗

豁然开朗
我想我开始明白
有什么发生在我身上。
神在我这里扎下了
太深的根
不放我离开
就如同大海
不让那链条般的礁石
从海的水里挣脱。

各种事物
开始逐渐清晰明白：
树木没有根基
就如同鸟儿无法飞翔
只能彻底坠落

在自己身上
最终死亡。

苍天啊，上帝啊，三年前
开始了被置于刀口的日子
我深深地坠落
在自己身上。我死了……
哦，各种事物是如何，再次，
飞快地，像在生活中，在梦里，
在童话世界，变得混浊纷乱……
我待着，我等待，我要去爱，
干脆这样——阵阵低语的是

柳树、玫瑰、三叶草和
宅屋后面的天使，
他坐在青苔喜爱的树墩上
无缘无故发起火儿来
冲着花团的崇高
漠然，
冲着从东方飘来的
薄雾。

天使心情忧郁

一个劲儿地胡思乱想。

我默默地注视着他。

我用目光爱着他。我听着。

许久，清晨，我听见

有人在用一片微笑

布满了整个天空。

有某人附身于那位天使，

有某人在不断地上升

在不知不觉中重复着：我

像藻类一样去爱并且什么都不

再问。是的，像藻类一样去爱。

像苹果树像玉兰花一样去爱。

我要像海盐一样去爱。

而且，在不同世界的边界上，

像桑木制成的圣母。

心的祈祷

草的眼睛明亮，
月的眼睛明亮。
毛脚燕斜着飞过，
落在这神圣的正午

落在我异样的灵魂，
聚拢它的是大海，昏暗，混浊，
在你的手掌里荡漾
在悲戚的风雨中变得神圣。

照亮我吧，带着我
穿过你的那些天使，
他们瘸着脚，用门支撑起
天空和目光短浅的恶魔。

冲刷我的心吧，异样的心，

在暴风雨里，在陆龙卷中；

把心的深处照亮

在黑夜降临之前

还有给它带来的空旷，

在把它撕碎，把它砌入

城墙里，把它闭锁起来。

你眼里的泪滴分明是给它的蜜

黎明中你把它从那里拽起，

你把它抚摸把它娇惯

给它带来花蜜和露水，

都是从父母身上采集。

你为它带来纯净的血，

根系和幼嫩的草

从再生的祖先

到鸽子，到玫瑰、桑葚。

照亮我的眼睛吧，

把试探忠诚的鬼魂洗去。

照亮我的心吧。
当它愤怒的时候就带给它火，

带给它和平，为它施以
蜂巢的魔法，
从那些凶猛猎豹的沉默
带给它蜂蜜

还要从狂野的芬芳中
带给它毒药。
正如同你把世间万物
都拢集在你的光中。邻居，

带上我把我带向远方，
把我在毛脚燕中照亮，
当孔雀的闲庭信步
在大海里把我引领。

把我照亮在石头里，
在杀人的火焰里。
把我照亮吧，在那些
刚刚离开襁褓的天使身上。

当你的光芒把我原谅，
也请你把我的光原谅，
你把它像疾风一样带走
穿过你那些笔直的树林。

你带着它就像亲情思念
存在于那些清醒地方
勇敢的幽灵幻影
在你黄色的睡莲当中。

再把它带入你的手掌
向它歌唱思念、终结，
把它封闭在一片森林
一个神话世界的海岸，

那是天空中你的海岸，
我在那里上岸，经过毛脚燕，
经过各种芬芳的骚动
和奇迹般的火焰。

请求你，原谅我，在枞树中，
原谅我在挪威械树中，在花朵里。

原谅我在婴儿和羔羊身上

还有疯狂的降雪里。

还有身体的教堂，

还有最美丽的翅膀

也把它们原谅，请求你，原谅，

当你愿意的时候，把它们带上回家：

在一处山脚，

在一个天堂的入口①，

你在那里创造了世界

并且向它歌唱，也把它歌唱……

---

① 罗马尼亚著名民谣《羔羊》的开头语。

再度……

我再度到达了那个点
我就是从那里出发的：我是
一个独孤的人且在死去，
有的人通过我不再
沉默，像古希腊的行吟诗人，像疯子，
他们在歌唱，歌唱我死去
和我的世界死去的方式。
就如同在上个世纪，我重复道，
忘却我落在物件、丘陵、河流上的声音：
　我思念一个男人的肩膀，
　让我能够倚靠着放声大哭。

清晨，从我的身体里
我——像海豚一样——再度跃起。
一切出现在我面前，

无法相信的荒凉、平庸、冷漠、迷茫。

像在果戈理的书里，天呀！像在果戈理的书里！！

登峰造极的是没有任何办法。

你为什么撕碎我的心？为了把它扔给

狗吗？！动点恻隐之心，哦，上帝，

没有被足够唱颂的圣父！！而你，永远被爱的，

秘密的新郎，订婚的男友……

还给我斗篷，给我发出拍打声的

翅膀，在这里，在你的世界里，愈加陌生

于富足，它被每时每刻积累，

对这样的富足我享受得如此之少，

因为夜晚我可以听见它的呜咽？！

哦，上帝，把我那伟大的时间给我吧，

在其中我可以看到，如杨树，

如老虎，如橄榄树，又如蜜蜂

我可以看到！是的，如同蜜蜂……

原谅我的问题……然而我？！……

我在哪里，你现在，就在这里告诉我，

哎，然而，在哪里？！……我跨越

废墟；灵魂姗姗来迟，我的目光

挑唆蜂群离开光明，让蜂群

离开纵队，让侧面加固的野蛮城墙

离开天云般的柱廊，

坍塌在野草和锈病里。

哦，苍天啊，你马上告诉我，在灵魂里

为什么你向我流淌下忧伤的蜜?!

看这个人①

我也是人；我也有灵魂，

这是真话，真的东西有七条性命。

灵魂也有房屋裂缝的墙，

也有我窗前的玉兰花。

毛脚燕、青草、老虎也有灵魂，

海的女神也有，是海把贝壳和珍珠

撒向沙滩浴场上的姑娘。

铁锈色的乌鸫也有灵魂，

它们经常受到喜鹊的责难

喜鹊把自己的灵魂置于最牢靠的地方：

在翅膀展开的扇面。

---

① 原文为拉丁文Ecce homo，是本丢·彼拉多（罗马帝国犹太省的执行官，耶稣基督在其任内被判钉十字架）描述基督耶稣的话（带有极度的轻蔑）。

泰勒斯①从一开始就告诉

他的弟子，万物皆有灵魂。

因此，石头也有灵魂，

道路也有，山羊和鼹鼠也有。

鳄鱼、蛇、蝙蝠、诗人、秃鹰，

也都有灵魂。

在傍晚，依然是泰勒斯

向他的门徒们讲道

死亡不存在

于任何地方：下面没有，上面没有，

它就从来没有存在过。

门徒们不相信他的话。

他们尽情地笑话他……

耶稣知道。我也相信

他知道的全部，他告诉我们的全部

耶稣也对我们说。

我相信他听他的话。有时，

---

①泰勒斯（Thales, 624? —546? ），古希腊哲学家、数学家、天文学家，希腊"七贤"
之一。

会发生我所钟爱的东西
在晚间祷告，在眼泪中坍塌，
而我那疲倦的心轰然倒下。
于是我跪在石头，
跪在马匹，在最后的人身上，
在圣徒和英雄里，在我家
庭院的果园，祈祷于玫瑰、毛脚燕、
柳树，于庭院角落的墓地，
在那里为自己找到归宿的
是蜘蛛的队伍，野草的幻影，
沉落在大片星光里的天使。

为我把它从无眠和悲伤中拿走
请便吧，让灵魂起码能够
时不时地升上天空，
在那里能够再给它石头的
耐心，清晨的甜蜜和
蛇的狡猾，深沉、重如苍天的
群山，河流的清凉，
而最终——大海所知道的一切。

在祈祷的开始和结束

我要为我冒昧请求的一切

表示感谢并请求原谅。当你

处于生死之间的时候，你在学习

并总在学习，那么，假如你怀有

向运气胡乱敞开大门的

心，你会发现你也是

人，你也有灵魂，

你也开始疯狂地爱，

爱上七个世纪，

用尽七条性命。

从何而来的如此长夜？

从何而来的如此长夜？
尤其是，痛苦从何而来？
我面向东方祈祷
而你的影子——
——来自爱情——
把我吞噬，把我隐藏。

在你的躯干里是夜色。
你的年轮把我拥抱，
把我包含并抹去
迷失、诅咒、岁月……
在跌落中把我抓住。

你的神情让我如归似家。
在你满是洁净叶子的天空，

啊，来自另一个行星的橡树啊，

从遗忘在书页间的字符中，

我已经出生很久。

这么多次我通过你飞行

从峰巅朝着山脚，

伴随成群的毛脚燕和秃鹰，

穿过椴树的香气、近视的

大天使、迟晚的玫瑰和紫藤。

我与你共饮过

悲伤之雨的水

它从深处照亮大地、

死人、鼹鼠、过去、

迷失、天空和思想。

是的，同样的思想，似乎是……

其实，是一声迟晚的祈祷：

还是让我留在你那永恒的帝国，

放下那个曾经彻底

死去而又复活的我。

啊，灵魂……

当你无可奈何并追随你的神的时候——

你要付出：用血、不眠、眼泪和痛苦，

恰好可以用来拯救诸多完整的帝国。

我与你进行过几次战争，我们狩猎过

鹿、野猪。我们向日出的东方祈祷，

当你决定把所有知道的东西都教给我。

我与你推倒过大山狩猎过狮子。

这么多次，苍天啊，我问自己

你莫不是挪亚之孙的血缘亲戚，

吉尔伽美什[①]。即使出现你是的情况，

我也怀疑你是否有朝一日能告诉我……

---

① 两河流域苏美尔时期（古巴比伦的母体文明）目前所能考证到的确实存在的最古老的王。

一切看上去都像在雾里。一切是清晰的。

若干年后，几个世纪后，将会口耳相传

我们两人是如何在那七次战争中取胜，

我又如何在突然间疲劳地倒下，

就像从伊特鲁立亚的天空，倒在你的肩上，野蛮地

哭着并透过眼泪向你讲述，

我深深地爱上了某个人，

后来，人们对我说，

我生命中的爱情是神父，是的，一位已婚的神父。

我恨不得永远诅咒我的心灵，

我在说，然而你及时阻止了我。之后

我们跳舞到很晚。而你，加布里埃尔，

像神，像天使，亲吻过我的额头

在你的翅膀上接纳了我，在那里三十年

连续不断，在窄如刀背的地方，我睡着了，

我要喘口气。啊，灵魂，我的战友，

我那没有结尾的故事中的朋友，

我的孪生兄弟，用抛向空中的锚，

用撒在河流上的骨灰，在神话中。

安提戈涅①

我是某人的手
看不见的手。
你是那过于徐缓的
远方
活泼的眼。

我是动听的声音
来自树林和一种永远
孤单的植物，
来自飞鹰
斜着掠过人群。

我是尺度，迟疑中

---

① 古希腊悲剧作家索福克勒斯公元前442年的作品及其中的主人公。

把一个世界与另一个
世界分开，再也无法看见。
迷失在夜晚的
寒意，我听着

不同的世界如何相爱，
移位、触碰，
又在晨曦中重合
成为光轮，在当中
瞬即消逝

于同一天堂的
各种芬芳：
手、声音、飞翔、
寒冷、露水，
通过它们我得以复活。

生命线

就像是在几个世纪以前

我曾经历过这个躯体。

这个七月难以置信地生长

在这些灼热世界的边界，

毫无疑问，对此我曾经历过……

就像我很久以前

曾看到这些词语——

栗色的野马，像火焰般可爱，

在其中，是的，我曾看到这些词语。

从那时起，它们就像我的女友，生长

并不断生长于树、河流和坟墓，

生长于奥秘的天空，

而那奥秘永远封闭，如同在一道墙，在泥土。

就像天上和地上所有的

水井和道路都对我敞开，

当没法再有作为的时候。

平缓的山脊脱离了

我中了魔法的翅膀，就像脱离了摇篮，

就像离开了大地。飞鸟为我书写并朗读了

生命线，通过它——我回忆起——我曾经历过。

然而，我跟随它们，我梦想，我倾听

并平静地掠过，像在睡梦中，我又中了魔法，

从橡树的年幼树干变成了老旧树干，

在今天，或是很久以前，晚间的余烬中，

再次，在从前的躯体里，

不知道我为何而生。

萨福体诗①

全年带来的东西不及盐巴，
白昼带来的东西不及绿叶，
整月带来的东西不及大海
那是浪的澎湃汹涌。

百合带来的东西不及书籍，
狮子带来的东西不及动词，
生命带来的东西不及死亡
对于活生生的世人。

片刻带来的东西不及翅膀……
一切都不相同又近乎一样

---

①古希腊抒情诗体，每行十一个音节，五个韵脚。

在生命，在死亡，在天空
和万古流芳的神话。

我歌唱、摇晃、哭泣、咒语大海，白色的睡莲。
草和风就如同不可能的
爱情。我歌唱心，灵动的思想
关于我的死亡。

如同Sapho[①]，我就像死去了一样，每当
我施以巫术来摇晃那种不可能，
它看着像一幢陌生房子，把门
在夜色中大敞。

我歌唱羔羊，它们无声地围着食槽嬉戏，
穿行于罂粟花开的牧场。夜晚的沉默，
在庙宇，在我身上，在万物中
那富有生命的宁静，在黄昏，

在花香和坟墓，我把它们歌唱。自从——

---

①古希腊女诗人（Safo / Sapho，约公元前625—前580）。

只有影子知道的时候。而你的光芒，
亲爱的，忽然间，像一场龙卷风
生成于大海、树叶、

生命、死亡、天空，于伟大的爱情。
那种不可能，无所事事地看着所有
发生的情况，当我歌唱并看到一切
如何慢慢燃烧，旺盛，

闷闭，在当成恶作剧的火刑上，
在神赐的葡萄上。我歌唱
光明和不眠的宁静，当它们聚集
在世界的各个地方

并且快速地生长，在梦游的队伍行列
像坠入深渊一样，坍塌在我身上
倒在巨大的正午，永远地
陷入沉思。

红色小提琴

——我说过多少次
我不是神父,
而那神圣的誓言
死亡已把它随风带走,

带到山间,带到水面,
我妻子的面庞
被天使画在那里
在星光下变得模糊。

风也把我的儿子
带向四方,
朝着那里缓缓流逝着
老虎、蜥蜴、可爱的小路。

我是做了……的那人

为什么我要躲藏?

自从我知道了自己,

我就是小提琴工匠。

用一块野樱桃木

我制作了红色小提琴,来哭泣

我永恒的爱情还有

神圣的肚子里的孩子。

当我没有眼泪的时候,

我用自己爱人的鲜血

为小提琴涂上颜色

在它木质琴身里有一位神

复活了并开始

哭泣,一直到你

从不知道何处

诞生又不知道

你做了什么……

从那时起,琴中的神

开始不断地歌唱，歌唱

泥土与星星之间的一切。

我爱上了你，女人。

从第一刻我就爱上了你。

我知道那小提琴在中间

而琴弓则被遗忘在神话里，

因为在佛罗伦萨那把弓

直到今天也无法找到……

因为我是神父——难道

某位无聊的天使向你讲过，

这位天使从睡眠的树上跌落……

没有任何办法

除了爱你。就让我们

听从上帝的意愿吧。

——让我们听从上帝的意愿？

你，或许，爱着那位

通过我为你

写诗的神。在每行诗句中

你都感受到他的呼吸
和失踪的女人的热气
你还在找他。——我爱你，
尽管你讲得空话连篇，

时而在月亮，在树上，在天体……
自打创世以来我就没有见过
这样的事情！我爱你，女人，
我将爱你，一直到我们俩要向着泥土

回归。从那泥土里
我可以学会做瓦罐，
做得很快，在它们当中徜徉心扉
还有你的神，还有我的思想……

还有你的神，还有我的穹苍……

万般魔法之宗

读所有书中的那本大书意味着什么

——生命——读自然之书又是另一种样子：

轻一点儿，再轻一点儿，你要一直燃烧，起码

时不时地，要燃烧得美丽和沉稳，

要燃烧得徐缓，要燃烧得像尼采的书中那样……

当心，要像湿柴之火不停地燃烧

并非容易的事情！在这堆火里，任何一道年轮

任何一股热气，任何的任何都不会失去，也不可能失去。

你去教木头如何歌唱

意味着什么，让它如同

单纯的草，高远的天，还有乌鸫的歌唱：

无拘无度……尽情无限

那种自由毫无羞怯，那种奔放把人降服，

我的心，狂跳的心，没有学会一件事，

那就是：现在将来，永生永世

能够沉默不语。

它歌唱，一直歌唱，带着强劲的

魔力，带着一种喧嚣

无法描写，也从未被讲述。

这就是我做的全部，亲爱的，是的，我为你

做的全部……啊，是的，我想其中

还有某种东西……是万般魔法之宗，

它被圣·奥古斯丁^①在生命的内心诵读：

去爱吧，你将被爱，去爱吧，你将被爱……

还有某种东西……是的，还有，还有……

世界上最艰难的事情……同样

艰难的是去建造群山、人类、大海！

---

① 圣·奥勒留·奥古斯丁（Aurelius Augustinus，354—430），古罗马时期神学家、哲学家和作家。

俄耳甫斯^①

——在我生命中的两个女人当中

我寻找的是你，女人……

——两个?!——别说了，女人！从何时，

啊，天哪，从何时……我就把你等待

把你爱。你的名字我曾听说！……

通常，自从我知道了自己，人们……

名字不是这样。

你的名字奇异而我去的

任何地方，它都不知道如何

从后面把我追上，它翻腾着我，

---

①在古希腊神话中，俄耳甫斯是色雷斯的诗人和歌手，善弹竖琴，其琴声可使猛兽俯首、顽石点头。

把我搅扰，我奔跑着，此时也想要跑掉，
而它，你的名字，我知道，将从各个地方出来：
从冷杉树、大中午、海豚和丘陵，
从岸边锁住的大海

和充满幻想的信天翁的飞翔，
从群山那如同野猪般沉重的脊巅，
从天空把我带向的任何地方
在它永恒的，过于明亮的路上，
它们开始的时候躲避我们……后来，
当时间到来，天哪，在所有的地方，
就像一场大雾，一下子出现

在我们面前，正如你现在为我而出现
一样。几个世纪的时间里你在何处，你曾为何人，
你与谁会过面，在什么样的芬芳里
睡过？谁的手臂曾把你摇晃
在挪威槭树下，被遗忘在玫瑰花丛的露珠里，
那是不同寻常的天使带来的露水——
从永恒的圣水中产生的热气？……

欧律狄刻①

经常有这样的情况
早晨我醒来的时候
如同身在石头当中，于是
我飞过那些毛脚燕
鸟儿正喘气歇息
站立在幼小的李子树上
或者落在距离最近的
那只船桅。

经常有这样的情况
夜晚迟迟归家的时候，

---

① 欧律狄刻（希腊语Ευρυδικη，英文Eurydice），公元前4世纪人物，是马其顿王国大臣安提帕特的女儿，也是托勒密一世的妻子。

我也沿着蜗牛或神鹰

留下的踪影

落在了自己内心。今天

是星期五吗？它把一样样收拢

就像一只只羊靠拢成群，

各种幻影开始了盛大的集会。

当你来到我这里

把我寻访的时候，务必镇静，

之后要忘掉你自己

不管发生什么情况。我请你求你

不要把头转向那些幻影。

有时，我会混杂在它们当中，

为的是让那些从穹苍逃脱的天使和魔鬼

一个也不能把我认出。

直到所有的花朵

直到陷入沉思的

天使——魔鬼——做他们的事情，

起码是不时地，踏在陶盘上。

直到所有的花朵，在暴风雨来的时候，

跟风车搏斗！！

直到所有的花朵……直到众神

绕开那些幸福的人

又降临在最后的人，

同时选择那些被黑色的天使，

被爱情或疾病光顾的人。

直到众神，是的，直到众神

停留在那些人当中，在没有

任何事情可做之后，才最后一批飞离。

直到太阳，从一早就开始陷入
沉思而迟迟不肯露面。

直到树木由于等待而落光叶子
在那之后，才有飞雪的准时而至……
直到你自枞树林中姗姗迟现。
直到秋天收紧在自己的身体：
就从我发芽破土，不是吗？

直到五颜六色，直到天堂的斑斓
从此在我身上消退，燃点……于是……
你为什么不来找我？你为什么不对我说？为什么
你不来敲我的门?!敲门，门就会为你打开，
经书上这样写。你没有敲门……你没有来……

优雅的陆龙卷

我等待着陆龙卷，优雅的陆龙卷
我等待着！它把一切带到这里，搅乱
各种东西，之后又让万物，及时地，变得清澈……
你等过我？这就是全部！！你等吧，
做你自己，做你，等待，当光
从失去的年华、从公正的年代奔涌！

这就是全部，全部，相信我！现在我爱，
我理解。我用一棵洋槐上的眼睛爱你；
是的，我爱你。就如同一个恶魔，如同一位知识天使
用天鹅绒般的眼睛（我的圣父的眼睛），
如同一位知识天使——像巨大的陆洲——
我的感觉。是的，是的，是的，如同一位知识天使，

从他身上平稳地流过了所有江河，

啊哈，就那样流过！而在你身上，如同一股陆龙卷，

苍天啊，你一闭眼的工夫，它们就纷纷远去……

我感到自己像一只尚且还活着的海豚，被水

抛到岸边，不对，是梦中的地方。

不要笑！……在这里我找到了……到处，上面

和下面……在眼神中，在肋骨间，一切，在

死亡生命用嘴把我刺透之后……

我被那个最完美的陌生人占据着

眼看着他就把让我与自己彻底裸露……

我剩下的只有……去爱你……各种声音

混杂在一起……我不懂……我爱在大鸨，

在花朵，在芬芳，在陶土……在一天的晨曦中我们去爱……

那个年月……这里是如此荒寂！然而那荒寂

久远——你看见吗？你感觉到吗？——它像一座坟墓关闭了。

陌生人会像一只双耳尖底瓮被装满，

将一夜暴富——你会看到——像松树

和花朵……你会看到，是的，一切……会拔腿就走……

我们将会像活的海豚一样，被

疯狂的海水抛向岸边。我们将会

像海豚在汹涌澎湃、气势磅礴的

大海，就像你折断一束橄榄枝，放入银河系。

我们将像阿波罗变成的海豚……像海豚……还有……

还有……像明亮的天边……

……我们还将是……陆龙卷?！那么陆龙卷

又会如何?！啊，苍天啊，苍天，我生命的

灾难，你不是任何意义上的……仙女……

你是一场灾难……对对，一场灾难，你是一场

昂贵的灾难……这事实无法改变问题的信息。

不过这不是我想说的……住嘴，女人！！

……那么陆龙卷呢？那神奇的陆龙卷，

我们的陆龙卷，亲爱的，又该如何?！

在通向它的路上，昨天晚上

——不管怎样，我也要告诉你——相当晚的时候，

荷花的全部行星都绽放了！

啊，上帝，与你在一起，不论我的生命

多么旺盛——上帝保佑，我生存着！——我害怕

我无法持久！不论多么有生命力，天使们，

无所事事的魔鬼们都会让步，会重新复活并且……

我不知道再说什么……他们的神经也会沮丧。

和你在一起，亲爱的姑娘，所有的死人、活人、神、法老、

提坦①男神、提坦女神都会从坟墓中起来。

---

① 在古希腊神话中，提坦神为盖亚和乌拉诺斯的十二位儿女，是奥林匹斯众神统治前的世界主宰者。

在日复一日的早晨

你是某种东西……某种不可能
定义的东西，总提些
不可能的问题。你是一个生命的
光泽，是一道薄雾，在天边
那无法看见的面庞。

你就像大海，有时候
在清晨很早的时候，就被载上
信天翁和提坦们神经错乱的
翅膀。你就如同那两个兄弟，
自从开天辟地，就置身于四散的

巨兽当中，当时机来到的时候，
把它们带来，面对面，
如同你把我的灵魂带来

又把你的灵魂孪生般地放在旁边，

在日复一日的早晨。

你……是我的灵魂，

是我的孪生灵魂，

还有那只从果园上

飞掠的鸟

最美好故事的开篇。

你的样子有点儿像毕巧林[1]

当然，也有伊凡身上的东西

同时，不要惊奇，还有阿辽沙的影子。

但是也有梅诗金公爵[2]

你的圣体的、精神的血亲……

恰似今年的玫瑰。

恰似一首诗中的玫瑰

就是赖内[3]那首被爱得最狂的诗篇，

---

①俄国作家莱蒙托夫的长篇小说《当代英雄》中的主人公。

②梅诗金公爵，俄国作家陀思妥耶夫斯基长篇小说《白痴》中的男主人公。

③赖内·马利亚·里尔克（Rainer Maria Rilke, 1875—1926），奥地利诗人，20世纪最伟大的德语诗人。代表作长诗《杜伊诺哀歌》。

你充满了矛盾、放弃、
快乐，在不属于任何人的梦中，
在一位神的眼皮底下

他从自己的山上离家出走，
为了不在任何地方被发现。
我究竟要用这种深奥的
英雄般鲜活的混杂东西来做什么？
等待，用目光看着神话来倾听。

停下来

不要再跑了！停下来！

不要再从任何地方漂浮

向任何地方，鼓起勇气

让心在思想中变得更加寥廓。

努力让你不要忘却：心，是的，

心是一个生命之根，

是它困惑而又过于鲜活的肉冠。

照它对你说的去做！它知道！！

它知道并会向你讲述，此时，此地，

因为我对你是如此思念。

就如同我有几个世纪没有

见你。几个世纪没有

见你！坐吧，过来

近一点儿，看着你如何呼吸：

慢一点儿，深吸气，平缓些……

闭上眼睛，对，闭上双眼。

然后，慢慢把身体平躺

在草坪，在地面

让你想起：我们已是

迷途绝望，内心空虚、

卑鄙和龌龊，

如果同陶土、圣者相比。

吸口气吧，慢慢地，深深地

入胸，尽情放开臂膀，

然后在你的内心上升，

在大鸨橙色的翅膀之间。

你接着去飞翔，飞翔，

飞向世界屋脊，

优美地滑翔在西藏

那灰色、蓝色、

绿色、橙色的山巅。

翱翔吧，任性吧，让自己

被爱，享受风、神鹰、积雪

和你暂时看不到的世界的

爱。随后，用一种无边的柔情

去杀死任何引注、任何影射，

它们涉及的是焦躁、虚荣、

对自己的轻蔑、耻辱、

懒惰、怜悯、仓促、恐惧、

苦闷和忧郁、悲痛……

从生命的行李中扔掉

从傲慢、从表面世界中

滋生的所有东西，

连同所有那些属于

虚伪的秘密档案的东西。

接下来才是：回去吧，哦，

你这永远的，亲爱的，

我全部亲人中的至亲至爱，

返回你生命的心灵……

你在下降，下降，下降，下降，

通过它那不死而奇特的双耳尖底瓮，

永恒的强烈严寒

不时地把它刺痛。

你在下降，亲爱的；不要害怕。

一直向前，就如同

你走过林中的一片开阔地，

把眼睛闭上，睁开，

闭上，睁开。

盲目地相信

你自己的感觉，

认识你自己并且去看吧，

通过那些感觉的眼睛，

它们永远睁开着，无所不知。

放下那个从前的你吧，

放下女人们，放下男人们，

放下一切，一切，向上，

升到地面。只有

那时，忽然，你将看到

和感到那些

不能别样感受的东西，

那些换一种方式

无法看到的东西。

你将面面相对

那种在场，

它把你抱在怀里

走在这全部的

——升到地面——

不知所措而且

不可信的路上。

你不要惊奇：

只有那时你将听到，

你将听到我如何低语

且不停地低语：永远

亲爱的，永远优秀的

儿女中的优秀，

我对你是如此

思念。就如同

几个世纪没有见到你。

几个世纪没有见到你！

从那时起，啊，经历了

如此众多被烧毁的树林、

雨雪、正午……

坐吧，过来近一点儿，

看着你如何呼吸，

闭上眼睛，

我把它们合上了……

吸口气吧，慢慢地，深深地

入胸……瞧我们

如何把臂膀

越张越开并彼此相爱，

我们爱着大鸨

橙色的翅膀。

我们是两半
属于同一只珍稀的飞鸟，
我们是两半，
属于同一种难得的机运，
它让我们迟到在这里，当然，
有几个世纪，在这里蓝色，
那里灰色或咖啡色的高原，
散落着橙黄和绿色的沙丘，
漫山遍野的花朵，
被油菜花和向日葵
染成黄色的高坡，
坡地上是疯长的、野生的
酸樱桃树：你爱，我爱，
你感受一切，一切为我感受
在同一个灵魂里：
我看到一切，一切被你看到。
在同一个灵魂里：
你爱，我爱。

充裕

恋人们在天上生火
早晨，中午，傍晚。
一条蛇窜上了留在最后的
天使的太阳穴，随后逃走。

死亡在劳作中闷头燃烧，
在夏日的末了到处向我们微笑，
它沿着大地纵横奔跑。
愈加充满生命的活力。

黑暗我们充裕地拥有。
假如不存在痛苦，
就像在星星和草里看到的那样，
那么它一定会被发明，

为了让我们抵达生活，如同尤利西斯^①

在晚近的伊塔卡开国，

当诸神制造野蛮的火刑

并在他们活的著作中找到全部。

---

①尤利西斯（又译俄底修斯），古罗马神话中的英雄，对应古希腊神话中的奥德修斯，是希腊西部伊塔卡岛国王，曾参加特洛伊战争。

摇篮般的

你肩上托着一只鹰隼。
我手里持着一只翅膀
并在它强烈的气场中入眠。
它的气场让我再生
而我不知道被带向何方，
当你肩上托着一只鹰隼
眼睛朝向变形的时光。

你变得孤独。你审视着远方
直到越过七国和七海。
叶子的骨架让奇异的天空
飘满香气。飞雪铺天盖地。
雷鸣和闪电落在盛夏，
在生命的内心。散发出火热的气
马的鼻孔，神话中的鼻孔，在颤抖。

这是变化的征兆。鹰隼离去。

你用目光把它伴送到远方

天边。我突然发觉手里

有一只鸟并在那逐渐长大的翅膀上

给你腾出地方，啊哈，有家那么大，不对——

像一群鹰隼那么多。

睡吧，亲爱的。在我的翅膀上

获得新生。入眠吧。

爱我吧

爱我吧，不要把我留给自己。
我在万物中陨灭岂不可惜。
不要把我单独地留在
夜的草丛。从另一个

落日的方向把我搂在怀里吧
像风一样带上我
只有风能这样，不过还有
词语、圣人、

发疯的神，躲开隐藏的某人
他在茂密、严厉的枝丫里，
来自我异教徒的灵魂，
用陶土和天空制成。我对你的全部所求

就是把我抱在怀里

非常之轻地把我摇晃

如同风摇晃着

白桦林，

如同未出生的婴儿

被我们在思想和睡眠中

摇晃，而我爱他们就像

爱着草——那些亡灵，来自大地，

来自一片片被照亮的天空。

爱我吧，长久犹如七次

生命。留在你身上，让我彻底

熄灭并在夜色中消失。

每个瞬间

我们在夜中出生，将会
在爱情的疯狂舞蹈中
烧光我们的灵魂；你的眼灼着我的眼。
思念燃烧着性格的流域。

每个瞬间我都在死去。
光芒在宇宙中熄灭。
在不知道属于谁的宁静中，
我听着自己的血

又在蝴蝶中迷失自我，如同森林，
深在幽香，流连忘返。
如此黑暗从何处来？
生活不过是一种虚幻的景象！

那么爱情是什么，能是什么？
窗户，桥，滑行，
从固定的边缘滑向中央，
像圣父为每个人决定的那样？

我等待着；几千年来，等待
其他的意义来到我的身上
来凝结灵魂的热气，神圣的火，
完美的信仰。

古韵

我爱，我听着地下的奔突——拯救者般的
旋风，迷人的水岸，庙宇，薄雾，
白色的幽灵，一个世纪或另一个世纪的刻刀
刮下的痕迹？

这里有数千的天使，步履蹒跚，
聚众打闹，此时的我在上，在下，再
上。然而，我已经晚来了一个或者两个世纪；
悠悠岁月唯有影子知道。

在我再次向上之前，雨在平衡
一切。蜗牛们勇敢地在月桂树叶上滑行
漫步，在白桦树中费劲地讲着
同样的语言，

温驯的蛇和猫头鹰

在神话原型的仙酒里低声同语，

在它的翅膀下，亲爱的，世纪光阴

把我们收藏。

从哪个日出的东方

从哪个日出的东方，魔法移动了
世界，又转过脸
朝向帕尔卡^①当中
最美的那位？

你把眼皮合上的工夫
死人的黑夜就被魔法变成
那些用血流
淌的日子里
最明亮的白昼。

魔法还把空无的儿子们
从四面八方召集并考验他们，

---

① 古罗马人对命运三女神的称呼，见于荷马史诗。

当影子不时地惊动
在中邪的、黑色的小船，

在下游载着我们
所有人，并不问
那些多头的毒龙，哎呀，它们蚕食
蘑菇，还有女孩子的心。

魔法也不问那些圣人，
而在迟晚的夜间，也不问
被带上天空的灵魂，
由陆龙卷、流言，

一只看不见的手
从流言里飞快地把你采摘，
那手能够通过你看见
一切，知道沉默，聆听

并让魔法在你身体里上升
如同光芒照射在葡萄，
如同大地的血——
流淌在树木，润泽着嫩芽。

火炭与蜂蜜

你有全部的词语，另一些人——沉默，
一位朋友给我写道，与他
我进行过几次战争
在被几个世纪摧毁的城堡。
是的，我有全部的词语，我有天空，
我有坟墓，其他人——大海，
并且，坠落到它辽阔的远方
那里是信天翁和鲨鱼喜爱的地方，
古铜色的天际。心灵

丰富的地平线和山巅
像捕鲸炮把我射向
一个非此的世界，似乎……
然而，是我们的世界，我说，
是的，可怕的永恒世界，属于沉默

148

和飞翔，在鹰和山峦之间遨游，

在天空和亡灵的小草之间分布。

那是我们的世界——每天的奇迹，

被夜晚母亲在细弱白皙的手臂中

摇晃，被可爱的蜗牛们

按照喜好的、破坏性的雨来测量，

雨还有力量让我们归返，

不论多晚，它们都面向着我们。

我还有力量让自己归返

去追溯时光，用心去寻找

我那些写着诗句的本本，

在里面——两千年前——

我庄重地写下：我将燃烧并将死去

为你们，为所有人。可我错了⋯⋯

应该在那个本册的校样中

做极其重要的修正，那本册有

黑色的封面和为我那垂死的圣父

写下的诗篇，用的语言属于普希金、陀思妥耶夫斯基、

托尔斯泰、莱蒙托夫、阿赫玛托娃、布罗德斯基。

于是，正确的诗句听起来这样：我燃烧了

并死去了，几个世纪我在为你们、为

所有人歌唱。啊，苍天，上帝，多么

优雅的陆龙卷和多么缺失的分寸！……

何等的诅咒，或……我已经毫无所知

我在注定给我、仅仅给我的

非生命和生命中把你跟随。从这不可信，

因而又真实的全部故事中

我得到什么？我得到

大海的沉默，它时而浊浪翻滚，时而

汹涌澎湃，时而一望无际，

分分秒秒让人难以置信，

秒秒分分它都变幻莫测。

我得到雨水落在屋顶的声响，

我得到大雪像神话一样

纷飞的舞姿……

你们得到的是我的词语的

火炭与蜂蜜。是的，火炭

与蜂蜜，还有些东西，

还有……

耶稣变容节①

我蹑手蹑脚下到我的地下室，
如同我多少次做过和正在做的那样，它依然
富有生命。忽然某种东西把我猛地推向
地面。

我看到世界末日般的陆龙卷的顶巅。
我想从它猛烈的冲击中醒来……不，
我上气不接下气、兴冲冲地说：
这是一股陡直的旋风

来自一个显得完全中邪入魔的世界。
我的灵魂在活活地燃烧，像一支火炬，

---

①东正教节日，在每年的8月6日。

为了把所有人都包括在这首新的
歌里，它带着奇异的

阳光，照射着我的双眼。倘若
世界和我，是自打你降生就往里下降的
地下室，那么当我不复存在的时候，
你又该如何，上帝？

第二部

喷火怪兽喀迈拉 ①的孩子们

---

① 喀迈拉（法语chimère）是古希腊神话中的怪兽，最早见于荷马的故事。它由狮头、羊身、蛇尾组成，会喷火。无论在何处出现，都会摧毁那个地方。西方文学中有柏勒罗丰杀死喀迈拉的传奇故事。"喀迈拉"另有杂交动物之意，通常寓指不可能的想法、不切实际的梦想或任何我们能够想象但无法实现的事情。

当一切似乎终结

当一切似乎终结，完了，

抵达了最后极限的极限

并彻底敲定——我是想说决定性的——

板上钉钉，在永远的永远……

当你伫立等待并不再思考，

你根本不愿思考，也不再梦想，

你根本不愿梦想，也不再阅读，

你根本不愿阅读，也不再聆听，

你根本不愿聆听，永远的永远……

当几个世纪……连音乐你也不听……

连音乐你也不想去听

永远的永远……连音乐都不，天啊……

连音乐都不……啊，当你不再听有关任何人的消息，

真的不闻任何人，不闻任何人，不闻任何事情……

你根本不愿听到关于任何人，

关于任何人和任何东西的消息……

当你不再写作，你根本不愿

再去写作……当你不再有

力量在这里写作，在最后的

地狱，全部永远的永远……

当你不再吃饭并且

永远不再想吃饭

永远的永远……

当你不再饮酒并且

不再沾滴

此时，此地，永远

永远的永远……

当没人来的时候

当你不再走出你的房间

不再为世界上的任何事情出门……

当你不从你的床上起来

而且永远的永远也不想再起来的时候……

当全部的肉在你身上凝滞不动，

似乎凝滞似乎留下不走……好像这个

身体，似乎是你的，是的，会在这里迟到，

徒劳地迟到在一道奇异的边界

在各种无名的世界之间，它们——各自忙碌——

消失，又出现，消失和出现，那节奏

奇怪，徐缓，猛烈，徐缓，愈加徐缓，

继而急风暴雨，坚定不移，令人晕眩……而身体？……

身体似乎在，是的，似乎还在……那里，

在灵魂上……又似乎不在，是的，似乎不在……

当你拉起百叶窗，拉起帷幔并站立着

一直站立着，等待，再等待，不再等待的时候，

实际上，没有任何，确实没有任何东西……你动都不动，

确实不动……当此时彼时全部的你，简直没有任何东西，

绝对没有任何东西活动……

当某只手臂，某只腿脚，

某只眼皮，某种思绪不再呼吸，而你不再怦然心动，

不再呼吸，当一切看上去既不是馈赠，

也不是诅咒，既不是惩罚，也不是赎罪……

而馈赠、惩罚、赎罪，一切都显得……

实际就是。当任何东西都无人知晓而任何东西

你不再知晓，当你根本不愿再去知晓，去听，

去看，你根本不想再多看一眼……

当任何人不再听到有关你的任何消息

而你也不愿再通过你，和你一起，听到有关你的

任何消息……你不再想有任何人通过你，和你一起，

从你身上，看到……当任何人不来的时候……

当任何人不来，不来，不来，不来的时候……

而你留下吧，留在你的身体里，留在大门口……

并且不再消失，不再消失……

当你不抱希望的时候

当你不抱希望，也没有什么可以希望

并且永远不想再抱希望的时候……

当你不再去爱也不想去爱的时候……

当你不再知道你怎么了而且根本不想，

简直不再想要在某个时候发现……

似乎你要工作，要工作，要在那里工作，

经常地，在你的心里，更准确说，在心的本原

和其他的心里，它们像葡萄的颗粒

集合在一起……无法知道如何集合，

以何种方式，究竟为何又在何时，为你，

在你身上，在你身上，仅仅为你……于是，

当你极度地写作那些奇异的

死人院的回忆……回忆……你

夜以继日而非情愿地劳作……似乎。

你白天黑夜地工作。白天黑夜。

159

超越它们你看不见任何、任何东西。

是的，你看不见，也听不到任何东西……你

只能看到一切的空无。看到空无。你看着自己，

也就是只能看到一切的空无。空无，

连它，是的，连它自己都不能是徒劳枉然……

大概这些就是我的状态，

有时，我想走到我住的街上

为了我死去的灵魂们中的一部分

我要施舍给任何的过客，

经过这里的，离开或归来的。永远

也无法知道：来自远方，从根本没有的地方，从这里，

从不同的世界之间或是从很近处。

无法预料的近处。

然而，在我的街上，某人经过得极为

稀少。至少当我在那里的时候，

在路边。在大门口。经常在大门口。

我不会在此时此处吐露心声

假如一切就是如此发生

幸运或是不幸。

当你似乎相信的时候

当你似乎相信又似乎不信，

似乎从来就没有给予过你

光……是的，**那种光**，那光芒

把你加工，把你打磨……把你，

仅仅把你：一劳永逸……

还有把你造就，晚成，在恰当的时间，

当不再有任何要做、要看、要听的时候：

要你像从未有过的那样去看，不管多晚

要你看到在**那样的现实中你相信**

你曾经一直相信……要你看到，

其间，在你孤独、神圣的肋骨

之间，无人知晓如何，

无人知晓从何处集合起了信仰

紧挨着信仰，信仰紧挨着富有生命的

信仰，如同一座芥末颗粒堆起的山。

如同一座雄伟和醉心的大山，

让你不知道再去相信什么，而本能地，

出于其他被你错过的原因，被你错过，

不变的，被你错过，你祈祷并祈祷，

你祈祷并祈祷，一直，一直……

几乎，一直。

你祈祷又把心灵带入眼睛里一起奔跑，

在肋骨之间，在手臂，接着在嘴边……

然后，用同一个心灵，在手掌里，在庭院里

你奔跑你看到……没有人。没有任何人。

在行星、在宇宙属于你的那一部分，是静谧、

安宁，是睡眠。你看这是夜晚。

你望着夜晚，你一直望着，直到看见

到处是一片薄薄的雾霭，

像翅膀一样的雾……是的，像透明的翅膀……

是翅膀！一片近乎乳色的雾。

你在入眠，周围是鸟儿、花香、

昆虫、蜻蜓、芳草和玫瑰……

在睡梦中你无法不看到……

你仿佛透过雾气，看到一个单薄和扁平的身体。

是人的身体！一个薄如刀片的身体。

平如刀片。是的，一个身体，近乎

一个身体，一个在睡眠中与你分离的

身体，之后它站立着一直站立在那里，在上面，

不再离开。永世永远

不再离开……不离开。

不离开。留在那儿。不离不去……

你徐缓、愈加徐缓地感觉

你徐缓、愈加徐缓地感觉，
生命，你一直以来的生命
似乎在这里，似乎在这里又似乎不在……
你的生命似曾存在于此，你的生命还在此处，
是的，还在……还在……又似乎没有……

是的，生命，你此地、此时的生命，
啊，似乎存在又似乎不在，似乎
从未有过……直到那时，终了，
终了，才可以说是一个开始。
一些盛大日子的开始。一个
如同一股巨大的陆龙卷的开始。像一股拯救者的
陆龙卷。一个了不起的开始
来临了，天哪，最终，来临了！

多么幸运，诸神们，啊，多么幸运，

天哪，所有的神都在里面

为自己筑巢。他们为自己造了盛大日子的

巢。一个了不起的巢。

他们伫立着，一直伫立并等待。

他们不动。等待着把自己的肩膀

置于所有故事的故事。

你为了到达这里——也就是说

我到达的位置——需要

一点儿运气。你为了到达这里，需要力量，

力量，活跃、更加活跃的力量，

成吨、百万吨的纯真，

胡乱打开的灵魂之门和无意识的

帝国之门，一些人说它是勇敢。

另一些人，干脆说是发疯。Bref①，你应该

有所准备。准备为了那个……

①法语，总而言之。

我上了波尔菲里的课

这是波尔菲里·彼得罗维奇①对他说的。而我……

我做了什么?！我背诵下了

波尔菲里的那一课。当我感到我对它已经熟知

并且是，多谢，我有防护，我是医生

而其文本中的任何东西都不错过，不会

对我陌生，我没有多去思考，

便从头开始。后来我明白了

我处理的方式与通常的处理大致相同，

似乎……一些极有名望的人

——在最本质上——是发育不全的。

他们，这些大人物——发育不全者们，

只要一出现——就追捧不同的帝国，距离

①俄国作家陀思妥耶夫斯基小说《罪与罚》中的人物。

遥远，在今天意味着不同的

文明。他们，这些大人物——我很犹豫是否称其

伟大的人，因为在本质上无从知晓

他们是什么人——他们扭着脖子去追求其他的生命，

追求其他的土地，追求其他的行星、

地域、世界、宇宙和星座。

……一个世纪我睁大眼睛看着陀氏的

那些书页。像我的罗威纳犬一样，我划伤了自己。

是的，完全就像我的爱犬看着木柴。

你们别笑。我在说正经的。像我的罗威纳犬一样

我看着写有忏悔神父波尔菲里·彼得罗维奇

与罗佳[1]的那几段对话的书页。当

我反反复复似乎感到的时候，好啦，我弄懂了

全部，不知道为什么，像迟到的人，我再次

从头开始……在任何壮观的结尾，它都在等待

一个清楚明白的开始。像母亲的玉兰树。

像母亲的玉兰树——来自天空。像母亲的

玉兰树——来自蓝天，来自小草、喜鹊和泥土。

---

①陀思妥耶夫斯基小说《罪与罚》中的人物，全名罗吉昂·罗曼诺维奇·拉斯柯尔尼科夫，昵称罗佳。

我与罗佳四目相视

波尔菲里·彼得罗维奇说的什么，当他与

罗佳·拉斯柯尔尼科夫四目相视的时候？

当时就如同是和在我一起

四目相视。只是在对我，对我说……

只有我，我，我而没有其他任何人

想听他讲话……我恰恰是在听他讲，

听他说话就觉得很嗨。好像

今天的孩子们之间就是这么说。

我沉默无语，听着他讲，他的眼睛让

我的眼睛发热。我的眼睛如此灼热，

就像在大正午的时候望着

太阳。我想用我的眼睛

从头顶从两只手去望……

我叹息着，像一个为所欲为的天使

在十字路口，就像一个

垂垂老者，极度的

疲惫，我叹息，哎呦，我这样叹息，

就不停地叹息，同时留心不要感到

也不要看到任何东西

流露在外，当我处于

波尔菲里面前的时候，尤其

当我醒来置身在世界的时候

——或是在不同的世界之间，永远

无从知晓——在城堡或在宫殿，

在某一场新闻发布会，

在某一次新书推介活动，我知道吗……某种东西

以这样的方式，在眼前的瞬刻

实在难以解释。

假如你有很多灵魂

波尔菲里·彼得罗维奇对我说什么？

大家都知道他对罗佳说了什么，对吗？

以一种完美的温柔，从里面

一个世界在诞生，我——依次

——是眼睛和耳朵，眼睛，

然后只有耳朵，只有眼睛，

只有心脏，只有眼睛，

仅仅是耳朵，心脏，心脏，心脏

接着又是眼睛："你拥有的

灵魂越多，你害怕的

就越少"。

在最近的七个世纪里，我读着

这个句子直到忘记了自我。

我在每一个字母里看到了……不是

信口开河，不是随心所欲，俗话说……我看见

某种东西非常像……

一个行星。不过，有可能是别的东西。

有可能是另外的样子，完全另外的样子。

在这种情况下，有可能是我处在

一种谬误。一种莫大的谬误。

有可能是我走眼弄错。

毕竟，我像螺栓一样被拧紧，被拧紧

在心脏的中央，一动不动，我自问道：

假如你有多个灵魂，而你却毫不知晓

究竟有多少，它们怎样，那么发生的情况

会相同吗？绝妙的是，现在我知道了答案。

绝妙之极，我从一开头就

知道。我想说的是，从起点从开始。

夏日，静好，天热

夏日。静好。天热。正午。

何等的火炉，老天，何等的火炉！

所发生的情况，让你感到你只有

很少的时间，接着就要爆发

无法挽回的事情——你将要坠毁——

什么都来不及准备

能够及时地介入并把你拯救，

把你从疯狂的圈子里拽出，

你在那个圈子里生活，奔跑，追赶，奔跑，

飘浮，在失望中间自我分散，

并且，不时地，一种模糊的希望

——就这样，像一缕春天的微风

轻轻拂面——

那时，嗖的一声，你内心的某种东西

惊起——像一种甜蜜的战栗

沐浴着正午的阳光在嫩芽里萌动——

而偏离是近乎毫米的微小……

偏离。运转。从原地移动，

以近乎毫米的微小。

像一座巨大的、地下的冰山，从

星球的北端移动。

罗伯特·皮里[①]、他的助手

和那四个爱斯基摩人，

第一次踏上了

我们这个星球的北极土地，

我知道我在暗示什么。

普鲁斯特、陀思妥耶夫斯基、托尔斯泰，

也都*知道*地下的内部板块

在一点点地滑错。并且……

就如同你绝对可以看到一切

不同。就如同，忽然间，你感受到，

你生活在一个高原，它广袤、单调、

神圣和迷人，它被塑型、车削，

---

① 罗伯特·皮里（Robert Edwin Peary, 1856—1920），美国探险家和海军军官，19世纪末至20世纪初多次进行极地探险。

被祖祖辈辈打造加工……

显得简单，极为简单。

没有什么可以再简单。本质上，

就是这样：简单

是所有事物和形式之父之母。

只是一切都是极为

曲折和某种程度的隐秘，

埋藏在七层面纱底下。一切，几乎，

是像眼睛里淌出的泪水。你们看

这是多么简单！是的，不过……泪水你看得见，

当然。你看它的样子，尽管是看不见的。

在眼眶的中心发生的那些东西

你不大能看见。你一点儿也看不见！就像金刚石，

是的，完全像金刚石，

你赞赏它，一直赞赏它，接着你欣喜地

沉浸其中，在你琢磨它赞叹它的时候，

你讲得头头是道，但没有去看

贝壳如何为积聚其中的斑斓

而劳作，没有能够看到它们是如何

劲头十足地在大海里劳作。

一切都在噼啪，嘎吱，咕哝

……一切都在噼啪，嘎吱，咕哝，

发出飒飒、淙淙的低语，

向着全部的骨节和韧带……

忽然间，你被赋予了那种内部的机制，

它落到了你的头顶，包括你的思想，

包括你的心脏，包括祖先的

思想和心脏，他们的血

流淌在你神圣的脉络系谱里；

从出生起你就并非偶然地带上了它……

这些东西也赋予你，也从头顶向他们赋予

所有的知觉、思想、情感……

哎，我从何处开始？我从何处开始？

我知道人不可以说谎。

（后面埃维丽娜会对我说，

她带着一种纯真和温柔微笑

足以把我摧毁，因为她在**说谎**，

在故意说谎，真实的情况是

只在有的时候，十分罕见，尽管她知道

人不能说谎。在适当的时候

你们将会发现谁是埃维丽娜。

而她又是如何**说谎**。）我所知道的

是下面的事情：最好的谎言

是真理。隐藏的真理，它同时

随处可见，从树木到树木，

从乌鸫到乌鸫，从云彩到另一些云彩，

从蛇到另一些蛇，从天空

到其他的天空，

所有都封闭在同一个身体，

在同样的，在这里并且永远

永远的永远，同样的大书，

朝着它，你不时地攀登

又从那里，不惊不慌，降落。

不是昨日，也不在前天……

不是昨日，也不在前天

直到前些天

我也没有在我的脑袋里

发现什么大东西。最近一段时间，

我已经习惯如此清楚和仔细地

聆听自己的心，

更准确说，是全部的心，以至于

我不再有力量

也能爬上身体的

阁楼，关于这一点

邻居当中的一位女友，

似乎是殉教圣女卢西亚的手——

那位没有被火

烧死而是被刀

砍头的圣女——

前些天，说得

如此美好，她说

比起灵魂的庙宇

既不多也不少，它应当

被赞颂，被敬重，一而再地，

被赞颂，在这里和恒久

永远的永远。"爱你的

身体吧，就如同耶稣爱着

教堂"，圣书上

写着。阿门，你写着，

沉思着，用眼睛

望着同样的阁楼，并且

叹息，啊，你还在这样叹息。

那么

那么……我该从什么地方开始？

我该从什么其他的地方开始，假如

不从万般起始的起始？

于是，开始的时候有一座金字塔。

是的，由第一个词语开始的金字塔，

由第一批词语组成的金字塔，

它们被写下来又如思想似轻风一样

发给了我，仅仅给了我。

你给我这样写道：我亲爱的，

遗憾的是，你把自己的金字塔忘在了

这里，在我的写字台上。请你

放心。东西安然无事。我会

看管它。接着又这样……又这样……

诸神把自己的爱情留在身后。

还有群山，有大陆，海洋。

上帝在每个人生命的中心：

每时每刻，他都在完善自己的作品。

不时地，他写诗，把它们

朗诵在不得了的天使们身上，还把它们歌唱

在草地、夜莺、知识天使和飞雪，

这些为所有人喜爱，包括地位卑微的

人们，包括贫穷的人们，

他们的看法是，所有

发生的就那样吧，有时，就像在有轨电车上

胡乱随意……然而，在其他时候，他们，同样是

善良又开朗的人们，爱着

群山，出自同样的，总是

总是同样的神圣额头……

我将在我的身后留下什么？

我将在我的身后留下什么，我要说的是，
在此生，为了其他的生命？
我将留下纸质的金字塔，一座书的
金字塔……也是一座不知所措的金字塔。
更确切说，一个爱情故事
并不难以置信，然而，却是真正的。
可是这——对于留下的故事，更确切说，
从这里奔赴正义者的世界，我指的是——
稍后，稍后将会发生某种事情，我希望，
尽管纯净明了的真话是通过我的嘴来讲：
一切，一切皆有可能。如同一只不听话的马驹，
被关在一个上帝的牧场，一只任其
为所欲为的马驹，一切——直至全部世界——
都被闭锁在一种巨大奥秘的换气室里。

毕竟，我感受着奔赴的故事

将会在稍后的时候发生。我们不要执意追问。

Passons[1]。暂时，大约两个半月

以前，我把一座茶叶的金字塔

忘在了大拙大朴的工作台上

——那是用栎木制作的——属于一个刚刚出名的

男人，我知道他已经有几个世纪。

不，是几千年。是的，有几千年。你们别笑。

我在说正经的。这样，我就忘记了金字塔！

你们知道，我所有的朋友都知道：我是个心不在焉的人。

啊，苍天啊，苍天，我是如此健忘！……

---

①法语：咱们不谈这个吧。

外来者、瘟神、陌生人

卑微的人们，贫穷的人们

热爱天空、群山、大海

和飞雪。我呢？我也热爱它们

尽管我没有能力

去把它们触碰，即便是用目光，

用我的目光。

也不能呼吸他们呼吸的空气。

自打我开始记事儿，我就是

外来者、瘟神、灾难。

我是替罪羊……我是

万恶之首。我是疯子，

一个劲儿地在墙壁上梦想

绿色的马并在每个月开始的时候

到整个果园和牧场，寻找，新月。

寻找新月，是的！尽管从小学二年级

就知道永远也不会找到，

她还是要找并一直在找：她，无休止的人，

瘟神、灾星、陌生人……

因为永远无法找到，

她，疯女子，就歌唱，是的，歌唱

再歌唱，为了那弯新月，

总不能不出现的

新月，为了呆呆地

去听那支歌

世界各国美丽的疯女子

都会的那首歌：

新月，新月，

把面包切成两半。

把一半给你，

把健康和万般的好运给我。

总之，我是她们当中的一员，

来自全世界的美丽

疯女子。一个写

诗并寻找新月的人。

她一直在寻找月亮……

陌生、无休止、发疯的……月亮

这是我遇到的全部

这几乎是我遇到的全部，实际上，

自从我把堆成金字塔状的茶

忘在了你的办公桌上，

在一个星期三——好像是周三，对吗？还是不对？

而你孤独地留在了它的面前。

你，高高的个子，英俊，单身

并正在热恋当中，

你望着那堆茶。*你知道？……*

你拿给我看我的诗集

《悲情美梦者》，也不知道是

几个世纪前从何处收到。我想

那书是没有赠言的。

尽管从那时候已经过去了好久的时间，

尽管，在我那美如天堂入口的祖国，

其间写下了成吨、百万吨的诗篇，

而你仍保存着那本书。你一边对我讲述，

一边把喜爱的目光投向它。你讲述着，一直在讲……

你把喜爱的目光投向它。啊，天啊，你这么喜爱它！

你几乎是小声对我讲着，还问我，

一个劲儿地问我（我几乎听不清是些什么；

我被带入了一股奇怪的旋涡，直到今天

我也没有为它找到一种表达，一种恰当的定义

或名称。这——nota bene①——正是我

所遭受的，我有名字可以去称呼全部，

称呼的绝对的全部！）。大致同样的情况

还发生在高原，再往后的时候，

当你盯着我，直截了当

在眼神里问我，是否可以

远离真理生活，是否可以

离开真理生活。可以远离真理

生活吗？你坚持认为……我的活跃

惹人生气。我在微笑。你的活跃逼人投降。

---

① 拉丁文：注意。

可以远离真理生活吗？

可以远离真理生活吗？你问道，

你坚持认为……而我略微沉默，之后

躲藏到其他从嘴唇边流淌的

语词后面，就像我暂时

躲藏到了另一个世界里，为了

在那里，是的，也在那里……

等待合适的时刻，因为只有*在那里*我才可以

发现更多的东西，包括

对一些不可能回答的问题的

回答，就如同现在，

当我写到这里的时候，

我躲藏到词语里

在强烈的光照中

在这个无以挽回的

早晨。

你听到吗？

无以挽回的。

像所有的爱情，像所有伟大的爱情。

在沉默中，也在沉默中我躲藏着自己。

啊，沉默，所有的沉默都是

岩石之蜜。是的，新鲜，新鲜，

愈加新鲜并且如此纯净的

岩石之蜜。

在我写下……之后

昨天，在我一口气写下三首诗

之后，我浇灌了庭院、果园，

还喂食了我的陪伴天使。

首先，黑豹巴希拉来到

我身边，这只豹子直接出自

吉卜林①，约瑟夫·鲁德亚德

的《丛林之书》。这是一只

中等身材的猫科动物，肯定是名贵品种。

凭什么，真有这么肯定？……

Passons②。这是一只铁黑色的猫咪。

一种大理石、花岗岩的黑色。

①约瑟夫·鲁德亚德·吉卜林（1865—1936），英国作家，1907年获诺贝尔文学奖。

②法语：咱们不谈这个吧。

黑得不能再黑。这是一只幼崽，
去年夏天被一些茨冈人
痛打，仅仅因为它是黑色
仅仅因为他们觉得
挡了他们的道。实际上，
他们的这种感觉还没有一分钟。
挡了他们的道。巴希拉获救了，
这奇迹出自一位医生朋友的手，
大约七岁的朋友。

是我的过错。我教会它要与狗，
与汽车和马车保持距离。
与人则不必。可我错了。我错了，
尽管我应当照管它，因为
是我选择了它，在我的另一只黑豹——
科里被打死之后，它和巴希拉一样，
也是挡了茨冈人的道。科里
是被长着人的模样的野兽打死的
一只豹子。我的家人养大了科里。
我轻轻摇过巴希拉，当它夜晚
哭着要找它的猫科动物家族，
我把它养大，我把它调教。

当它在生死之间痛苦挣扎的时候

我不停地哭泣，

我不知道还能做什么

来把它留在这里，在我身边。我提升了它。

在它临死的时候我托付它

一个任务：即便巴希拉

已经成为我的办公室主任。

你们不要过于严厉地谴责我，劳驾了。

嗯，女人的头脑。严重的是：女诗人的

头脑。更为严重的是：诗人的头脑。

巴希拉似乎被砌在了我的影子里

尽管我错了，我的办公室主任

欢蹦乱跳，生命旺盛。它几乎一点儿

都不再离开我，就像有着

某种东西完全不同寻常，

某种东西丰富地存在体内，时

不时，从岸堤涌出。白昼和黑夜

巴希拉似乎被砌在了我的影子里。

当我没有影子的时候，似乎就被焊接、

被紧密地粘贴在对影子的生动回忆上。我的母亲，

有时，称我是影子，另一些时候，

又说是我的脚步带着蜜。母亲非常含蓄地

这么说，随后又用目光，用双手，

把我爱抚。堪称圣母的她，言之有理，

因为巴希拉总跟在我的身后。

她说得对，尽管母亲忘记了巴希拉

不是蜜蜂。它是一只猫科动物。一点不多。

不过也一点不少。（巴希拉有三岁，一个月

零十三天。就在一年零十三天前，巴希

从亡灵中复活。完全就像我大约

三年前的情形。）你们不要过于严厉地评判

母亲。*她是母亲*。一位女诗人的母亲。

更重要的是：一位诗人的母亲。

另一个报信的

另一个报信的，二十四小时都是
聚精会神，那是一只传说中的
罗威纳犬。也是我养的塞伯拉斯①。
它是世界上最喜欢亲吻的塞伯拉斯。
是最漂亮、最忠诚
和最温顺的朋友。奇怪的是，
差不多所有的人都躲着它。
来访的人会突然以为它是
怪物，尽管那时候我的塞伯拉斯
是在笑，咧开的嘴巴都到了耳朵根。
这仅仅是因为它大得让人难以置信
被人说成了怪物。

伯爵体格强壮。每次我带它
去它的医生那里体检，我都说，

---

① 又译刻耳洛斯，希腊神话中类似狗的怪兽，长有三个头，负责看守地狱大门。

是我的朋友，是朋友有恙。

医生问我，除了所有需要的东西，

还喂它什么。每次，

我都坦白地告诉米雷娜

——伯爵和巴希拉的医生——

赤裸裸的真相：喂的是成吨、百万吨

的爱。我的塞伯拉斯似乎是唯一

对我说爱我的——而且

一直如此，即便它有一天

甚至犯坏，让人肉麻。

它始终对我感恩。

一次或两次，在伯爵那七岁

零三个月里，我承认，

我曾经做得不够，

是的，我曾经对它凶恶：我打过它。

我不是那种人，那种做出

如此行为的人。当时，奇怪的是，伯爵

没有像通常做的那样，看我的

眼睛。它没有关注，没有喜欢，

没有笑顾我的眼神，像每次

做的那样，当我对它造访或

我们一起玩耍的时候。它长时间凝视

——某种程度上惊愕——打它的手，

那只爱抚它和照管它的手。

我的伯爵几乎就像一个

学习落后的孩子。它还没有发现，至少

在那之前，或者，假如它知道，干脆

就是忘了，为它所爱之人的那只手

会打它或是其间学会了

打它。之后，就是你给一个死人

合上眼皮的工夫，伯爵就已经忘记并

原谅了我。它又用目光把我喜爱。

后来，当我请求它原谅的时候

我们彻底和好了，我们俩

飞奔向庭院里的苹果树，

接着又飞向成群的大鸨。

我的塞伯拉斯名叫——伯爵——

这你们已经知道了，不可能是别的名字。

当我把它呼唤，它敞开地微笑

把嘴咧开到耳朵根的时候，伯爵还知道回应

的名字是*我的宝贝，我的宝贝*

或干脆是，*宝贝。*

我在说什么?

我在说什么?啊,是的,昨天晚上,

在我路过那些王公家族的领地之后,

内心某种东西,也没有给我打招呼,

就好像突然间地断裂。我睡过去了,

当清晨我再次醒来的时候,

这种无比神奇的光

是如此强烈,把我

从四处聚拢在自己身上,又仿佛

把我抛入了深渊谷底。瞧,我在书写,笔耕

不辍,把字母、词语变得丰满,

从我的指尖流溢出抑扬格律的诗句,

奔放的扬抑抑格韵文,河流,森林,

山涧,嶙峋的岩石,

音节,蜥蜴,蛇和神鹰。

这些词语被赋予了魔力，

在你展开双臂拥抱太阳的瞬间，

它们就可以移动山岳，而其中的任何一个词

都不能向我展示一个残酷的秘密，

它折磨着我不断折磨着我：

他们，世人们，如何可以生存，年复一年，

日又一日，分分秒秒，

伴随一种如此强烈的光，

而不把它歌唱？我问道

环顾左右，没有

让自己表露。我直接端详

我神圣的母亲。然而她也

不知道向我说任何具体的东西。

她把自己晴朗的面庞放入镜子。

她的微笑在自己白皙、神圣的手臂里拥抱

正在准备西落的太阳。

剩下什么……

当你看到自己在平坦的地方绊倒

又没有任何动静，没有人来，

没人有任何表示的时候，仿佛

已经有几个世纪你都孤独在世间，

那种孤独足以把世界的群山送上云天，

在那孤独中彩蝶在相爱，巴希拉

在吃草，而荒漠上翱翔飞舞和尽情呼吸的

是知识天使和蝴蝶的身影……

当树木追着你返回果园，

草地原谅你的脚跟，当瓢虫

告诉你它们将飞向哪里而你将出嫁何方，

当你忘记、总是忘记，然后从头开始，但是，

又不长记性……当你已经无处可忘，看到

在所有看不见的高速公路，在所有的道路和公路上，

无边无际的荷花一下子绽放……

这时，只有这时，你才看到所有的道路，

所有的蝴蝶、荷花、罗威纳犬，所有的猎豹，

干净的、未经词语触碰的纸页，都朝向

一个唯一、非常唯一的地方：向着你的生命

之爱，是的，向着她……而她却不复归兮

不再。既不能沿着胜利者的小路到来，

也不能从失败者的云隙间露面……

这时留给你的只有一件事情，

是所有可能和不可能解决办法中的唯一，

你要利用，不要有片刻

犹豫：这就是加快节奏，

加快飞翔的节奏，

悄然，静气，去加紧书写的节奏。

令我感到诡异的东西

你所触碰的一切，都转化为光，
就如同在童话世界。你的
光在这里，在大地，在坟墓
在天空。在最近的两个多月
它尤其又物化在我的身上。在我身上。
我所触碰的一切，特别是最近
两三个星期，天啊，
在你抬腿迈步的瞬间
——或者更短——就变成了词语，词语……

这种体验整个让人难以置信，
结果又真实无疑，其中所有令我感到诡异的
是下面的情形：想当年，当我遭遇
这样的故事，确实，持续的时间
极其短暂（我曾把一本诗集写了

数年，数年，数年……），我把手放在胸口
我承认，确实，相当迟晚，然而，还算按时：
我感到害怕：每行诗我都在活生生地体验——

真正让我不止一次追问自己的是：
我的头脑里装着什么？是谁像一条蛇或
一只猫科动物那样有血有肉地蜷缩于我的身体和灵魂，
是的，在我那血肉之躯的教堂，里面有人为我
祈祷，将我宽恕，把我责备，对我咕哝，
晃动我的摇篮，爱我疼我，还不时地，把我
陪伴？我不明白：现在，当我写这些诗篇的
时候，我正在别的星球，远离恐惧。

飘啊，飘

我不冷。我不困。时不时，
我只吃上一口半口，只合合眼
接着，一睁开眼，就在飘啊⋯⋯飘
在一只手上，它如此之大，连我的人脑，连
我诗人的头脑，在睁大双眼的梦中，
在快速、低掠、勇敢的飞行中，
都无法想象，

因为在那只手里握着所有的行星，
所有的大洋、江河、湖泊、群山、人群、
孩童和动物并将其尊崇。在那里还可以
重新找到各大洲和寰宇，以及整个宇宙中
从未见过的、活的蜂群。我知道，你知道，那只
手对我们爱之深切，是我们，
永远没有力量相爱相比，你和我，

我和你，在那只手里飘啊，飘……飘向远方

一个远离一个，在平行的世界里飘。

我爱。我知道我爱。我坦言心声。

你爱。你知道你爱而不表白情思。你知道。

当我在想……

尊敬的法庭，庭长女士，
尊敬的各位陪审员，我想，慢慢地，
尽管我是某种无法定义的东西，头脑也有些愚钝，
直到现在我才开始，稍稍，明白。
我是认真说的，特别是，自从我倚靠着
我的办公室主任，那可是一贯正确的。

我弯着身子站了相当长的时间，
来来回回，在果园里，在我的尾巴
周围，就像伯爵，时不时做的那样，
我思考过，我沉默过，我反复思考——
不止一次地让我劳神的是：
当我思考的时候，不是好事：预示着完结。

风吹灾难来。尊敬的顽石老姑娘们，

长尾雉先生们，瓢虫小姐们，
我正经八百地向你们坦白，在我的
大脑功能依然健全的时候，用一只手
按住《圣经》，把另一只手放在心口：我进来
并不是想深入……栎树把手指放在嘴唇

向我做了一个暗示而我却没有及时搞懂，
我走向玉米地，是的，直接走向耕过的田地
（我会弄懂，但可预见，那时一切都将晚矣，
将不可能再有任何补救）：那是出于一个失误
而后面的，我不敢肯定
会对此遗憾，我直接到达了，却不知道……

系统的心脏

我到达了这个系统心脏的心脏并公开
宣布，是的，我不能，恰恰不能再沉默无语，
我别无他择：我以一种躁狂的精准
凭直觉了解到心脏对系统工作的方式，
实际上，也是所有的机构。一切，一切看上去
都在那里没有裂痕。其间，我发现了

进入所有控制台的代码。
我从里面研究了构造的方式，
我还发现了如何它的组织形态。
长尾雉先生们，山羊羔少爷们，
我发现了某种无法相信的东西：一切
都被组织得如同一群流浪狗。

对，对，是的。一切，绝对是一切无可挑剔。

全部机构都被润滑，运行顺利，

甚至过分，按照在野蛮人世界里

众所周知的原则：操控，谎报，

诽谤，洗脑。完全就像在皮特什蒂①。

我的朋友们，男人们，找不出能说的言语。

我发现我在越来越多地沉默。他们愈加

封闭在他们自己当中。老天给他们的头发上

留下越来越多的银色。他们彼此感到更加

陌生，越来越陌生。这是在他们那里，

自己的家中。天在下雨，下雨……这工夫，我想

正是我的办公室主任爬上那棵最小的

苹果树的时候，它似乎变得更

黑，我想起来了，有人说

一直在说：狗狗邀请的时候

马儿不会死，流浪狗想要的时候诗神的

飞马就不会死，即便这个想法的顺序变化，

重要的是我们不要忘记：中国人来了。

---

① 罗马尼亚城市，在乔治乌—德治执政时期曾设有关押迫害政治犯的监狱。

还有某种东西

还有某种东西并不缺少重大的意义。

这场面的策划者是尼尼①。在历史

——教学大纲排除的科目——教科书

清楚地写着：老米尔恰②，在编年史中

又被称为老国王，进入都城不是骑犬，

而是骑着一匹长了翅膀的骏马，就像书里那样。

也就是说同诸神一模一样。当没有人，

确实没有人再去期望的时候，老人们讲

并且几个世纪以来记载于编年史和典籍：

在第十二个时辰他主持了公道。

我想我也有解决的办法。我劲头十足地干活儿。

①罗马尼亚著名诗人尼基塔·斯特内斯库（Nichita Stănescu，1933—1983）的爱称。

②老米尔恰（Mircea cel Bătrân，1386—1418），罗马尼亚公国军事统帅和大公。

在我身体里干活儿的还有青草，有松树、主人，

陛下，栎树啊，女士们、先生们，
小姐们和亲爱的少爷们，瓢虫们、
毛脚燕们，长尾雉和石头们，兔子和乌鸫们，尊敬的
法庭，庭长女士，我向你们致敬请安了，
落日，新月，满月，日出，
我们将创造，没有疑惑，创造一条链子，一条长链，它……

对对，一条没有尽头的链子绕在国家的周围。然后
是一条链子围绕着星球。一条长链，它……
一切都很简单。能多简单就多简单……
什么样的链子？明摆的疯话。少安毋躁！

你能感到肉的战栗

你能感到肉在你身上战栗。
因而，某种情况发生在自然界的
地下室。非常清晰：一些气体的
空间，灵与肉，渐渐地、连续地，
发生位移。可以听到一种粗磨声，低沉，
深重，加剧，然而，这一次
没有让你恐惧。开始出现幻象。海市蜃楼。

假如那个出现的某物，像一只巨大而
强有力的手，没有及时
出现，那么一切，当然，终有
那么一天，会轰然坍塌。至少你有一段时间
是这样认为。而任何东西都不能动摇
这个信念。几千年来，草在这里，
还有森林，还有群山也在这里。同样的轮子

似乎是在转动，疯狂地转动，

愈加疯转……似乎一切都在

破灭，坍塌。似乎一切都在发怒。

光阴荏苒，时间流逝。忽然间，

一片寂静悄然降临，静得可以听到胡蜂、熊蜂和

蜜蜂的声音。提坦神族的儿女们，连同诸神，

在从奥林匹斯山奔逃。

在伊特鲁立亚人的天上是一片宇宙的和平。

不会

一切清楚。不会成为徒劳白费。

人们破坏了规矩，被大地惩罚，

他们发现规矩的游戏已经一塌糊涂，被我们和

摩西打碎。时辰来了。我们的大限临近。

是上帝发威的时候了，就像书里写的。

我听到血肉在身体神庙中抽泣。

我听到昏头昏脑的天使，一夜一夜地，

把它送向某处，没有人确切地知道

那究竟是何处……就如同陷入沉思的

时候，就如同发现了极其重要的

某种东西，他们被某种含混不清的东西战胜，

又将它带回，在前后的工夫。从清晨开始

我就从这儿到那儿转悠，却几乎没有

做任何事情。而虚无一定程度地停留在

无辜和失去。它在等待某种东西。

它也和我一样，就如同圣人佛朗西斯，

在同飞鸟说话，把小草抚爱，从一棵苹果树

跳到另外一棵，追赶着大群的灵魂，成队的蝴蝶，

而蝴蝶隐藏在光明、黑暗、天空，在僻静幽深处。

当看到整个世界都在入睡，

虚无便走出来透气和做呼吸

运动。他知道，肯定知道，

你呼吸的方式非常重要。你把空气深深吸入

胸腔，就像你从海洋中把水畅饮。

你是一只海豚。你用鼻子呼气，通过支气管，

像鱼一样。你重复着一切……直到用眼睛呼吸。

你要守护，要有敏锐的头脑

他读了《从地狱，心怀爱》
给我写了一封非常短的信
包含他的亲笔签名。
他在那里给我写了七行字，
在那里他已经待了七年，在监狱里。

他给我写道，想要发现一个人
如何能够有如此感受力。
几小时的时间里，我反复读着那
信，我想，大约有七十遍吧……
直到城堡里的空气明显稀薄。

流言蜚语说他被关进了铁窗，
因为是一个事实确凿的违法者，材料
完备。最高司法的说法也是这样，我对此

竭尽全力想要相信，然而却不能够。
我亲眼看见了不生胡须的人——

无发的头顶——整个系统的震中。
我亲身感受了那个系统、网络
如何运行。在他的心里我待了七年。
他的心是地狱，所有地狱的地狱，
在那里面你需要分分秒秒让自己的心

清醒。你要守护，要有敏锐的头脑。你要
关照自己的各种本能，每时每刻，都处于警觉。
哎，这里我要怀疑自己的能力，我恨不得
从这个身体里紧急辞职，
因为我在专注着群鹬……

我在专注

我在专注那棵栎树，在它的
面前我错了。而它原谅了我，
因为它爱我。而我，一而再
再而三，错了。每次，
他，圣人，原谅了我，原谅了我，

没有丝毫的迟疑，甚至
没有百万分之一秒的犹豫，
尽管是我错了。我七十次、
百万次地错了……直到
我发现什么都不会徒劳。

没有什么是偶然的。不过在抵达
那里之前我还有要错、要爱、
要原谅的，因为我轻轻地滑倒在

表面，像蝴蝶一样，当时我在专注
周围的人，专注那些花岗岩和大理石的

雕像，专注音乐和……葡萄。
在钢琴课上，在舞蹈课上，我更加专注。
而今天，我没弹钢琴而是笨手笨脚地舞蹈，
因为没有学会按照舞伴来调整
自己的舞步。而我毕竟是老大不小的

人，天啊！自从我知道了自己，就崇尚读书。
余下的，是我不可救药的心不在焉。我追赶
蝴蝶，写字，做梦，可以整小时地
凝望日出。我经常、经常
发疯一样地渴望某种东西。不知道是什么。我时而

溜到山区，时而溜向海滨，时而到周边的国家。
之后我又搬到别的大陆。
我看别的国家，别样的人，别的习俗、
文明，就好像在每个地方我都会得到
启发，感情的知识从何而来，

灵魂的国家、星球从何而来，从何处……

安放在一个身体当中的这么多颗心，天啊，
从何而来。是一个在当中留下、说话、
沉默、死亡、复活的身体。而所有这些，日复一日，
世纪接着世纪，千年又是千年，我就在当中沉落，

时不时，之后复出，迟到，回归，
而又无人知晓，我走向哪个祖国，
进入哪个世界……
在所有的地方我都迟到，我太缓慢……有一种
奇怪的缓慢在我的性格，在体内的肠肚。

我是什么，上帝？我是谁？！
我要去哪里？你以何种方式
把一切赋予了我，我，恰恰是我？
你又是如何一朝而永远地把我塑造
如此富有生气，如此生命旺盛？！

巨大的中午

我生活在一个完完全全不同的
世界。在这里，全部时间
都是一个巨大的中午。倘若你留在这里，
便是说你活着并且变成，与奥林匹斯山一起变成

一种孪生兄弟。和他面对面
相立，是的，和他：伟人，
违法分子，好像该这样说，假如你听信
世间无所不知的流言，
它可以让你处于绝境。

假如你轻信了这流言蜚语，你就会

每天七次、七次的目瞪口呆!

……他有着清澈的眼睛。似乎要把自己

搂在怀里,似乎在把自己

轻轻摇晃,就如同书里的故事

或者摇晃自己的一个孙辈,

假如,可以理解,能够远离

我的国家地狱般的监牢,

那里是一些大规模屠杀的

集中营,那里在成批的

死人,像书中描写得那样在开战,在互斗,

杀人,偷盗,交易,辱骂……

伟人沉默无语,轻轻摇晃着真理

把它藏在深处,在灵魂,在两眼;是的,在两眼

在内心。我一言不发。嘴里

我感到愈加苦涩。心里是愈加

悲伤。我站起身来把自己的额头略微低垂

在他的脸上。我想去亲吻他的手。

他能感觉。他知道。他微笑着。他身上的某种东西知道

我们——像纯洁的鸽子——将走过独木桥。

在阿尔迪亚尔①北部

我是在阿尔迪亚尔的北部。在谈论
英雄和圣人们的国度
在那些正直的亡灵世界。
我是在同事、长篇小说家、
诗人、评论家中间，更准确说，在兄弟之间。

我们谈起我们的国家，
她在世界上最美丽
和富饶。
我们谈起月亮和星星上的
几多事情，传统、习惯、

① 阿尔迪亚尔（Ardeal），通称特兰西瓦尼亚，罗马尼亚的历史省区，位于国家的西北部。

礼仪以及罗马尼亚民族

需要从黑色传说的泪水中

重生，那种传说被系统

很快地在世界传布。而那系统

在几分钟就能够被击垮，

假如……假如……再这样……

应一个朋友的请求，我朗读了

我那首有五章的长诗《浮饰》。

一片安静。那是一种能让泽克赛

聚精会神的安静，就好像在教堂的前殿。

泽克赛（我们就这样叫他）迅速从杯盏里

把精力集中。我的诗把他唤醒了！我们吵架了。

怎么吵架的？再残酷不过了的是

因为一个逗号，他坚持要放在

我都记不得是什么地方。但我没有让步……

在无所不能的温和中

尽管天空有着无所不能的温和，它依然
拉着我的手进入了同泽克塞争吵的困境。
我们为了一个逗号吵得吓人。
我的心、我的眼睛在冒火……肉体
也全部在我身上燃烧。我的大脑
在开锅。我的心在沸腾。我在我的身上

发现了多少反应！以前我还不曾知道它们……
我把泽克塞的杯子放定。嘴里嚼着开心果。
我拿起他面前的杯子一饮
而尽。我想我就差那么
一点儿……不然真会掐住他的脖子。掐住泽克塞，
当然！可是老天，一直在它无所不能的
关注当中，算他走运！……我感到如此之冷。

我又喝了一杯，接着又是一杯。

我没有丝毫的让步。那是

夜间。我没有改动一个音节；全部，

每一个逗号都摆放在那首诗篇里，

它历经几千年而没人动过，什么也

没改动，尽管韵脚和节律显得

破碎，在一个特定的时刻。

任何东西，毛脚燕也好，诗里面的

一个句点也好，都没有移动过。泽克塞

也没有动窝，尽管我一直看着他的脖子……

就像有人让我的目光低垂到那里。

当我思考的时候，现在我会感到嘴里

发干，随后我无缘无故地衰落在一只神鹰

身上；是同泽克塞一起，在音节中间，当任何东西

都不从那里挪动的时候，重新发现的神鹰。不管

泽克塞是如何向我大喊大叫，也没有任何一只苍鹰

移动。分别的时候，他问我是否真的

如此，还是他觉得我是用花岗岩做成……

我的兄弟，诗人

出于友情他主动提出
把我送回我的房间。
我们两人进屋。他叹口气
像一位邂逅的知识天使
徘徊在十字路口。我坐在床上

猛然间，我的目光停在了
那个高大如山的人身上，他
跪在我的面前
用颤抖的手
把我女孩子的乳胸触碰。

我感到我全部的血
都变得冰冷。我感到
脉管里充满了恐惧，

同鲜血在一起流淌。大山

说我是一座雕塑

说他是一个傻瓜

大得如同人民宫①，可以把他们的全部

欧洲联盟放在一起，可是它会

倒塌，假如我们不拧断

脖子去寻觅奇迹……奇迹……

……的……依然这样……再……嗖，

大山从原地跑开，没有等到

脸涨红得几乎像一个姑娘，

最终知道了自己在一个传说中的

结局……某种东西，似乎无边

无际，我已经想不起来里面的

东西。从那以后，每当泽克塞，大山，

看见我的时候，那样子都像是

把自己的两手忘在了一座雕塑上，

①即今天布加勒斯特的议会宫，建于20世纪80年代齐塞斯库执政时期，建筑体量是
世界上仅次于美国五角大楼的第二大建筑。

而我从那雕塑里逃跑到兄弟

姐妹当中已经这么多次，这么多次……
我还在逃，还在逃，不时地，
逃跑，反反复复，跑在同一条路上，
就像一个孩童在完全胡乱地奔跑
追赶一只飞翔的风筝，看着它如何

升高再升高，停不下来，
永远永远不再从那股到处游逛的涡流中
停歇……我？我怎么办?！从那个孩子
我登着那架云梯上天直到出现一道光芒
从未见过，高入九霄，像一股陆龙卷。阿门。打住。

礼花相伴的哀歌

我又在天空了；我认识自己。

我知道：太阳底下没有任何东西是新的

而我经常是，每一个时辰，都在空中。

我需要这样，假如我已经逃跑，我说。

我恰恰应当这么做，我想。

是的，我从一开始就这样想。为什么?！

毕竟，我是那个一直都弄不懂的人，

怎么会把所有的事情都做得

与世不同。就是由于这个原因，

我做该做的，还有沉默，沉默，还有祈祷，在我内心

祈祷，来把我集合起来，集合在自己身上，

上帝啊。我听音乐，梦想，坐在花园里

直到忘记自我，我望着夜莺，

我张口呆视，我心神贯注，驰往乌鸫

和草，飞向长尾雉、花香、毛脚燕。

我同鸟儿同苹果树交谈。

我带着我那像生铁一样的黑豹

徜徉于玫瑰花和蝴蝶中间，

之后伯爵又陪伴我四处漫步；

我们俩在栅栏之间打着秋千

又从云霄里飞向

其他的行星……我低掠着地面

返回自我，深入自己身体

愈来愈深。它，伯爵，也低飞着

返回自己。当我感到

一切都到达高原、臻于登顶的时候，

我在书写，书写，书写，无法从书写中

停歇，只有当有人从我身上

起锚的间隙，当礼花飞起在我周围

那两座宫殿那里，要么就在

那小山冈的尽头，模糊，非常模糊，

它着实地隔开了我与古城堡区……

在古城堡区

我去古城堡区十分稀少。

通常，当有人告诉我

某件事情，类似你看某某朋友

把自己车的翼子板撞坏了；对，坏得非常

厉害……在敌对的阵营之间

有时会发生交火，

它们的代表——他们其中的一些人——

来图书沙龙和新书发布，

毕竟，他们友好地拥抱，相互亲吻，

要么彼此没有任何话讲，相互

避开绕行。确实，天啊，当我用目光

把你相顾，我看到还有足够的地方

可以成为例外，有时，会出现

所有敌对阵营的代表

相互交谈的情况。

那时候，会突然引起何等的混乱！

就像在契诃夫的作品，天啊！就像在契诃夫的书里！！

时不时，又像在果戈理的作品。是的，像在果戈理的书中。

我？我怎么办？我常常是身在江湖，闻而

不语，沉默，就这么着吧，而所有人，是的，

差不多所有人，在周围说得滔滔不绝，

说得不厌其烦。他们一说起来，是的，

就不能停住。就如同一架风车，

用词语做成的风车，

一直被最狂的风推着，

不停地转动。

一些人根本无法听清另一些人

一些城堡区的人。

他们也不能互相看到。或许，

他们根本就不存在。哎，他们当中的一些

人在远方，与那种真理

有数千公尺的距离。是的，我想他们是

无疑的遥远。可能是我

错了。然而，我还是停下来问自己：

能这样吗？难道可以？可见

可以。看来如此。从飞机上
可以看到，从飞机上可以看到，我发现了
我看到的东西，在我那徐缓，
愈加徐缓的时光里。

卡尔·马克思

不过或许是他们，城堡的人们

——对不起，我们还是要有分寸——

他们当中的一部分从来也不曾知道

应当如何成为你自己。不过不排除

他们当中的一些人出生的时候

带着荒芜、冷漠的心。或许，他们当中的一些

降生于死去的父母……也就是

陀老①在他的地下室笔记中

写的那样……**而他们喜欢，**

他们喜欢，或许，从死去的父母

能够降生，地下室人说，

他是最后一位野蛮人的圣手做成。

我把手伸进火里：确实这么说！

---

① 罗文Dosto，即陀思妥耶夫斯基。

倘若如此，我们的，所有人的生命
是多么悲苦。多么悲苦，

天啊……不过，或许，心，在他们身体的
双耳尖底瓮里的那些心在此期间已经艰难地
变成石头，天啊。他们的这些心随后完全
变得荒芜。是的，城堡区中的一些人，
他们的心被灾难和堕落的幽灵
席卷，在欧洲取得成功，以其
全部的正确和不正确的政治，
越来越需要救生筏的伴送。
他们，城堡人
——他们当中的一些，很多，越来越多的人——
确信他们被共产主义的幽灵
折磨。然而我——在我的心里
在我的头脑中，我要说——我不认为，
即便是断头，
我们的社会主义或者说
——随便吧，假如曾经有过这样的东西——
共产主义，同幽灵，同堕落、
灾难或是不正确的政治

有某种关系或是

某种紧密和

尽可能直接的合作。

然而，严格从理论上讲，共产主义是

别的东西。在这方面，我刚好

略知一二。我毕竟上了高中

也读完了大学。卡尔·马克思

在《资本论》一到四卷里论述过

堕落和灾难吗？对他们

正确的政治写到了吗？我怀疑。根据我的

记忆，卡尔不太写这样的东西。恰恰

一点没写。关于腐化，的确，

作过专门的评论

看上去并没有太多偏误

至少在字里行间。

你去看看整个欧洲，

去看看它的种种腐朽，就已足够，

那些腐朽的长势，

如同我们这里，我花园里

雨后的蘑菇。当卡尔研究

这个课题的时候——我指的是
腐朽——他所涉及的，毕竟，
是别的东西。在那些年月，
毕竟，我手拿铅笔，通读过
卡尔的那四卷著作。不然，
在当时，我把手放在胸口
承认，是行不通的。

卡尔与债务

确实，在一个特定的时候，
卡尔是在指一种幽灵。整个
星球都知道这一点。我想说，
几乎是整个星球。然而，在我们这里
半个多世纪的时间里所发生的
同马克思却没有
任何联系，包括他那些多卷的著作，
包括恩格斯的这位朋友所描写的幽灵，
世人谣传，恩格斯偿还了
大胡子卡尔的所有债务。
然而世人有时候
有意或无意的言说，
足以让你头痛心痛。
卡尔，还有弗里德里希都知道这一点，
他们当然知道。只是

在结果上他们遵守着
传统和习惯。

我的兄弟们和我的姐妹们中的
一些，在坚持正确的一点，即过去没有
现在也没有这样。请便吧，我只知道
唯一的事情：在他富有创造力的善意
当中，弗里德里希没有向我偿还
债务。其实，任何人任何时候
都没有向我偿还债务，因为
通常是我支付。是的，我
还支付我没有买的那些东西。
为了让一切尽可能地清楚
并且从一开始就明确：
我不一定是指钱。
假如我停下来再思考
一下：我一点儿都没有涉及
钱，真是一点儿都没有过。这方面
无论过去还是将来都很明确。

对钱的态度

尽管，从理论和实际上讲，
我已经接近五十岁，
但并没有以一种最大的准确
发现我对钱的态度。

在这方面，我承认，有时候
我会有问题，**这里**，尤其是，
这样的生命，我不太能将其进行到底，
因为我不知道如何走出

情绪并总是为之不安。
暂且让我回到主题。
几年前，我振作了
起来。我站直了身子，

接着有一点儿歪斜，而最后，
我决心要成为一个
正常的人。这一点儿也不
容易。你可以在说声蝴蝶的工夫，

就落在一棵果树上。我从某个地方
知道这一点，可是记不清
具体是从那个地方。我感到焦虑不安
后来我对自己说

还是做好我的事情。我将改变
对钱和对蝴蝶的看法。在恰当的时候
我希望能发现一切，直到让我回归
到那尊大理石或花岗岩的雕塑。

我的朋友们，圣人……

我的朋友们非常优雅细致。
我想，他们当中任何一个人
都没有问过我是否有钱
或是否有工资。这不重要。

我也觉得这是绝对正常的。
尤其是我从来都没有缺过
任何东西，我这样的人
自从世界是它存在的模样

就被给予了全部世界。
一切，一切，一切都给予了我。
不知道究竟如何，也不知道
出于什么原因，在一个特定时刻，

忽然间，我观察到，是这样，
于是我相当诧异：
我不再停下，我继续想要
一切——这不禁让我深思。

Bref[①]。在大约四十五岁的时候，
假如我没有弄错
假如我不在歧途
我去了银行

由某位亲近的人陪同
并表达了我的愿望
给自己开一个账户
并拥有一张银行卡。

---

①法语：总而言之。

没有什么更简单

一切都发生得太快
对于我的为人处事方式来说。
没有什么更简单。一切
只持续了眨眼的瞬间。

我已经有账户了，刚刚不久前
我也有了银行卡。我给伯爵
看了，也给母亲看了。
我把卡放在手包里，挨着
身份证……我忘记了

我在银行有账户。我忘记了
我还有一张银行卡……过几
年后——确切的我不知道——我回忆起
一连串的任性——小鬼花招儿

我父亲这样称它们——最近
一段时间我还想起来

我曾经下决心要成为一个正常的人
可是我死也没有能够成功。

我建议自己再试一试。
再试最后一把。
我去了阿姆扎市场，我想，
从账户里取钱，直到装满

手包里的内衬钱袋。
当时是早晨。秋天的
一个美好早晨。
有些冷清。市场里没有人。

光把金色撒满在物品
和人们当中。所有的劳作
皆充满艰辛，在游戏当中。在城堡里
一切都是透明的。

我看到了还是仅仅自己
感到我能看到，通过女士们
和先生们，通过树木，通过
迟到的天使还通过秋天……

列宁、斯大林和伏特加

我知道自动取款机。我想，
是在上个世纪末，有人对我讲起。
几年来，在我的国家
我也开始在街头看到。
在大街上，在公园里，在那些
今天被称为超市的食品店附近
都可以看到。我还看到一处取款机
在城堡区的一家商店旁边，
好像就在中心的地方。不过或许
我说错了。我没有记得太清楚……
它的名字就像斯米尔诺夫伏特加[①]：
它是商店或超市，

<hr />

[①] 俄罗斯最著名的伏特加酒。

它也许是食品店。

当我说食品店的时候，不知道

为什么我几乎怀着柔弱之心

想到了列宁。不是因为

我曾热爱这位蓄着大胡子，

或在他生命的某一段时间

留着山羊胡子的人。

也不是因为他，列宁，与托洛茨基、

列夫·达沃多维奇是相当亲近的朋友，

后者是苏维埃委员，一段时间，

是伊里奇和所谓的**不断革命**①的左膀右臂

几乎取得胜利……

多亏苍天守护了我们，多亏苍天

保佑了我们；万物皆有某种天意，

苍天在我们当中的每一个人身上；

然而只有很少人能在**那里**见到它。

哎，假如斯大林没有与布哈林结盟，

又把他流放，后来把他

---

① 指托洛茨基的《不断革命论》。

几次打倒在地，有一次几乎

彻底……我指的是托洛茨基。也指斯大林。

现在我不记得更多的细节，

也没有时间来核实

是否我漏掉了一些不实之处。

知情的人们*知道*。我？我或许有误。

不，不是由于这些原因

我才以一种近乎无可阻挡的温存，

望着自动取款机，是它们让我想起了

列宁、弗拉基米尔·伊里奇·乌里扬诺夫。

（*我遭遇这种情况*，nota bene①，差不多每次

也当我看着食品店旁边的自动取款机时，对不起，

是*斯米尔诺夫超市*，

我站在它的前面就像

一只离群的鹳。不对。

我站在那里像一个朦胧的影子，

迷失在那些蝴蝶般来去的

世界和钞票之间。Passons②……）

---

①拉丁文：注意。

②法语：咱们不谈这个吧。

也不是因为，我说过，列宁

同托洛茨基和斯大林，

同布哈林还有娜杰日达……

娜杰日达……不，不，曼德尔施塔姆①。

娜杰日达·康斯坦丁诺夫娜·克鲁斯卡娅。

他们领导下的所谓共产主义

光辉矗立

然而半文不值，我在当中

度过了部分生命；我想要多于

我生命中的一千零一天，

一千零一夜。我不知道……

我也这样说；我没有计算过。

毕竟是无数小时，是日夜，是岁月，

是二十多年……是的，纯金的

芳华——童年、发身少年

和最初的青年时代——我把它们

笼统称作：**我的生命**，我那难以置信、

不同寻常、奇异的生命，

在当时我身不如己的境遇，

只能是一种半文不值的生命。

---

① 奥西普·艾米里耶维奇·曼德尔施塔姆（1891—1938），俄罗斯著名诗人、散文家、诗歌理论家。

交换的硬币

说真话我更愿意去飞翔。

说真话我不太会在空间

识别方向。我承认，我的确

上过驾校。课堂教学我得了

二十六分；在两届学员中，

我是唯一成绩这么好的。

教练员们都惊奇地望着我

眼睛睁得像葱头一般大。

使徒们望着弥赛亚①的时候

差不多也是这样。当然，我夸张了。对不起。

请原谅……不过我又与从头何干？

是的，我和葱头会有什么故事？

在大约五千年前，

①《圣经》词语，指耶稣。

251

如果我记得正确而记忆力

没有把我糊弄，在埃及人那里，

葱头曾被用作交换的

硬币，它们保证不同世界之间

平稳、合适的过渡。那时候

人们期待着神灵通过他们从苍天

降临到大地，他们每天为此

祈祷并相信奇迹的发生。

对葱头我极为喜欢，是的，简直就是

敬若神明；我在花园里种了无数。

对我的男神也是同样崇敬。当我邀请他的时候，

他那颗巨大的心就在我身上降临和上升。

它自由地停留、缺位。我从来也不知道

是多长时间。我可以肯定知道的

是下面的事情：他来我这里，

是没有我就无法存在的时候。

他来我这里，是城堡区里有什么东西

腐烂不堪的时候。

天赋？零屏蔽！

我的路考没能及格，

对我的做人方式来说是可预料的。

这是我全部生命中

唯一没有通过的考试；我指的是

我在这里的生命。这里，我承认，不是我的错。

确实不是。可能我是替罪羊，

可能我确实不总是聪明。

可能我是傻瓜里的傻瓜……是的，

同意。不过也并不是这样。

真实情况是某种新的东西

出现在了系统。塞伯拉斯们更换了

全部电脑。我在电脑方面

有一种天赋，它等同于

零屏蔽。我当即直刷刷地落考。

我落考了一次，两次，七次……

我劲头十足地落考，我亲爱的兄弟们，我

亲爱的姐妹们。所有的教练和公安局——

现在叫警察局——的看门人都已经知道我。

我整小时地站在那儿的系统排队

为了复活——其实，是为了不要死光，

我想说——我高声朗诵里尔克、巴科维亚①的

作品。我谈论尼采。换句话说，

我按照自己知道的方式，这样为自己壮胆。

为了扛住。而他们，看门人和教练们

都睁着大如洋葱的眼睛看着我……

从我看到他们的眼睛忽然发亮

他们的脸色忽然转变的那一刻起

我就用目光爱上他们。

他们说崇拜诗歌，

但是不太有时间读诗。

我微笑着。我没有对自己说

——我承认，只是在脑子里！——

诗意味着灵魂；你怎么能

---

① 乔治·巴科维亚（George Bacovia，1881—1957），罗马尼亚诗人。

没有时间给灵魂，给

你的灵魂，那个独一无二的？……

就这样，一直这样……其间，

我继续落考。在最公正的地方。

真实情况是我当时搞不太懂

这些。直到现在也不懂。

弗洛林大叔

我同弗洛林大叔走了

大约一周的路线，他

是被专门找来陪我练车的：

他为残疾人讲驾驶课。

可以说，是为我这样的残疾人。

这正是她需要的，差点笑死

我的兄弟，安德烈。这正是她

需要的，模仿他的是另一个兄弟，阿德里安。

总之……Passons①。笑吧。继续向前

笑吧。无论怎样，我，兄弟姐妹中的

么妹，几乎所有时候都带着笑容。

---

①法语：咱们不谈这个吧。

弗洛林大叔教我正确地

驾驶。他认真细致，对和我一起上的

每一节成功的课都很高兴。当我给他

读尼尼，读茨维塔耶娃、读普希金的时候，

特别是当我给他讲托尔斯泰和图格涅夫的时候，

他的脸色就开始放晴。当读到某行天赋的诗句，

我影响了统一大道①的交通时，

弗洛林大叔也不向我大喊大叫……

偶尔也会出现

行车中被我妨碍的其他司机

有怪异的反应。不过真实的情况是

他们并没有太神经焦躁。弗洛林大叔喜欢

什么？尽管有时我的脚在离合器上

哆嗦——可以听到，天哪，

数十个喇叭鸣笛——我把自己掌控得

近乎完美。弗洛林大叔

微笑着说，可以肯定，

以如此古铜色神经

我将征服世界……

① 布加勒斯特市区的一条宽阔大街。

公共危险·放心

然而，当我拿到它的时候

——我指的是驾驶执照——

我高兴同时又意识到

一切都是白费徒劳。

在这中间，我学会了

做某种无法相比更为重要的

事情。实际上，我想起来

我始终都会飞翔……

当真始终吗？请便吧……Passons[1]。

那么……一些年后，我的兄弟请我

进入汽车，坐到方向盘前

脚踏加速器……好像……

我们陷入了雪堆。我们成了雪丘的国王。

---

[1] 法语：咱们不谈这个吧。

他，我的兄弟，后来从后面
推起那头**野兽**，对不起，是汽车……
好像……最终……我们对面的朋友，
圣人奥古斯丁的手，
从远处看到了这个场面，
当时他清楚地听到我问
加速器踏板在哪里……我的眼睛
看到他示意的眼睛
大得如同古埃及人的洋葱头。

放心，我的兄弟对奥古斯丁说，
他是圣人阿波斯托尔·安德烈的
右手。我的姐妹是一种公共
危险；这不仅仅是在眼下的情况。
我经常和她玩笑；她是完全别样的
构造，哎，完全别样，明白吗？
我和她能笑得前仰后合，能笑死人。
我习惯了。无论怎样，没有我
她不会坐到方向盘前。没办法。
她有差不多七年没开车了。
要重新上驾校。
我们会再去找弗洛林大叔。

让他有朝一日教教这丫头。

我不能永远这样。你只需放心……

奥古斯丁暗自发笑，望着我们

望着雪堆制造的种种

奇妙……雪下得好似童年。

新闻里正在谈论白色的世界末日。

我们快活，我们欢笑，我们做着怪相，

我们同伯爵玩耍，这只塞伯拉斯

在雪上疯跑。我和你笑着，这样我会笑死，

我对我的兄弟说。我们在雪里

连滚带爬……言归正传。我说得

有点儿过头。对不起。马上。好了。说

走嘴了。我在第一个路口下。

斯米尔诺夫和正义者的世界

我记得，当我

在斯米尔诺夫商店

前面的时候，我明确地

问自己：是谁的脑袋里想到

这样拼写那种酒的

名字——尽管

我不喜欢那酒——在词尾

有两个f，可那个词的原文里

是一个v，

具体来说：是在那个词的

尽头。要再确切：

是在那个词、在它范围里

整个世界的尽头，

带着它当中的全部天空

带着它当中的全部坟墓。

捎带说，费奥多尔·米哈伊洛维奇的

圣手神笔创作的那些

有酗酒天赋的酒鬼当中，

一些人深信，所有的

酒鬼都将直接进入天堂。

谁喝得多，谁就最先

到达那里。单词Smirnov的词根

是名词smirno / смцрно，意思是正义者。

当我看到这个名字的伏特加酒，

它让我有很多联想，

我自然想到陀思妥耶夫斯基，

想到他的那些酒鬼，他们有狮子的威风，

像蛇一般聪明，如鸽子那样洁净，

想到醉鬼的天堂同时，不可避免地

想到那属于正义者的世界。

一句题外话

一句题外话。我不喜欢伏特加酒

出于一个原则或，这么说吧，

出于一种偏见，关于它

我将再找时间坦白。假如我不忘记……

其实，我现在就把一切道来：

我不喜欢伏特加，是因为在

伏特加里，通常，加柠檬。

于是，世界上所有的伏特加，

至少对于我的大脑和心脏，

都是不可补救的酸味，

酸到你……恨不得一下子……

扑哧……龇牙咧嘴。我从自己的

经历中领教过。我试过一次，

的确，在很久以前，还是少年的时候。

因此，我不喜欢伏特加。

如果将来需要，我会

悔改。就像一切都

发生在昨天。就像一切

都在这里，此时此地。

就像一切会接着

再次发生。

或许已在路上。

列宁与自动取款机

让我们回到列宁和

自动取款机。让我们

言归正传，按照顺序。

Bref[1]，你过去和现在随便在哪儿

看到自动取款机，都会想

你没曾想或曾想。

不要紧。至少这是

在我的国家发生的情况。

问题是我亲眼

看到在其他国家

也发生同样的情况。在那个年月，我说，

如果我努力回忆

我清楚看到，就像在掌心里看到

在我的国家差不多同样的地方

---

① *法语：总而言之。*

——实际上，几乎到处——都

悬挂着齐奥塞斯库

或列宁，原名弗拉基米尔·伊里奇·乌里扬诺夫，

的头像。难道我的国家的其他人，

难道其他国家的人们，对我看到的那些

也看得一样，我想说，还是

有别的看法，是的，完全是别的看法？

对此，我带着不自然的

紧张，在食品店前，

对不起，是斯米尔诺夫超市前面思考。

感觉不好。一点儿也不好，

亲爱的兄弟们，我亲爱的姐妹们，

我尊贵的乌鸦们，可爱的、

过于慌乱的瓢虫们，

它们正在不慌不忙地前行

穿过微小的花蜜堆，

在一片玫瑰花瓣上，

受敬重的草，那些太性急的、

亲爱的，毕竟，又让人无法忍受的……

——好吧，就从我这儿飞过吧——

亲爱的，毕竟，喜鹊们……

联系，网络……

我长时间地思考，在最新的
诗篇之间是否存在某种联系。
我看到，天啊，再清楚不过，
形成了两种极端，
它们被清晰地展现在这首诗里：
自动取款机和列宁。

晚些时候，我还是明白了：
不论政治色彩，
不论什么时代，哪个千年
和历史，其中始终是系统。
网络无处不在，兄弟姐妹们，
女士们先生们。
是的，是同样，完全同样的系统。
还有网络，密码，都是同样。

因而，系统和网络，
如同我们所见，是一样的。
几乎吧。到后来，晚些
时候，我又想，尽管如此，
也不排除是我错了。

让我错吧。就让我存在于我生命的
重大偏误中，就那个此处、此时的
偏误，这是我想说的。确信，绝对
确信无疑的是唯一的事情：我那个
偏误，或大，或许巨大，
或极其微小，或
破烂不堪，或干枯瘦弱，是的，
从那里，终究，会长出，
就像在童话故事就像在书里那样，
会长出，玫瑰盛开的星球和石头的花朵，
还有鸟儿和荷花的星座。

征兆

一段时间以来我崇拜树木，因为我所有的
生命的爱人都如同树木。是的，如同
灌木樱的是巴西尔；我们就这样说他。
这个名字来自古希腊语，意思是
国王。像灌木樱那样，细高，
美若神明，生长在克罗地亚的北部……
于是，自然而然，我就喜欢树木。
在这部我的启悟书的第一卷里
我写道，为巴西尔也为我
写的书：*我的爱如同树木……*

我的爱姗姗来迟。*我的神知道。*
我的爱是大道、真理和生命。
我的爱如同灌木樱，用它的木材
尼古拉·巴索蒂制作了红色小提琴，

我在第一部里曾写到这个故事。我的爱

爱着我并把我*等待*……等待如此遥远……

首先在佛罗伦萨等待，在那里寻找

红色小提琴中魔的琴弓，之后在克罗地亚，

似乎在那里寻找制作提琴的

灌木樱……回来的时候，从星期一

开始，又将重新等待，在我的国家，在

我们的国家，最美丽和最富饶的

罗马尼亚，并且……每次

离开的时候，巴西尔都要给我写上*我带你同行*。

我每次都信以为真，并且，继续把他

相信。每次，我心爱的人都请求宽恕。

而我也宽恕了他。因为我宽恕，就像草，像水，

像母亲，像塞米昂，像安德烈，像巴希拉和伯爵。

我的爱等待着*征兆*。上帝在潇洒地

言说，从各个地方发出悄然无声的征兆。

它们在落入心间。你要留意这些征兆。留意它们

那能起死回生的活水，正在从黑色光轮滴淌，

从橙色光轮渗出，躲藏在可爱的白鹭翅膀中间。

兄弟姐妹们，尊敬的眼镜

……兄弟姐妹们，尊敬的眼镜，被遗忘

在窗台又在一幅豪华、震撼版的画图旁

被找到的眼镜……

那是一本神话、传说和故事书，

带着明亮的光环，我在那里读到了有关

艾拉托斯托内①的故事，他的可爱、可怜有些残酷，

他被娇惯、被抱在我的怀里穿过花园，

还被使劲儿地摇晃，

他的眼睛失明，然而……传说、

广为人知的神话对这位伟人这样描述，他

只会做两件事情，毕生如此：

读书和梦想，他梦想和阅读

---

① 艾拉托斯托内（Eratostene，约公元前276—前194），亚历山大的古希腊数学家、天文学家、地理学家和哲学家。

他那些可爱的纸莎草纸文献直到失明。几乎……

像我……当时我是十九岁左右，

在大约一年的奋斗之后，

已经不抱任何希望，我不再相信

也不再等待任何、任何东西，

只有一件例外：让我失明……猛然间，我发现

奇迹只会发生在那些

没有奇迹就不能生存的人身上，似乎并不

特别严重，假如从因果报应的角度，

你出生时带着一只严重损伤的翅膀，那么

当你游戏的时候，不知道什么原因，你跌落，是的，

你经常头朝下、朝下、朝下跌落……从那时起，

我就从一个奇迹跳到另一个奇迹，

如同天使和魔鬼们在陶盘上踏舞……

从那时起，虽然我没少犯错，差不多

一直在请求原谅，尽管如此，

我还是从一个奇迹被带到另一个奇迹：在树木，

在雄鹰，在草丛，在群山，在图书，在河流。

清晨的时候：又在乌鸫身上，在枞树枝头……

我在做什么？

我错了？我？我在做什么？差不多
所有属于巴尔干地区灾难的城市
都在遵循这些规则运转，当我找不到例外，
能够为我的心脏和头脑废除这些规则的时候，
我在像风一样奔跑。是的，用我的脚跟
啃咬大地，奔跑再奔跑。多年来

我奔跑在所有的公路，在所有的路途，
在看不见的高速路上，它们，没有例外，
都通向我花园里的天堂之角，一段时间以来，
大卫塔已经被迁移到那里，
从欣嫩子谷①附近或是奥林匹斯山，

---

① 原文Ben Hinom，源自希伯来文，后成为拉丁文和英文的Gehenna。犹太人的传统认为这里是地狱的入口。

或是锡安山，塔泊尔山……

我奔跑在所有的路途，在路边

我看到盛开的木兰花田，

黄色的油菜花海，如同置身西藏，

睡莲的世界，又仿佛来到斯纳戈夫[1]，

还有大片的异国植物，中间夹杂着

孤独的罂粟花和野花，它们的激情与热望……

现在我可以把所有的手放在胸口

说：尽管有时偶尔出现，胡言

乱语的情况——我知道，真是胡言乱语——

我知晓全部，更确切说，*心灵的守护神*知晓全部。

同他，必须同他，我们要拉紧手，

肩并肩，我们——差不多每次都这样——

从头开始。我错了，应该如此。

我错了。我不应当从塑像里跑出来。

---

[1] 布加勒斯特北部的森林湖区。

275

心的哀歌

不应当，我不应当从塑像中跑出来，

不应当……可是我带着我的心脏一起

跑了出来，直到今天，有的时候，

我的心脏还能看见，在一千五百多年前，

那个把它撕碎过一次的人。

后来，看到我没有从惊诧中清醒，

他又把我的心撕碎了一次。后来，又再三……

那时我属于近视眼阶层

我无法相信自己的眼睛……那些被撕碎的

心脏正好扔去喂豺狼，喂鳄鱼和

苍鹰。我无法相信自己的眼睛。

因为我没有信仰，天哪，在其无边的

善意中，他赐给了我一种病，让我把心脏

放回原来的地方。把思想也送回到身体的

阁楼，顶层，属于它们的地方：

在头脑里。它在我的手上……我站立着——头顶苍天，

背靠海角——远离其他的行星，我不知道如何是好。

我不知道如何是好……我站在一个十字路口。右边

是地狱。左边——是我的全部所爱，神圣的东西。

我用目光偷偷看着塑像，但主要是看她，

看那同一尊塑像。我又进入了没有心脏、没有

灵魂、没有思想的状态。我站在一个十字路口。

无论思想，无论心脏，都不能带我去我要去的地方。

我就像一个可怕的天使，出自赖内的

一首哀歌。就像一个天使，无辜，迷路，孤单……

碎块组成的行星

我一个劲儿地睁大眼睛望着那颗行星，

它已经被这么多次地歌唱：那颗

被摧毁的行星，被肢解、被切成

几乎对称的碎块、正好可以

喂狗的行星。我不知道再说什么，再沉默什么，

再歌唱什么……我没有相信……我

是个傻瓜，全世界傻瓜中的傻瓜！

我是什么样的人?！上帝啊，你把我

做成了什么样子？我无法行进到底！

我无法行进到底。我的思想

不能给我归位。绝对真实的是

我从来没有看到过

一颗活的心脏，一颗被切割、

被碎成块儿的活人心脏……就像

我曾见过的死去的心脏，

放在福尔马林液的瓶子里，

摆上架子，陈列在博物馆。还

写在书里。

它是小块，残片，碎丁，

破烂，薄片，一再如此，小块，

残片，铺展在我祖国的

地面，在不同的大洲……神奇的是，

那些静默的碎块尽管还有生命，

但却没有赠予任何抱怨，按照它们

我在头脑里重新描绘出

我祖国的版图。没有用我太

多的时间，我的目光便转到了欧洲地图。

从某种视角看，欧洲

地图的形状是一个脑壳或骷髅。

从飞机可以看到

你们没有注意到这一点吗？……

从某种视角看，

欧洲地图的形状是一个脑壳或骷髅。

从飞机可以看到。我的父亲，

塞米昂，曾经是苏联空军

特种部队的军人，他看到了。

在空军的特种部队，塞米昂

逃离了系统。当你逃避开某种

东西的时候，你直接深入了那种

东西的心脏，完美的位置是系统的心脏。

你在那里做巢栖身，生活无忧。

你有警惕的目光。你有激光般的头脑。你在听从。

当你感到少许疲倦，你会从一个地方

移动到另一个地方，进入你自己的

深处，愈来愈深的地方。之后，你会有一段时间不动，停留在你的被砖墙砌死的内心。

你在等待合适的时刻，然后……刺啦。

你把系统的心脏撕扯。一下子。

我的朋友加布里埃尔就是这么做的，

他是大天使的右手，曾经把我收留在

翅膀上。是的。你砍下系统的脑壳。在你做

这些的时候——你眼都不眨。你的动作就像

一个连续作案的罪犯。为了消除痕迹，不要让它

像凤凰那样重生，就在系统的目光走神并稍稍

斜视的时候，你一言不发，把它点燃。一切

便化为烟尘粉末。为了确信它不会从灰烬中

复原，你又把灰烬堆积起来，把它再烧一次。

做完之后，你把它撒入太平洋

撒入大西洋的水里——为了不给它

找到坟墓的踪影。接着，

又撒入天空和大地所有的江河湖泊。

是的，此时此地，一劳永逸。

禁止通行与神

我的父亲没有撕碎系统的

心脏。停。禁止通行。

我们正在跨入一个神圣的领域。至少

对于我圣洁的心灵的守护神。

我不评价我的父亲，也不评判

母亲。我必须自始至终

感谢他们，我还要感谢

上天并为他唱颂歌，

这永远不够，永不完美。

即便是我的启悟书也并非

完美……完美的是我今天早上

望过的那支火红的玫瑰花。

完美的是圣人，

他的穹顶和天空。

……于是，我的父亲脱逃了系统

却进入了系统的心脏。他的那次脱逃，

险些用了自己生命的代价，然而后来，

它却拯救了我双眼……不过这又是另一个

故事。Bref①，塞米昂他不可能

没有看到，欧洲地图的形状

是一个脑壳或骷髅。圣人一样的塞米昂，

临死之前又看到了某种东西，

他对我说，他的女儿就像他当年一样，

在垂直飞行，他为女儿感到骄傲。

我沉默了。我没有告诉任何人。

我在脑子里问自己他从何而知？

多年后我才明白那是一个疯女子

或是发疯的男人提出的问题。

我差不多是同样的反应，当他

总对我说，他的女儿——

也就是我——娇贵如金，

我的名字只能是金丽娅，

而我不多不少

---

① 法语：总而言之。

就是一个巨大的财宝。哎，不是

这样，我有点儿飘飘然，我微笑着

并不反驳他，因为他，

他，他是……怎么说，才能让我

能够尽可能准确？我在

靠近我的我并从那里，

从他的内心，没有束缚地

谈论过去的，通常，

只能留在缄默中的事情。

在我的脑海里，特别是，

在内心，至少对于我，

那个曾经用自己的种子

把我带到世界的人，是神。

密涅瓦①和珀涅罗珀②的猫科动物

我不好意思写这样的事情。

当我够不上我自己的时候，

它们让我感到品味低劣，近乎。

Passons③。现在重要的是

别的东西。来看究竟是什么：

每次当我看到欧洲地图的时候，我

就思绪万千，就不住地想到

我的父亲，圣人塞米昂的右手，

想到米高扬—格列维奇的飞机

米格21，想到哈姆雷特，还不可避免，

想到小丑尤利克的头骨……一切都

---

① 罗语Minerva，古罗马神话中的智慧女神。

② 罗语Penelopa，奥德修斯忠贞的妻子，出自《奥德赛》。

③ 法语：咱们不谈这个吧。

愈加怪异……因为

每当我要同由尤利克头骨

讲话的时候，它就知道（我

搞不清它从何处学会了这个把戏！）

对我一个劲儿地咬耳朵：

有某种东西越来越腐朽

在欧洲王国的这个全部丹麦当中。

假如我不停下来，

继续同那**头骨**交谈的话

我会以一种高度的专注

——如同蜜蜂从全速飞行降落

在庭院的一朵鲜花上的那种专注——

我不能无视：一切

已是腐朽，糟糕透顶的腐朽，

就在欧洲，密涅瓦的所有猫

之王，珀涅罗珀的所有猫科动物

之首。

世界地图与尤利克头骨

……从密涅瓦的猫和珀涅罗珀的

猫科动物，也不知道是怎么搞的，

一天天地，我的要求在眼看着增长。我想

这来自埃及的猫科动物，

不言而喻，来自埃及人，他们

像对一些女神那样崇拜猫。

我转眼之间就会承认：

这没有用我太多时间

我就从埃及人、女神和猫科动物那里，

转向了世界地图。我不知道

我的脑袋里进了什么。不过我没兴趣

理它——脑袋——丝毫不感兴趣！

像伊西丝[①]，是的，正像奥西里斯[②]，生命之神的

妻子，我想把所有的碎块集中起来，

---

① 伊西斯（Isis），古埃及神话中司婚姻、农业的女神。

② 奥西里斯（Orisis），古埃及植物神、尼罗河水神，又为阴间主宰，审判死者灵魂。有关神话对后来的耶稣基督传说有一定影响。

按照基督教的方式为它们把安魂仪式颂唱。

在我尽到义务之后，我可以
平静地隐退到尼罗河三角洲。
与欧洲地图相比，
世界地图不像一个脑壳或骷髅，
同尤利克的头骨没有任何
相同之处。同哈姆雷特不相干。
同劳伦斯·奥利弗①也无关系，
这位大艺术家传奇般饰演了
假装发疯的丹麦王子。
在那个角色中他没留短胡须。
我指的是劳伦斯……在世界地图
和……头骨之间就不存在任何
联系吗？我会再思考
这个话题。下次。我会试一试。
我承诺。不会排除，毕竟……Passons②。

---

① 劳伦斯·奥利弗（Laurence Olivier，1907—1989），英国导演、制片人、演员。
1948年自导自演的莎士比亚《哈姆雷特》的影片获得奥斯卡最佳导演提名、奥斯卡最佳男
主角奖和奥斯卡最佳影片奖。1984年，他的名字被命名为英国戏剧及音乐剧最高奖"劳伦
斯·奥利弗奖"。

② 法语：咱们不谈这个吧。

我想为隐修院长老去谋杀

后来……后来，我养成了

——不记得从何处——

一个非常古怪的习惯。好，

算了吧：如果没有那个

非常古怪的习惯，他毕竟会

至少留在我的心里——我想说，

在我所有的心里——至少也很奇异；

在我那些花岗岩、青铜般的心里，

在我那些用金子或铀做成的心里。

确实我崇拜拿破仑。

我想为罗佳·拉斯柯尔尼科夫，

为阿辽沙和梅诗金公爵去谋杀。

为伊凡为隐修院院长佐西马①，

为格罗贝②也为比佐尼乌③去谋杀。

我想对我来说一切都是从那里而来：

从书籍中。从飞机可以看到：我的生命

如同在诸多书里。我的生命如同在那本大书。

是这样，我多么想围绕着心脏转动。

……我越多想

那种癖好，就越想为

夜莺而放弃。不。

对于初始，我最好去想

伯爵，想巴希拉，想母亲，

去想塞米昂和安德烈。并且一定要

去想我所有生命的爱情：巴西尔，

国王，他看到那种**迹象**之后就会来。

是**那些迹象**。之后我将会去想念毛脚燕

还有它们心中的天堂：洁白，高远，自然。

---

①俄国作家陀思妥耶夫斯基的长篇小说《卡拉马佐夫兄弟》中的人物。

②③格罗贝和比佐尼乌分别是罗马尼亚作家尼古拉·布雷班（Nicolae Breban, 1934—）

长篇小说《天使报喜节》和《权力意志》中的人物。

我不能用大脑钻进

毕竟，我曾经被问到是否

能够远离真理生活。而我

以为我无法达到这样的状态。

尽管从一开始我就

承认，我们最好能够确定

我们所涉及的是谁的真理和

什么样的真理。尼采，可怜的人，

把真理视为一个奇丑的老太婆。

尼采知道他在说什么，

因为这个发疯的苦行僧，这位酒神

狄俄尼索斯式的圣人，生活在真理当中。

是的，在某种程度上像耶稣。确实，

在另一层次。在另一种维度。

直到现在我也不能用大脑钻进

那个无法解释的习惯……

我从一颗行星搬迁到另外一颗

接着，当我把所有事情逐一

定位，如同一个大脑发育迟缓者——

随便吧，算了：不管得到的灵感是多

是少——我都在脑子里，在脑子里，脑子里，

重新描绘每一颗行星，用目光偷偷看着

那些……的碎块。我根本不知道如何

对他们说：是心的吗？我几乎感到

低级趣味……可此地，此时，又找不到

别的差不多合适的东西。燃烧，

兄弟姐妹们。燃烧。因为我正在

命运的紧急征兆下写作。如果

不写作，我会死掉。这一点必须说清。尽管

这个细节也算不上一种证明。

哎，宁可，有一点儿让人为难。哎，宁

可，是从真理之国的边端

一次越狱的尝试。

是的，是一次完完全全的逃跑，一次越狱……

别的东西让我沉思

奇怪，它们，那些碎块……仍然活着……
然而别的东西让我沉思。
完全是别的东西。让我
沉思的是行星。还有大海……
你们在菜畦里微笑……就像我的
祖母，埃列娜，她的生父母
名叫塞米昂·帕尔费涅夫·尤什科夫
和娜塔莎·米哈伊洛娃。
我要说，在菜畦里微笑的还有娜塔莎，
她上个世纪被埋葬在这里，
在城堡区，在克勒米达里墓园。
你们放心；我不会睁着眼睛
做梦——我们就叫他伊昂，他直接
从柏拉图的讽刺降临我们当中——
飞碟或在飞行中发现的其他

精密复杂的机器，

据说它们从天空中来去

不知道是否及何时返回……

根本没有的事。我不是三岁的

孩子。我是一个成年人

或者，就像人们常说的，

我是一个大人。

一切，一切都很清晰

一切，一切都很清晰。

然而，却如此奇异。就像

我活成了自己，而不是任何的其他人。

同时，又像我是另外的她，另外的他……

因为我想到了这一点，

不可理解的事情就出现在我的

梦里，在睡眠里，在睁眼的

梦里。似乎我来自另一个世界，

它不是这里的，毕竟，又是这里的。

似乎我们来自一个从未见过的

国家……

你如何相信这样的东西可以

存在于今天，在文明、舒适和铁路的

时代，就像列别杰夫①称之为快乐的

世界末日，崩塌在不同世界之间的

疯子？而我睁大眼睛望着它……

在"格里戈雷·安蒂帕②"

国家自然历史博物馆，

我大致这样研究了几颗心脏

和一系列教学用的人体骨骼，

我深切地想到了

我的外公，格里戈雷，

他是牧师圣人格里戈里耶的右手，

同时，我还想到整个宇宙，

展现在那里，在博物馆，在我的

眼前：脊椎骨，股骨，

颅骨，颌骨，相依相连，

胸骨，胫骨，相承相接，

锁骨，上肢带……最后，骨头挨着骨头。

在我眼前那个神话般的宇宙里

随处可见我那被切成碎块的心脏……

①陀思妥耶夫斯基小说《白痴》中的一个人物。

②格里戈雷·安蒂帕（Grigore Antipa，1867—1944），罗马尼亚著名生物学家。

我承认我在看着它的事实，

正如，不时地，我会张口呆望着

有关忏悔神父波尔菲里的书页，

他被出色地装扮成司法

调查官，并与罗佳·拉斯柯尔尼科夫，

他藏在一个系列凶杀犯的皮肉里

并……另外还有……我知道，当然

知道。可是我忘记了……我没有

办法，我健忘，我昏头昏脑。

几乎，像蝴蝶一样。我有

蝴蝶的灵魂。我曾这样做梦

并认为我在讲述纯洁的真理。

我在尽可能认真地讲话。

我的爱和安蒂帕博物馆

……那里，在博物馆，我目不转睛，

也就是说，把眼睛睁得大如洋葱

盯着那些以一种无法描述的奇异

展现在我面前的、由骨头组成的

各种星座和行星。

就好像我通过在天空、头脑、心灵

打开的一孔，聚精会神地看着，

抑或不知道该说是怎样的方式……

或者，更确切说，是一种

锁，一把非常奇异的钥匙……

当我的罗威纳犬听到布谷鸟的歌唱，

余音袅袅，深情飘扬，直上云霄，

它也是完全一样地睁大眼睛。

伯爵，我的爱犬，我的宝贝，

同样睁大眼睛看着林木，

它根据无人知晓的原则和规律，

能够看见，要么伶俐，要么幽灵。

偶尔在我身上也会发生，*我的爱*，

也能这样看着，亲爱的朋友们，正是这样。

在它无穷尽的爱中

那么，在它无穷尽的爱，
不能同这个世界和其他世界的
所有伟大爱情当中的
任何一个相比的爱当中，
天空使劲儿睁大眼看着我，
把我锁定在瞄准器中，并且又陷入了
沉思，它还馈赠我了一种病，
这次，是一种残酷的病，在它的
摇篮期，我不知道关于任何的
一个世界，还能再相信什么。

我早已忘却了它们，忘却了不同的世界、行星，
忘却了星座、太阳、月亮
和心脏。我早已忘却了天空、大地，
忘却了空气、甲壳虫、毛脚燕，

忘却了草，忘却了我，忘却了路……

直到我把眼睛也忘却，日日

夜夜地忘却，几千年地忘却，

在一只榲桲的

腐土里，那只榲桲被放在

窗台，得到一项

重大试验的支持。

我们何处可见真理?!……

那么真理又在何处?!……

我在的行星与真理有着距离。

或许又是无法预料的接近。

秋，天空阴沉，

秋，被忘却

在树叶、蜘蛛、苍蝇、蝴蝶的骨骼

和产生于一个女人爱情的痛苦中间，

而这些又被忘却

在一个姑娘般女人的身体里。

腐烂在榲桲的天空是阴沉的。

还有天空，被忘却在我身上的天空，

多么阴沉，上帝!

我还忘却了塑像。

我在眼看着倒退。

我返回到一只

不想从贝壳出来的软体动物阶段……对不起，

是从房间出来——这些就如同见面问好那样清晰，

或变得清晰，

我对自己说，在我那纷乱缠绕、

远不能测的思想里，

这时，所有人，绝对是所有人都在抱怨

这里是如此单调无味……

一道目光

然而，当时在我身上发生的，

距单调无味

却有数公里之遥。是别的东西。

完全是别的。

这样的东西我之前还未曾遇到。

我似乎感到在站立等待。

仅此而已。而当时却仅此

而已。我只用一道目光

就可以摧毁周围所有在移动的

东西：公路、公园、朋友、

杂志的编辑部、联盟，

包括欧洲的联盟，

历史、故事、奇迹的萌芽，

齐奥塞斯库时期或与齐少有关联的、

草草建造的楼房，似乎

一切都应当在瞬间完成。

我们在拆除、在推倒、在摧毁

一切喘气的，一切存在于

天地之间，在天上在泥土，

在所有的生命，在四面八方的

生命和所有的生命

当中。我们在夜以继日地推倒。

夜以继日。我早已变成了

一种古怪的知识天使。

一位比黑色的金子还要显黑的

知识天使。比最古老的煤炭

还要黑。

"去做太阳吧，如果你想成为太阳！"

波尔菲里·彼得罗维奇向我喊道。

啊，他依然这样喊着，天哪，

那个忏悔神父，我那疯癫的

忏悔神父，那个狡猾、蛇一般、

指手画脚的天使！……

我是一个硬煤的太阳。

我们何处可见真理？！……

那么真理又在何处？！……

我在的行星与真理有着距离。

或许又是无法预料的接近。

真理……无法预料……

带着一种不可阻挡的重力

在我带着一种不可阻挡的重力，
开始想到我之前，
——如同我在思考所有事物
至少在这个生命当中——
倏地，我停住了。

……思想无法捕捉在边框里，
在各种定义、词典、初版本、
表格、牧场、羊圈、花园。
头脑还缺少一个毫米，
才可以变成一头野兽
恰好在那个时间的节点：
一头可以屠杀、谈判、出卖、
背叛，把一切、一切一切都踏在脚下的
野兽。你听见了吗，苍天？一切。
俄罗斯女人的头脑，是的，就像书被背叛、
被出卖、被踩在脚下，受到欺凌，

被损坏名誉，被开除，遭受辱骂、
遇到七倍的诽谤、中伤和再次受到欺凌，
被孤立、被记录，载入了所有的
黑名单，通过法院被拖入，
作为证人被听证——除了那两位
朋友——在一起的是连续作案的强奸犯、
杀人惯犯、倒卖石油的贩子，
孩子们的倒卖者、毒品的倒卖者，
江洋大盗、两个小钱的扒手……

俄罗斯女人不可阻挡的头脑。
更严重的是：诗人的头脑
是天空和大地所赋予的……我看着
真理，头已经撞破在法院的大厅，
其间，魔鬼的律师
对我不留情面地说道："您真是一个疯子，
一头野兽和一位值得可怜的女人。
您就是这样，夫人……"
我只做一件事：被逼到墙角的时候，
我保护了两位朋友，亚诺希夫妇，还有一本书——
列夫·尼古拉耶维奇·托尔斯泰的《日记》。
仅此。

波尔菲里像张着蛇口一样嚷嚷

波尔菲里像张着蛇口一样冲我

嚷嚷：你要同罗马尼亚最大的富豪

较量吗?!没错，那又怎样？

你疯了?!没错，那又怎样？……

你会粉身碎骨。你会看到的。没错，

那又怎样？……你会粉身碎骨。你会看到的。

你把这话告诉亚诺希们，当你

告诉他们的时候，你去看看他们的眼色，

波尔菲里……之后我们再谈。

别提什么亚诺希们，波尔菲里说。

我盯着他。我们目光互视。我们灵魂

相遇。我沉默并倾听着自己的心跳：

如果你能放过他们，上帝

也会从他的手心把你放过。

雅斯纳亚·波良纳①的大文豪

大声呼喊并且在七年的时间里，

把我们差不多每月召集一次……

他，大文豪，就是这样做的，其间

我看着他那炯炯有神、探索的

眼睛，我低声私语：

廖瓦奇卡②，廖瓦奇卡，廖瓦奇卡，

你大声呼喊了，把我们集合在了

真理面前……在真理面前

我站立着，整整七年都不动窝。

七年……你需要真理，

廖瓦奇卡？你有真理。请吧：

我与同一道墙面对面地站立。

墙体来自无法移动的地方。

我站立并等待。请便吧。

我不再申请任何东西。请便。

谢谢。仅此而已

---

① 距莫斯科不远的贵族庄园，大文豪列夫·尼古拉耶维奇·托尔斯泰出生的地方。

② 托尔斯泰的妻子索菲亚·安德烈耶夫娜对他的昵称。

于是，我承认，我尝试过

我应该从我开始。

我应该从我开始。

我应该从我开始。

我应该让我

脚踏大地，头顶天空，触及泥土，

倚靠树木，落入坟墓。

于是，我承认，这种念头我尝试过。

我也成功了。是的，我有条不紊地杀死了自己。

就像书里写得那样。我——用自己的手。

用我的手，眨眼的工夫，

我就杀死了自己。我喜欢这样。

我的两手沾满了鲜血。

我喜欢这样。我没有马上去

洗手。我看着它们

面带一种冰冷惊诧和

一种专门关注的混杂，它们此刻

把我的血液冻在了脉管。

于是？不要把血冰冻。我喜欢。

我喜欢在泥泞中让自己滚翻，

我让自己虔敬地看着道路

公路、人行道、公园、

露台上的坑洼，还有年复一年

聚积在上面的成吨的

尘土和垃圾。我真喜欢吗？

其实，假如我想得清楚，

连这样的话我也不能说。我是冷的。

我的身体如冰。我是分离的。

我空乏自我，空乏全部。

我已经变成那种虚空的心脏。

冰冷的心脏，西伯利亚制造的心脏，

拿到我肋骨之间的心脏，

来自一只纯白的熊，一只无瑕疵的熊，

有着冷漠而暴烈的性格。

从北极带来的、冰冻的熊……

别想耍滑头

我知道，即便我自杀我在到处寻短见的

时候，你也依然在我的心里。

是的，你在，不可能是别的情形。

否则我早已潇洒地成功。

尽管你在那里，可我还是在随处

死去。在罗克萨娜的栎树上

我可以最容易地了断自己。在那里，

绝大多数情况，我都成功地

让自己化为齑粉。在那棵

栎树上，我在自杀方面

达到了极致。

十诫中写道：不可杀人。

是的，赞同。可是并没有写着不要杀死

你自己！"停下你的恶言恶语"……

"离开恼怒并放下急躁；

不要想耍花招"先知大卫

在《弥撒书》里写道⋯⋯

后来大卫用机弦甩石击杀了

巨人歌利亚，在用他的鲜血写成的

训诫末尾，我根据自己的情况

增加了女人。我自己

四处碰壁：不要抽噎。

不要哭泣。不要花招。停下你的

恶言恶语。聆听心的心声。

它，那个声音，是神圣的。你是个卑鄙小人。

你枉然制造影子给予地球。

兄长你什么都不是。你沉默并写作。沉默并写作吧。

⋯⋯我没有耍花招。我的舌头

已经停止坏话。我不敢肯定自己是

一个卑鄙小人，也不能肯定我白白地

成了地上的影子。我听到了

心的声音。是的，我都听到了。始终，

几乎。是的，它的声音曾经是现在也

是大地、摇篮、祖国、空气、它的声音，生动，

如此生动，上帝啊⋯⋯毕竟，我杀人了：我

杀死了自己。我那时就是如此感觉。

栎树的哀歌

在所有的那些年，那棵栎树没有生长。

而是开始，一点一点地，干枯。

是的，干枯，干枯，眼看着。

我感到欢欣的是在树干上

我成功地杀死自己。

我想，我还有三毫米，

就靠近了完美。

我诅咒了我自己。

我还诅咒了自己生命杰作的

完成人，诅咒了那些目无上帝、

没心没肺、缺少头脑的各种撕裂的制造者。

我诅咒了那个把我的心

撕碎的人。当我做某件事情的时候——

一定会做，按照书里写的做。

可是书里写的是**不要诅咒**。

这样，我便违背了规诫。我违背了

用血书写在那规诫、

在那规诫的天地里的法律。

这一点应当清楚无误……

我还是那么爱他，上帝。

人之间并非如此相爱。

连诸神之间，在天使中间，也未如此。

我怀疑在古埃及的法老们当中

是否能如此相敬相爱。我记得，近乎

这般相爱的，是那些毛脚燕。

近乎这般相爱的，是那些石头，

是在大海，在森林。

同样的爱还发生在布谷鸟当中。

完全一样相爱的

还有绽放在十字架之间的玫瑰。

是谁把我从塑像拽了出来?

在坟墓的那边就是这般地相爱,

假如我的记忆清楚……总之。

Passons①。是我错了。啊,天哪,我

此地、此时、几个世纪之前的思想,

也是后来的思想。那种思想错了。

我后来的思想跑偏走歪。

我的俄罗斯女人的头脑

在随波漂流;疯狂的、疯狂的

俄罗斯女人……更为严重的是,我的

诗人、女诗人的头脑。我的头脑

是妇人的,它总是让我

工作而不让我失业,

---

① 法语:咱们不谈这个吧。

不把我撂在路上而让我抵达。

我需要这样，假如那种头脑，

我想说，是那些头脑，

聚集在他们的山脚下，

在他们进入天堂的路口，之后……嘎巴，

就在那一声作响的工夫，便成堆如山，

是它们把我从塑像中拽了出来！

我甚至没能来得及表示抗议，

来说是或不是。

可是谁，最后又有谁，

帮助我，从那里

走出?!谁，老天爷?!谁? 是你吗?!

梦

我不是那个自我相信

从塑像中走出的人。不是我

独自从那里走出来，

因为我已经自杀，我自杀了。

在七个世纪之前，

我，无能的人，已经死在

罗克萨娜的栎树上。

我没有停下。我没有

停下。更确切说……在一天夜里，

我梦见了我的父亲塞米昂。

在这一生在所有的生命当中

我都不会忘记。那是快到黎明的时候。

一个神圣的清晨，绝对就像

所有的清晨，

然而又只有少数人懂得享受的清晨。

那个懂得的人，我的父亲，

走进了我的睡梦。是的，他

从一开始就懂得，我的母亲，

完美无缺的母亲，一切都懂得。在他们

生我之前我就选择了他们。

用他们身体的泥土把我塑造的是

圣父、圣子和他们的圣灵。

我将把他们选择，重新，

当那个时候来临。他们

也知道这一点。塞米昂在梦里

唤我去那里，到那空中的楼阁，他说

一言为定并等着我，

余音在空中回荡，但却没有我身影，

他说着，一切，时不时地，

显得模糊不清，旁边是

正直的轴，他就在那里

在那里的一棵槐树，

为我的思念而绽放。

之后，我的父亲从那里

消失了。我看到的是一块巨石，

一支橄榄，一道深渊和
某种断断续续的
响声，又出现了
我的父亲。他生气了，
因为我不想随他而去，
他在用力把我拽入
深渊。可是未到……

未到时候

可是未到时候，未到
钟点，我在呼喊，呼喊。你是
我的父亲，不要祸患于我。
你会来的，你会随我而来，
他喊着，连他冒火的眼睛也在喊，
还有两只手。如同在故事书里，

天哪，每一个音节，
每一幅画面，每一处
场景……是你在那个时候
给予我了你的力量。
我努力挣脱着自己。
我感到自己是在古代的生死场上。

在生死场上，时不时地，

我的感觉，此刻依旧……在灌木丛中
我看到一把利刃。我将它抽出，
我从自己当中站立起来，一下子
刺入自己的父亲
如同刺入了某一个入侵者

然后再刺，用同样的
刀，直到那无生命的身体
跌入深渊，就在那里，
他那失去的灵魂在拖拽着我。
我仿佛是从一个地下室，被
从那场噩梦中拽了出来。巨大，

无边无际的不幸，
系统的轮子把我拖入
其中。我不停地颤抖，像树枝，
像柳条，被猛烈的风吹打。
我们的手沾满了鲜血。
他们可以用担架将他抬出

从我在戴切巴尔大街的
工作室，进入那里的是女人……

进入的还有男人，为了把一切
清理干净。可是鲜血又在那里
重新出现。在登博维查河两岸①
那场灾难发生的整个城市……

---

① 穿经罗马尼亚首都布加勒斯特的一条河。

血在流淌

血在流淌

不论我在哪里，不论

我从哪里穿过街巷、大道，

行走在公园……到处都让我

感到自己是在生死场。这个生死场

就是我的整个国家，这里曾经

有过土耳其人、匈牙利人、

鞑靼人、苏联人……苍天啊，

曾有多少血，洒落在

这片神圣的土地。曾有多少血，

上帝啊……现在，野蛮者

依然在不断地经过这里

并且从来都不满足于经过这里……

他们也将因我们而逃跑……听见了吗？

那些野蛮者会拼命地

逃跑。这片土地会将所有的野蛮者

扬弃，因为它的神圣和光荣，

是无数圣者、英雄，

还有那些从教科书中被删除的

大批王公和先烈

流血铸就。任何人都无法忘记

大地中的英魂。然而无数亡灵却会

把他们——野蛮者，我所指的是

野蛮者——从这片土地扬弃，

圣父上帝赐予的雨水

会洗刷所有的血迹，他会为

所有的苦难开光，他会为

所有的苦难颂歌，

并且——以他无所不能的慈悲——

用他洁净的双手来洗刷痛苦……

哦，母亲……

有太多的血，毕竟……
到处都能看到血，我无法
让自己停下来……哦，母亲，我
亲爱的，我神圣的，母亲……
我杀死了我的父亲。
把我从这里带上，带上我把我送到

四面八方，
所有海洋的海：最黑的
海。把我举到
山顶吧，把我扔上毛脚燕的
翅膀吧，把所有痕迹擦去，
用风，用雨，用大地的

盐和蜜……

我违背了法律。我杀了人。

我像拉斯柯尔尼科夫一样杀了人，他

——被卷入系统的轮子——

残杀了老太婆……两块

鲜活的泥土，每只手上

各拿着一块，让他们

完全地平等。我杀了人，我没有

罗佳的机会：波尔菲里……

我身边既没有任何一位

师长，也没有任何一位忏悔神父。

来的是新娘、新郎……

哪些新娘，哪些新郎？

哪些新娘，哪些新郎？……
你是我的女儿。你的身体来自
我的身体。自从你
从我的腹中脱落，
我就认识你。
我是你的母亲。
通过我你被带到了
此时此地的世界。
你和我在一起。快来我的怀抱。
不要再那么僵直而立，
好像一棵月桂树。
我的天，你已经长得
这么大！你有些胖了，
而我却变得越来越瘦。
让自己蜷缩起来吧，你永远

都是我们的孩子，

我们金子般的孩子。

把自己蜷缩起来吧。你不能走在

我的前面。我无法承受。

没有对任何人，你听见了吗？

你绝对没有杀过任何人，

你没有偷过，没有说过谎，

你没有去做伪证反对

自己的同类。你没有诬蔑过他人。

你没有诽谤过他人。你没有欺诈过他人。

有的时候，会出现骄傲，

的确，这让你有事可做。

骄傲，是的，还有清高。

你要抛弃它们。毫不犹豫地

抛弃，杀死它们。

让自己专注，专注……

从四面八方把你自己聚集起来，

在你的身上。你的父亲？他或许

正在一棵杏树上艰难地喘息。

他上天已有

十三个年头。你的父亲

不曾对你有过任何

不好。他是你的父亲，

一直在圣父的怀抱。

某种邪恶的鬼魂，

取代了他的模样，

把你拉向深渊。

你是我所认识的

那些最善良、最开朗

和最英俊的人

当中的一个。

你做人

干净，干净，干净……

我惊愕地望着

有时，你似乎是

用大理石或用石头做成的，

有时——像是花岗岩。

有时你像楼前面的

蒲公英。有时

你像蝴蝶……还有的时候

我感到你是

一片撕开的天空。

我这么多次请求

上帝告诉我

你是为哪个世界

而生……上帝啊，

你是为哪个世界

把他降生?!

……我惊愕地望着她。

我不知道再说什么。

确实我已经什么

都不懂。我想

像一个机器人那样，

以每秒七十次的速度问她，

我？我？我？我?! 仅此而已。

我已经杀死了自己。我

已经杀死了我自己。

我不过是一个

黑色、黑色、黑色的太阳。

一个硬煤的太阳。

我在何处可以看到真理?!……

那么，真理，又在何处?!……

我在远离真理的行星。

或者，也许，又近得无法预料。

真理，或许，就在我的面前。

第三部

圣者之巢

七个世纪以前

我是一个黑色的太阳。我杀死了

自己。你为什么诅咒我，

上帝？！难道你就是在诅咒我？！

"我会一直增加你的苦恼，

尤其是在你怀孕的时间里；

在痛苦中你将生育孩子；你将被吸引

向你的男人，而他会把你控制"

摩西的第一卷书里写着。

未出生的婴儿——为我原谅他们吧。

我相信。我爱。我祈祷。我希望。

原谅我。我杀了人。我杀死了来自我的

女人……为了逃避诅咒，

我杀了人。*我感到这样*……我希望

发生……在那里，我希望……

在那里，在那棵神奇的栎树上

一切也能像书里写的那样。

现在我是如此喜爱那棵栎树。

那里，在它身上，七个世纪以前，

我变成了灰烬，是的，

灰烬，它直上云霄⋯⋯

我指的不是两肋之间的空隙，

而是头顶上浩瀚无际的苍天。

身穿白色大褂的天使们对我说

用干扰素有反作用⋯⋯

而桑杜曾提醒了，是的，桑杜，

这里的他，现在已入黄土：注意，nota bene[①]，

高度注意各种自杀的突发。

像我们这样的人在大量的死。大量的死⋯⋯

大量的死。官方的统计

没有给出那些用干扰素的自杀者

数字。你明白吗？数字是令人恐惧的。

它们，那些数字⋯⋯知道你在进入什么

历史吗？桑杜瞪着洋葱般的眼睛问。

---

① 拉丁文：注意。

他的眼睛就像埃及人的洋葱一样.

你知道自己在掺和什么历史，

在用你的手、用你的手写作什么历史吗？他不住地问，

这个知情的人已经打了干扰素，他拒绝再用。

可以当细胞增殖的时候，

已经为时过晚：病毒已经摧毁了一切，

他那肉体构造的庙宇中的一切……任何治疗

都已无能为力。无能为力……

你在用你的手，用你的手，来做给自己，明白吗，

朋友？他一直重复着……用你的手……

"上帝在这里等你"

我为自己做的一切都是靠我的手。

听见了吗，波尔菲里·彼得罗维奇？我为

自己做的一切都是靠我的手。"哎，毛孩子，

毛孩子……"波尔菲里·彼得罗维奇叹息道，听到

我对他讲这个问题，他继续，

继续，发出沙沙的声音，以一种神圣的狡黠

睐着自己的眼睛：

"你太把自己当回事了。

不要藐视生命……你去慢慢地体味吧。

上帝把你带到了这里。看好你要去的地方，

你要交谈的人，你做的事……在这里等你的是

上帝……你去慢慢地体味吧。丢掉

所有的幻想……可怜的人们……不同寻常的

人们……我们是一些幽灵……"

我听着他讲，眼睛瞪得大如葱头。"是的，是的，

我们是吐火怪兽的一些孩子……现在

把这放到一边……游戏中的是你的生命……明白？

你的生命……让自己集中精力……去做治疗。

不要猜测等待你的东西"……

于是，我和忏悔神父四目相顾

他穿着调查官的制服伪装自己，我围绕着

那天晚上的轴心转动着，为了与自己不同

——那时的那人，我想说——聪明。

假如我们放下面具……

……嗯，我装作有学问的样子，轻轻地托着

自己瘦削的下巴……我没有任何想法

我在整天地呆望，有时看着天花板，

有时看着我的罗威纳犬。我沉默着。

沉默着直到忘记自己的名字，

我叫自己嗒嗒。如果我不发出嗒嗒的声响，

就很容易陷入沉思，我应当避免自己陷入

更深的沉思。我透过玻璃窗向喜鹊

吐着舌头。我从内心深深叹息，

把自己称作沼泽地的浮草墩……

上帝啊，实情是这样的：假如我们把

面具、讽刺和挖苦——可以说是讽刺的卑微仆人——

放到一边，纯粹的实情是，在几个世纪的期间

我们沉默了！几个世纪，兄弟们，听见了吗？几个世纪……

母亲一直问我在那里做什么，何至于沉默，
一直沉默，而我在沉默中望着混凝土般的天空？
我在思考，我含糊其词地回答着。哼，我到了
何种地步。你听见了？！我在思考。如果我不能
行走，不能活动，还能够做什么？

真实情况是，在每一个百米，
我都要停下来三次——就像罗佳杀死的老妇人那样——
我没有能力更多地行走，
我没有能力，我感到生命在从我的身上
流逝。于是，需要罢，不需要也罢，我要思考。
我已经变成了一种珍稀的飞鸟。
一个后果自负的思想家，大概如此。
通常被人们称之为善的东西，
存在于几公里的距离。这样一点儿也不好。
这是再清楚不过的情形。

在八月流星群之夜

像罗佳一样，我整天待在床上，
也就是说，我在思考。
我觉得，慢慢地，用小火、非常小的火
来煨，我得出了一个惊人的结论：
呜呼，我的天命！呜呼，我的星！
矮小、瘦弱、可怜的它，在微微眨眼。
然而，然而，在八月流星群之夜，我
无所事事地跑到果园，为了无拘无束
放眼星空，为了可以从树上去观望
我在那里的星。恰似我花园里的
辨识善恶树①上的一只苹果。
可是命途多舛的它却待在那里。我指的是
我的那颗星。它似乎立刻就要坠落。

---

①典出《圣经》。

似乎又不太可能。当它还有一点点……

嗝巴……好像有人过来，把它从那里，

从苍天之树上折断，它——也就是

那颗星——就如同它被别的人

——更大和更强的人——握在了掌心。

这些又让我陷入了沉思。

灾难。美丽的……一动不动。

完整无缺的，近乎。正直的。着实的。

真真切切，它在微微眨眼。然而，

华美无比。它有着一种无法描述的光泽。

永无穷尽……是我那古铜色的星。

我变得困惑不安。于是，我需要

同月亮紧急商量，

我对自己说，带着一副学者般的表情。

在那之前……在那之前……什么时候

我们会有满月？还有两个

星期。好吧。没有任何问题。

一切都会顺利。完美牢固。

在那之前我没办法：

我将是我的黑色太阳。

我将是我的碳化太阳。

大地上唯一知晓的人

那么，毕竟……似乎我不再有

耐心，有时……好奇心

燎着我。把我燎得糟糕透顶。

我没有被批准治疗，

是第二次治疗，第二次……

我在家里活活地死去了一年。

不幸的制度……我希望

它同我一起死去。

它，那个制度……谈何容易！

制度无恙，多谢惦记；

不顺的是我的兄弟，他

在与制度斗争。对我来说

斗争……我会重回这个话题……Passons①。

————————

①法语：咱们不谈这个吧。

我?!我在做什么?!哦，我……

找不到对几个最后通牒式

问题的回答。情况急迫，

弟兄们，情况十分急迫!

那是一种注定的紧急!

十分严重。没有什么能比这

更为严重。我这样对你们说，

是出于亲身经历，其严重性是以立方数计算的。

我应当发现答案。

我应当在眨眼之间就发现答案。

也就是说迅捷并当场。

我死也不愿意遭遇

列夫·尼古拉耶维奇·托尔斯泰

遭遇的那些……你们记住……

直到陀氏死后，

伯爵哭了并告诉

安娜·格里戈利耶芙娜，只有他，

费奥多尔·米哈伊洛维奇，

可以回答他的几个问题。

陀思妥耶夫斯基是地球上

唯一知晓的人。是的，他知道

答案。哎，当我读了

这些的时候，我怒不可遏，亲爱的

列夫什卡。我怒不可遏

到了极点……于是我问了这位

来自雅斯纳亚·波良纳的大文豪，

我看着他那不太大，然而敏锐、探索的

眼睛（它们的光翻腾着我的

内心）：廖瓦奇卡，廖瓦奇卡，

看看你做了什么?！你陷入了困境。

这就是你做的，我的兄弟！他，

大胡子，活着的时候你为什么不去问他，

啊？在索洛维约夫①的演讲会上

你们之间就只有几米的距离……

在几米的距离，你有?……

看见了吗？可你沉默不语！你一声不吭。

能这样吗?！能这样!

你们之间有斯特拉霍夫②……

斯特拉霍夫或是……切尔特科夫③?！

---

① 弗拉基米尔·谢尔盖耶维奇·索洛维约夫（1853—1900），俄国著名的宗教哲学家、诗人、政论作家。

② 尼古拉·斯特拉霍夫（1828—1896），俄国文学评论家、哲学家。19世纪八九十年代，曾与索洛维约夫发生公开论战，焦点是《俄国与欧洲》一书和俄国的道路问题。

③ 俄国作家托尔斯泰的朋友。

上帝啊，伯爵有着何等的眼力！

……伯爵，你听到波尔菲里在说什么？

波尔菲里·彼得罗维奇，你知道，他是

罗佳·拉斯柯尔尼科夫的忏悔神父……我向你

讲过。我向你仔细讲过。

哎，你要注意……你在注意吗？我要你这样！

我要你这样，宝贝！好极了，注意

波尔菲里在说什么，对不起，波尔菲里·彼得罗维奇：

"上帝在这里等你。"

"上帝在这里等你。"

"上帝在这里等你。"

"上帝在这里等你。"

"上帝在这里等你。"

你相信什么？你有，宝贝，你有什么

看法？"上帝在这里等你。"

"上帝在这里等你。"

"上帝在这里等你。"

"上帝在这里等你。"

"上帝在这里等你，

Adonai①，Eloi②，Yahweh③，Iisus Christos④，

圣父、圣灵，至圣的主上帝和

圣母玛利亚的唯一圣子。"

假如，假如……他在这里等我吗?!

假如，假如……他在这里等我吗?!

假如，假如……他在这里等我吗?!

假如，假如……他在这里等我吗?!

假如，假如……他在这里等我吗?!

伯爵睁大眼睛。因为它看见、它听到

我在一个劲儿地说……而我确实在一个劲儿地说。

上帝啊，伯爵有着何等的眼力！只要

我对它说宝贝，我的宝贝……就够了。

---

① 希伯来语：主，上帝。

② 耶稣被钉在十字架时说的七句圣言之一，"以罗伊"，我的神！

③ 雅伟，《圣经·旧约》中上帝的名字，通译耶和华。

④ 罗语：耶稣基督。

我在那一秒看到了什么?!哎,

我能够看到什么?!我的伯爵

有着人一样的眼睛。我的伯爵

有着人一样的眼睛。我们目光相视,

心灵相通。我的伯爵能够明白

并看见一切。我知道,恰恰在这个

关键时刻,我的宝贝在苦思冥想

要寻找一个答案。

我看着桑杜的天鹅般的脖子

在伯爵冥思苦想要寻找一个答案的时候
我向它讲述了我的朋友的故事。
……这是你将要开始的第二次治疗，
桑杜轻声说道……将会有某种东西在你身上断裂。
你的大脑坚强，因为它扛住了
第一轮的治疗。然而，心脏，
这次会咚咚作响……会怦然跳动如同爆炸。
好啦。心脏或肾脏。你停住。
别发疯。心脏或肾脏……
你如何知道？我想问他，
但是我还是一声未吭。我一直看着
桑杜的脖子；过去我就曾这样看着
泽克塞的脖子。他有着天鹅般的脖子……
啊，桑杜也长着恰似天鹅的脖子。我还惊诧
那时我感到如此冰冷，尽管**那时**正是

夏天。我坐在露台，身后是

罗马尼亚国家文学博物馆。

我看着桑杜的天鹅般的

脖子。我大口嚼着……我几乎要说

我在吃草而我说的并没有怎么错……

是生菜。我一杯接一杯地喝着柠檬水……

心怀虔敬地听着桑杜在讲；

他是一位行家；我是一只菜鸟，

也就是说，是一种欧芹，

是新手：我才用了一年的

干扰素和波普瑞韦①。

---

① Boceprevir（罗文、英文等），又译博赛泼维，一种抗丙肝新药。

同样善良、破碎和温柔的微笑

是的，我心怀虔敬听着桑杜在讲，

也就是像你在倾听一个朋友。

像你在倾听自己的情郎，一切都

听从他，而不提出问题……

（巴西尔怎么样了？他从瓦斯卢伊①回来了吗？

他从克拉科夫②一回来，就要在城堡区

处理一些问题。他要搞定它们。

然后就出发去了瓦斯卢伊，在那之前他给我写信

说他在思念着我……如果你想不被

欺骗，就不要问你的男人

问题，明白？立正！当年我父亲这么说……

于是我下定决心永远

---

① 罗马尼亚省市。

② 波兰城市。

不去问太多的问题。）

风险是巨大的，巨大的，亚历山德鲁一直这么说……

我望着他，面带着同样善良、破碎和

温柔的微笑，我在脑子里描绘着他

我听着自己的低语：

我没办法，我知道，一切都知道；

病毒把我打倒了，

它的发展速度极快。

据说它的侵入性很大。从什么地方

我感染上了它？瞧，问得正好，

从什么地方？从我们的屠宰场，

被称为医院的地方！你做过

输血吗？没有。大约十年前我患过

结核结节。**该我如此**，如果前

世我曾追逐金钱。

我和马迪都是同一位医生

治疗的。马迪……马迪

结束了治疗，之后就陷入了困境。

她倒霉，倒霉……直到死去。

我们的医生所有时候

都在责备我，为她而责备我，

因为她不再来看病……

马迪没有来，因为她沉溺于

伏特加。而我呢，自从我知道了自己，

就不喜欢伏特加。那是酸的，先生，

酸的，能把你的眼睛都酸得飞出眼眶……

与其喝伏特加酒，不如……

不如在大鸨的翅膀中间飞翔……

它对我有所图谋，所以不走！

与其喝伏特加酒，不如……

不如在大鸨的翅膀中间飞翔……

你说什么？什么也没说。我开个玩笑。

嗯，那么，是从那里给你生出的病毒。

从斯米尔诺夫伏特加？……我的朋友

笑着。开怀大笑。真实情况

是我也笑得前仰后合。

第一次治疗之后，那个傻瓜

没有上西天。我指的是

病毒那个傻瓜。于是我明白了，个体

一点儿都不傻。当然，我指的还是

病毒。它对我有所图谋。所以

不走！我也想知道这头魔兽

想要什么，想要什么，这个无赖、妖怪、

浮草墩、脏臭的母猪……这头病毒的

母猪在生出其他的病毒母猪，

而那些母猪又生出另一些小母猪崽，在传送带上……

你和母猪有什么过不去，姑娘？我指的是

病毒的母猪。噢，好，这还差不多。

因为这个病毒的妖怪是在实验室

制造的。嗯，请便，在你返回的地方，

你做你的，你做你的，之后就碰上了系统。

哎，我想，生死攸关、绝对生死攸关的是……

一部纷杂曲折、自我风格的历史

然而，我也有一种好奇，我的朋友

眯着自己的眼睛。你和伏特加酒有什么嫌隙？……

哦，说来话长，纷杂曲折……

那么，确实就是我的繁缛风格

有时，极其混乱。

我想说，是头等的混乱。

你来说。很久以前……在少年时代。

好像一切都发生在昨天，似乎就发生在现在。

我去参加了一个生日活动。那时我大约有

二十岁……我喝了酒，然后……我醒来的时候

人在床上。在谁的床上？当然是在我的床上。

你别急。为什么当然？因为我就是

这样做成的。自从我知道了自己，我就睡在我的床上，

身边是切尔努沙、杜菲、科里或巴希拉——

我的黑豹们……Passons①。唉，当时

我头在痛。我的良心负担太重。

其实，我怀疑那时我在思考着

良心。我的头在痛。我听见一声微弱的

敲门声。那是我的父亲。我含糊地回答道

来了。我把头藏在了枕头下面。我感到害羞。

我的父亲……啊，我的亲……我的父亲……

我的父母为我忍受了多少苦难……

可怜的他们，就像圣人……我为什么会遇到这么多倒霉?……

不要砍我的头，哼，怎么说呢……芳华

像蝴蝶一样飞去……我从一场疾病滑向

另一场疾病。我看到，在童年、青年的时候，

在最近几年，我都在滑落，我从一场疾病向

另一场疾病滑落……我的父母，圣人，不幸的人们……

———————————
①法语：咱们不谈这个吧。

是铁打的

后来？……他善意地我问我喝了什么。恰恰

是那东西！我犯傻了。五十克

的斯米尔诺夫伏特加酒和一百克

的香槟。塞米昂，我的父亲，把眼睛

睁得如同洋葱一般……后来？……他责备你了？

嗳，责备我……他才不责备我呢。塞米昂

曾经是空军特种部队的军人。

是铁打的。他严厉，是如此严厉

和冷酷。是一个金牌父亲。列队，士兵，立正！

他把我搂在怀里。他摇晃我。爸爸的宝贝，

爸爸的宝贝，上帝把你交给

一个忠诚善良的人手里

是你的福分。假如你遇上别人的手，

恐怕早就死在哪条沟里了。

我沉默无语。这不是玩笑。我曾经倒霉。

而这次摊上的麻烦大了。大了去了。

后来？……什么……后来？那他责备你了吗？哎，责备我。

他是个可亲可爱的人，一个金子般的父亲。他教会我

如何喝酒，他后悔没有及时尽到责任

并且一个劲儿地请求原谅。原谅我，原谅我，

他这样说。是我的错，请你原谅我。

你能原谅我吗？他就像在忏悔……我叹息着。

对不起？你父亲教你怎么喝酒？

你不觉得正常吗？列队，士兵，

出列。立正。只要没有忘记你叫什么名字，

就不能喝酒。"就是水也要控制着喝。"

不要不加思考地把各种酒混着喝。

谁把伏特加和香槟一起喝？我……

我坐在床边，悔恨地

说道；我的脸通红，像煮过的小龙虾。

你弄错了。傻瓜们喝伏特加和香槟，

然后还要吃蜂蜜

或是带蜂蜜的点心，接着胡吃海塞

面包、葡萄……在他们的身体里把一切

二次发酵，再往后就不知道自己做什么

和往哪儿走了……就像我，昨天……就差不多这样。

你长点脑子：我家里不养傻瓜。

这一点讲清楚。清楚吗？要清楚得不能再清楚！

列队，士……士兵，立正。我的头疼。

妙极了。你还有头，乐你的吧。你肯定吗？

肯定吗？好像……对，我怎么知道？……好像是……

我回答你的任何问题

后来？……我的朋友好像失去了

耐心。另外，我喝的那杯伏特加

有柠檬。带着酸味，波尔菲里，酸味……

后来？……后来……从那以后，我想，我再也没有

喝过伏特加。我想，我再也没有

醉过。几个世纪过去了。

一切都无比的清晰。

在我所到之处组织的各种

露天游艺会、艺术节，等等，都会碰上

喝倒在桌子底下的俄罗斯人、比萨拉比亚人、

法国人、中国人、匈牙利人、英国人、

西班牙人、意大利人……那你？……什么……我？

我怀疑自己还有哪次

喝醉。尽管我喝的同他们一样多。

这与你吃的东西无关，波尔菲里

态度庄重地说。你神经如钢似铁，

姑娘。你的神经恰似青铜。你的神经……

我也有一点儿好奇，波尔菲里沉思地

说。好的，随便你问吧。我回答你的

任何问题。你的父亲从什么地方知道

……的**办法**，该怎么称呼它……醉酒的？

啊，再简单不过了。从他的父亲瓦西里

那里学的——据我所知——

他曾经是法官；是伟大的圣瓦西里的

左膀右臂。他仔细地查阅考证过，

就像所发生的那样……包括他身边几乎所有的

盲从者，嗯，酩酊大醉的时候。为了保护自己的

队伍，伙计和朋友，我的父亲过分地

使用着**那种办法**：灌醉稽查官们，他们来

就是为了找碴儿，更准确说，为了把他们投入……机关

也就是说，把他们交到制度的手里。

是的，塞米昂要灌醉稽查官们……他崇拜

果戈理。从那以后，我把手放在胸口

承认：我对陀氏笔下的醉鬼们喜欢得

发疯。他们是一些可爱的人。

就像现实中的那些人。

几乎像现实中的那些人……

几乎……

也应该学着爱病毒

我的父亲要灌醉稽查官们。

就像在果戈理的作品里，几乎……说到果戈理

要顺便提到……总而言之……Passons[1]。

来看看有什么：要么病毒，要么是我。

要么制度，要么是我。不存在

中间道路。我也应该学着

爱……病毒，懂吗？我小声嘟哝着。

你会死的。嗯，又怎么样?!你不怕吗？不怕，我在

上帝的掌心。我在上帝的

怀抱，他在把我摇晃。

让他对我做他想做的事情吧。让他做

他认为值得为我做的事情吧。假如在我的国家

并非以功德取人，那么在他那里，在他的国度

---

[1] 法语：咱们不谈这个吧。

——我知道——所有评判都讲真才实绩。

我不值得他多看一眼。与其说

不做治疗，与其说因为一些连续的

致命病毒而结束生命，

还不如尝试治疗并且……最终，

去为无所不在、无所不能、无所不见的

上帝，为他的意愿而死，而不是因为

一些无耻的病毒而亡；要有尊严地死，

理应如此……而非随意。对，有尊严地死，需要这样。

假如上帝无所不在，那么，

也存在于我。没有什么会影响他的存在，波尔菲里，

没有什么会影响他的存在。宁愿在他的

怀里彻底死去，是的，死去，因为这

是圣父的旨意。这不是病毒所喜欢的。

不会是，波尔菲里·彼得罗维奇。无论以何种形式：

不。实现圣父的旨意。无论在生命还是

非生命中，我都将步其后尘。

上帝啊，上帝……

上帝啊，上帝，你不是

在上帝的国度。

你是在罗马尼亚，姐妹，兄弟，

我如何对你说，才能让你醒来？……

醒醒吧，不要再把头埋在

云里。让自己的两脚重新回落

大地。清醒一下，回到现实。

你是一个心智健全的人吗？是，又怎样？

罗马尼亚是上帝的国度。

在这里上帝创造了世界。

在这里他说起初有过词语。

在这里他写下了摩西的第一部经典①。

---

① 即《创世纪》。

在这里他创造了亚当。之后
用他愕然的肋骨创造了夏娃。

在这里他创造了黑暗，在这里他创造
光、水和陆地，在这里他
将河流与大地分断开来。
在这里他创造了树木、鸟类、
天空、辨识善恶树，
在这里他创造的蛇、苹果树。对，
在这里他创造了全部应该的东西……

我说走嘴了……波尔菲里
把眼睛瞪得大如葱头。是的，波尔菲里的眼睛
大得如同埃及人的洋葱，他
一直摇着头。旁边，在庄园那里，
正进行着噪音极大的修缮。
波尔菲里的眼睛向我投来强烈的爱意。你
真难对付，我的朋友像耶稣一样微笑着。

你面前是一个疯子，安静地待着

为了上帝，停下来吧，

不要怀疑自己走进的地方，我那位

被激怒的朋友竭力向我解释……

不要做试验性的治疗。

即便是医生也不了解所有的

副作用。你是无意识的，我的朋友

轻声说，我已经同他

携手在疾病的王国行走了一段时光。我是疯子，

桑杜，我尽力让他平静。明白吗？你面前

是一个难对付的疯子。我的兄弟，

安德烈，已经给我下了专家般准确的

诊断。而他，请相信我，知道自己在说什么。

他是有关方面的大夫。不，他不是精神病科医生。

他明白我是什么人，他用心读了我。

他通过我获得认知的目光。我要做这个治疗。

我的心这样对我说。心的声音是

神圣的，明白吗？我要去把它倾听。

上帝将把我摇摆。

我知道，我知道自己不配。然而我还是希望并

会祈祷他能把我摇摆，哪怕只是少许。

这样我想我有一次机会。这是我最后的

机会。让我一试。其他人没有试过，

便死去了。我应当尝试所有

并像书里写的那样去做一切。

这是为了让自己能有干净的心灵。

让它以后没有什么把我埋怨。

由于同样的病，尼尼死了。

由于同样可怕的病，亚里山德鲁，

还有乔治，欧金的中学同学，

告别人间。由于同样的病，亡故的还有

布科维纳的神父，为了

能用上干扰素，他还向银行

贷了款。这位神父——像我一样——

给自己注射着干扰素同时在祭坛上

为我祈祷。同他一起祈祷的还有伊丽娜……

而我在为他们两人祈祷，

以拯救他们的灵魂。

神父走到上帝的

右边。我那时和现在都在

这里，在圣父的右边。

然而所有这些事情我很晚，

当要走到地狱的尽头时，

才发现。是的，到尽头的时候，差不多……

那时……无人知道是谁……

上帝在制造人们中的不死者

无人知道是谁……不对，所有人都知道：

上帝在制造人们中的不死者。

上帝通过人们、通过一些人

来制造。因而，也通过一些

穿白大褂的天使，他们来自罗马尼亚的医院——

大部分是一种屠宰场，一种

死亡的候见室，在制度中是涂了润滑油的

环节……无论过去还是现在，

上帝都在通过一群天使为我显灵，他们的名字是

克劳蒂娅·尼古列塔、西蒙娜、米哈伊、乔尔吉安娜、

克里斯蒂娜·奥拉（！）、米尔恰、德拉考什神父、

伊格纳蒂亚神父、约恩神父、马里安·尼古拉

神父、齐普里安神父。

哎，这些圣人，过去和现在都在与那些

完美润滑的制度车轮进行生死搏斗。

他们过去和现在都在搏斗，为我，为了

那些像我的人……我们是很多、很多人，上帝啊，

我们是如此众多：你都可以集合起一支大军。

一支专司知识的天使大军，他们被死神妖婆

逼得走投无路。因此，这些知识天使无比光亮。

无比幸运！漫漫五百年的时光，我在医院里

看到了多少痛苦，多少悲伤，上帝！……

上帝的天使们提醒我

要找心理专家、精神病科医生诊疗。

我面带微笑，心情开朗，

尽可能礼貌地谢绝了他们。

对于我来说，只有我才拥有

对自己开战的艺术……在这个意义上，

我没有太多的东西可以沉默，也没有太多可讲。

剩下的？话语，话语，话语……Passons[①]。

我真想有一个托词，假如我，干脆说吧，

是一个歇斯底里的婆娘：完全像陀氏笔下

那个冷漠的地下室人。是的，我真想有一个托词，

钉上马掌的，从理论上讲，无可指责的——

这是我稍稍在行的方面。

然而，也不排除是我弄错了。

可我不是婆娘，也并非歇斯底里。

---

① 法语：咱们不谈这个吧。

我知道自己将选择什么

同桑杜·波尔菲里的讨论让我

陷入了沉思——这并不好。

一点儿都不好。一种形而上的

躁动紧紧地联系着我的

生命。是的。一种形而上的躁动

是我那美好、真实、可怜的

生命……我回到家。我

走进果园。我看了一眼列在

试验性治疗方案上的

那些药品的说明。

（我在等着批准治疗方案。）

我陷入了更加深沉的思考。

嗯，我的思绪竟然能够跌陷如此

之深。于是，我喝得大醉，直到

忘记自己还活在世上——而这并不意味

在……之前我能知道，至少在我

现有记忆的大约五十年里，

只是第二次或者第三次。

Passons①。我头一回我自

独饮，一醉在果园。像这个地球上的

最后一个人。像马尔梅拉多夫②，

我的爱……我神情恍惚，我

东倒西歪，我烂醉如泥，我死如木头。

第二天早晨，可以预想到，

我带着羞愧……满脸绯红如桃

面对着自己的影子。我感觉不好。我听到

从露台上传来笑声。我的家人在笑我。

我鼓起勇气。我去

冲了淋浴。刷了牙。我让自己

躺平。四周的墙在带着我旋转。

接着便开始沉降。不知道是谁

① 法语：咱们不谈这个吧。

① 陀思妥耶夫斯基小说《罪与罚》中的人物。

说了句：躲开，灾星来了……

劳驾大家了，对我

和气一点儿。原谅我吧。

我遇上了麻烦。啊，是吗？是它们

当中的哪个？准备执行任务？

列队，立正，士士兵！

我兄弟有着洋葱一样的大眼睛，

他笑得前仰后合，像塞米昂一样说着。

我的兄弟有着塞米昂的眼睛。

他笑的时候和塞米昂一模一样，发自

那个宽广的内心深处，那是

真正男人、大男人的胸怀。

哪出戏？马戏

我希望自己是老实本分的，

我说……于是我又陷入了困境。

所有的时候我都在遭遇

这种麻烦，当我一个劲儿地

要让自己走出

进退两难的窘境。于我何干？

我的亲人们笑得前仰后合……

你？老实本分？！你一个人在果园里

喝酒。明白吗？像只孤独求偶的布谷鸟。

对不起，我不是一个人喝酒。

这可能是一个人

道德堕落、心理瓦解的

晚期。我喝了酒，

我是同……马尔梅拉多夫，

同塞米昂·扎哈罗维奇一起喝酒。劳驾，

放尊重些。是吗？好。

这还差不多。我的气上不来了，

我需要喘口气……我的亲人们

简直要笑死。好……你告诉我……

是的……为了让我不要成为傻瓜……

你是从什么时候开始同鸟儿交谈？

那么同树木呢？你在苹果树、

在梨树面前进行滔滔不绝的

演讲。你与母亲的樱桃树和玉兰树

有着不解之缘。我看到

你与克利斯蒂的柳树，

同罗克萨娜的栎树也都依依不舍。

你在同所有的东西

告别。你在向所有的东西请求

原谅。你在不断地说，我走了。

我再做完这件事就可以告成而去。

……就好像你在做忏悔。

我不记得如此这般的东西，我说着

同时感到血脉偾张，直冲头顶。

我的头发痛……你感到疼

是正常的，我的兄弟

又笑了，有他你就

乐和吧。昨天晚上很难说

你是否有他……昨天晚上……

真实的情况是你很了不起。

你表现得绝对可敬可爱。你在向

覆盆子果表白爱情。

那么我也向母亲这样做了吗？

当然。怎么能不呢？好。可以是

别样吗？你是一位好心的酒鬼。

你在谈论一种宇宙的

博爱……我看我们的话

扯远了。远得不能

再远。我很高兴。生活

是盐和蜜，是苦艾酒和蜂蜜。

哎，又怎么样？我演戏演砸了。

哪出戏？是马戏。

真正的马戏，明白吗？我的脸又红了。

劳驾，谁能也给我

一扎啤酒，劳您大驾了？

我笑翻了

我的兄弟看着我怎样畅饮

啤酒……我们在谈论博爱，

关于一种普世的兄弟情谊。

安德烈笑着。他笑着并用一种

老爸样的目光把我疼爱。

俄语中的nana重音落在第一个

音节。不像法语：papa在最后一个音节；

当我极为罕见地对他说爸爸的时候，

好像我不是直呼其名……安德烈

站在露台的边上。他吸着烟。

他抬起眼睛仰望蓝天并大声说道：

上帝啊，上帝，准许她的治疗方案吧，

否则，按照这个节奏，最多

一年，她就会戒酒。

我望着他，开朗地微笑着：马尔梅拉多夫，

我的宝贝，真不幸，看来

我要撇下你了。你会同你的拉斯柯尔尼科夫

一起喝酒。你们将瓜分世界，然后

你们将从那些最捷近的道路上

征服世界。就像书本里写的那样。

就像在童话世界。

我就是这样想的。当你们高喊一声

把世界征服的时候，将会出现的还有我……瘟神。

朦胧的影子。我只大声地说了

这么几句：哎，你知道什么，брамка①，брамка，

你知道什么，兄弟？当我喝酒的时候我的肝

不疼……尼尼，起码他应该能理解

我……假如他和我们在一起的话。你放心，

我想我也能理解你。你不要跟着他们学。

坚持住，不要放弃，去拼搏，你听见了吗？你

是为你自己而拼。不会白费。

---

①俄语：兄弟。

我的宝贝，马尔梅拉多夫

当你为了多如一支队伍的朋友们尽心竭力

之后，此刻也该为你自己去做些什么。

这是全部的意义所在。你的生命。

是关键的事情。你明白吗？

你让自己听从上帝摆布吧。

其余的我来做。我们一言为定？

只是你不要退却，要凝神聚气。

你是我的姐妹，我的男子汉般的姐妹。

你的勇气大如一支军队。你此刻不会

在一些苟延残喘的病毒面前

退却。明白吗？……我来试试，

不过这一点儿都不容易……有人向你说过

容易吗？时而，时而，

我感到我在退却……根本没有的事。

要做你自己。你会看到：世界上

所有的病毒都将屈服。它们会神经质地屈服。

你是铜铸铁打的人。做你自己。

去征战搏杀吧。去沿着同一个圆形奔跑，直到

所有的病毒屈服，直到它们逃遁

——注意，不是你——到另一个世界……

……我的兄弟在几个月的时间里

奔波于系统内各种生猛的圈子，

他遭遇了——并非好事——

系统内所有可恶的人

和所有的机关……朋友们——那些护卫天使——

也介入其中——才让我的治疗方案得以批准。

这消息是我的兄弟给我的。以他

爱说好动、不可战胜的风格。我是一个被拯救的人，

我听到了自己低声心语。我是一个

被拯救的人……你的想法美好非凡，太棒了，

我就要你这样，姑娘！你能否让我知道

此刻你的头脑里装着什么？没什么，我一边对他说，

一边喝着汲水器打上的冰凉井水。

安德烈笑得前仰后合。那么，你为什么认为，

你被拯救了呢？我的治疗方案

通过了。这样，

我就不用一年之后

去戒酒了。谢天谢地，感谢上帝。

别了，马尔梅拉多夫、塞米昂·扎哈罗维奇，

啊，马尔梅拉多夫，别了，我的宝贝！……

我就要你这样！我的兄弟简直

要笑死了。爸爸是怎么说的？噢，是的，

姑娘，当心，要在你的脑袋里记好：

无论是我的父亲，伟大的瓦西里，还是我，

都不在家养无德之人，也不在家

养愚蠢之人，不养卑鄙小人，不养……

不养……要在你的脑袋里记好。直到

我的天使们也入脑入心，并且三次

使出浑身解数，不管愿意还是不愿意，

都变成了聪明人。

你明白吗？士士兵，列队……

立正！！

我们的农民，圣人们……

然而，我还有一点儿好奇，我的兄弟
说道。很多年以前我曾送给你
一幅圣徒弗朗西斯的
小画像……我看到你把它放在你的
床头……你从何时开始与鸟儿说话？……
当时，我把火热的目光投向我的兄弟，
别提多喜欢他的那个问题。啊，我曾经
多么爱他……你忘了吗？恰恰能够忘却
那些岁月？我怀疑。当我们两人
在夏日去度假，外祖母的所有邻居
还有祖母的所有邻居，都与鸟儿交谈。
我们的外祖母和祖母也同它们说个不停……
毫无例外，她们每天至少三次
同鸟儿说话……我们国家的圣人们——
他们是圣徒弗朗西斯的右手

是它的根……圣人们、农民们……

他们在交谈，黑夜白天，白天黑夜，

同乌鸫、同母鸡、同小母牛

和小母牛的幼崽……傍晚时分，

如果没有人经过路上，

他们就同大门里的核桃树和椴树谈天说地。

偶尔也会有个人离去，

因为每天晚上把上帝负在后背

已经让他过于疲惫。于是

他会偏向中间并且……咔嗒一声……

直接碰到了上帝的右边。

正因此罗马尼亚的公路和道路

都没有路肩。你懂吗？当你开始

懂的时候你就失去了常态……对吗？

为了让上帝能够把那些最悲伤

和最疲惫的人们直接拥入他的怀抱。

正因此罗马尼亚人将付出沉痛代价

让任何的高速公路都无法修建……

罗马尼亚，斯是人间天堂……

他们将付出沉重代价，你会看到，会看到……
在天堂里没有高速公路。而罗马尼亚，
斯是人间天堂。由于这个
缘故，在残酷的战役之后，来了罗马人
而……最终，passons①……来了土耳其人并且就
没有再走。来了鞑靼人并且也
没有再走……来了苏联坦克也
没有再走……来了野蛮人，
他们拉拢招募——从我们的兄弟中间——
雇佣人员，对不起，是所谓的公共
知识分子，也就是，豢养的公知们，
让密涅瓦和珀涅罗珀的猎豹

---

① 法语：咱们不谈这个吧。

把他们吃了……这些外国人，你看得清楚，

都喜欢上了我们国家，

这个人间的天堂。他们忘记了

回家。于是……亡灵和殉难者

起来，圣人和英雄起来，

我们的男人们起来把他们送回

他们的家国，直接回家……直到

我们的农民，这些神圣之人，国家的额头，也都起来，

宽恕，宽恕，宽恕吧，就像小草宽恕脚底，

就像水流宽恕游鱼，就像天空

宽恕飞鸟，就像土地

宽恕雨水，就像刚刚降生的婴儿

宽恕自己伟大的母亲，就像……你想要些枸杞干果吗？

谢谢，待会儿吧。它含有干扰素。

终于……终于……

同飞鸟交谈。我们将玩吸血鬼游戏……

我们需要高速公路吗？

怎么，我疯了吗？！带路肩的

道路会烧我们的口袋吗？

我彻底变愚蠢了吗？！为什么？

为了让敌人侵入、横行在

我们的天堂吗？No，No，

不……爸爸是怎么说的？无论是我的父亲，

还是我自己——我们过去和现在都不

在家园容恶人，不容蠢货，不容

卑鄙小人，不容……也不容……

让你的脑袋记好：我祖国的

圣父，我们国家和我们祖先的

圣父，他不容蠢货。

也不容卑鄙小人，不容盗贼，不容恶人。

这一点必须清楚！给我来一个

双份汽水，劳驾，假如这次我的请求

没有过分：两杯！！

啊，不能忘了，我盯着我的兄弟说道。

我们举目相视，灵魂相对。我需要

血。那问题又是什么？我们会玩一会儿

吸血鬼游戏。我把它都给你，听见了吗？

全都给你！如果需要，我们还可以

给朋友们打电话，如果再需要，我们可以

给女友们的朋友们打电话。要顶住。

你只有战斗。这次是为你自己。

让你的心愿实现，上帝。去同飞鸟、

同苹果树去交谈吧。你知道……去交谈吧……

和应当的人。去同上帝交谈。

剩下的由我和团队去做。伯爵部落。

你明白吗？我们会去做一切……我……

你知道？根本不是

你还是少来编辑部吧。

不管怎样，我想都需要向你

开诚布公。每当你

来的时候，都会发生某种奇怪的情况，

是的，所有设备都变得异常。

所有设备都出问题。我已经观察了

好几年的时光。

他们的电压增高。一个个地倒下。

打印机、复印机、传真、计算机等

都会死机。你所接触的全部……

仿佛突然从系统里冒了出来。

你看我们将如何处置：当我

喊你的时候你再来吧。

我陷入沉思，而这样并不好。

完全不好。好像我已经知道

又将要发生什么。我望着

我的兄弟。我们举目相视。

灵魂相对……这些设备是

在我染上病毒以后不灵的吗？我在问

在等待真相。而真相

突然对我大白。没有任何

关系。绝对没有任何关系。

自从你成为自己，在你的周围

就败倒下各种设备。我们俩笑着。

将来最好能够知道。那么你以为

又是什么原因会发生

这种现象？我再次问道，

尽管我明确地提醒自己

不要提问。我什么都不知道。

我发誓。或许你是一种现象……

你知道吗？一点儿都不明白。我倒乐意

什么时候能发现……我乐意

什么都不知道……我去花园了。

我们的菜园已经长满了三叶草。

地狱在我身上找到了它的天堂

当我开始第二个疗程的时候

我们的菜园已经长满了三叶草

菜园在稀疏零落之处第二次绽放着。

我？我在做什么？我?！我艰难行走在不同世界之间。

我什么都不再知道。我所经过的

地狱，是我在前一年穿经的第一所地狱

无法相比的。

我在死去。我身上的坏东西在茂盛生长

并通过我接着地气。我感到

在我身上有某种东西折断。仿佛像一群

……我都不知道该怎样说……一群蠢笨的水牛，

飞快地跑过我的身体，在它们的头脑里

根本没有想过停下……也没有离开……

它们用犄角、用蹄子把我冲踏撕扯，它们掏挖着我的肉体，把遇到的一切都尽可能搞得乱七八糟。

地狱在我身上找到了它的天堂。在一个星期

的药片加干扰素①后，有这么一天，

我慈祥的母亲给我的兄弟打来电话

告诉他立即赶来，否则要出事，出大事。

已经没有任何出路，没有任何解脱……

亲爱的，当我的兄弟见到我时他说，

母亲向我透露，说你颠三倒四。

我此时此刻看到你恰恰是七颠八倒。

我真想笑，可以已经笑不出来；我难受，

难受得厉害，已经没有笑的力气。

然而我兄弟的眼神却透露着他的本意。

我和教授谈过，他很热情，

是如此热情和如此公正。连他也不知道全部的

负面反应……他急迫地期待我来，

在任何钟点——最好马上——来医院。

---

① 原文pegintron（罗语、英语），重组聚乙二醇干扰素 α-2b。

大地在我身上开裂

我的感觉就如同大地在我身上开裂。

我不再是我。能够想起我的只有

我的兄弟，当时他正手执方向盘，

忽然间看了一眼坐在他的右侧座椅

已是形销骨立的我，

并且极其严肃地对我说：请你停止

那些蠢笨做法，脑袋里不要有躺倒的念头。

假如……母亲会伤心死的，你明白吗？

你知道我需要你吗？你要急匆匆地去哪里？假如

你给我瞎捣乱，我就死在你的前面，你前面……

在医院里，又是抽血，输液，沉默无语，化验，

简短、直截了当的答话。单间病房充满了光亮。

你不能中断治疗。尽管你一点东西

不能吃，但也要撮上一口半口然后服药，不要忘记

注射干扰素。不可以任何方式中断

治疗，听见了吗？吱声。吱声。双手发热。两眼

深沉。在动，在动。我还活着，上帝。我还活着。

你体内的病毒在凶恶地挣扎。犹如一场骚乱。不能排除

更糟的情况出现。一切都会好起来，集合起来，集合起来

去战斗。不能放弃。会好的，你将看到。你将看到……

我看不到凶恶的病毒在我身体里的所见。我做了

多么糟糕的事情，上帝，多么糟糕，让我遇到

这样的情况?！凶恶的病毒在我身体里看见了什么？非要我

黄土相见。*以牙还牙，以眼还眼。*

哦，不，你用那个男人的肋骨做成我

可不是为此。我不以为你塑造我是为这个目的。

如果你是为*此*将我塑造，那么我要拒绝，带我

去你那里吧。我再也受不了，我真想伴随回荡的声音

一跃而下，让大地把我吞噬，让任何人

不再知道我，包括我自己……从这个躯体……

我要从这个躯体辞职

上帝啊，带上我，我要从这个躯体辞职。

你可听到？打住。句号。从你的世界，无所不在的地方，

我要辞职。桑杜是有道理的。波尔菲里

也有理。我周围的所有人都有理。而我

也评判所有的人有理。因为我与他们的道理

有数千米的距离。我与他们的道理之间

有行星间的距离，与他们的真理有星座间的

距离。把我带到你那里，把我送到你的公正和

真理处吧。我知道我不配。我是一个笨拙的孩子。

我不知道我是什么。然而，然而，请你……

假如你把目光向我回转，就把我从这里带走吧。

我不要再忍受。我可以，我想我还可以，但不要。

我不要。我什么也不要。空寂已经把我战胜。就这样。

邪恶战胜了我。阿门。就这样。这个地狱在我身上

看到了什么便不再离开，不再离开……

它在造反，在从里面把我剪碎并且……

三天以后我的兄弟，阿波斯托尔的右手

安德烈接我回家。地狱的滋味在一年的时间里

反反复复。要么减轻，要么

反复并强力攻击。一段时间以来

我再没有提出任何要求。我就是一块泥土，

在啄食，在吞服药片，在注射干扰素。

一切东西都有着灰烬或铁锈的味道。一切

都是黑色，黑色，黑色。我面对着

死神，不时地会发生

咬我的一条胳臂，触碰到我的脚面，

甚至胸脯的情况。能够刺中我的肋下。灾难。

我们四目相视，灵魂相遇。喂，怎么样？

她沉默着。我也沉默。我们在相互琢磨。

我们彼此利用互为教学的材料。有时，

我笑话她，结果自己笑得一塌糊涂，有时，

她在笑话我并用嘴巴把我亲遍拱翻。

我们在深处相识

我们曾彼此窥探。我们在深处

相识，这我都能背诵出来。我想

我可以详细地描写她。是的，我想

我对这一点也可以描写。我几乎有一种

近乎情爱的关系。她有时温柔，有时……

Passons[1]。最终……我在其他时候也曾结识她，

的确。假如我想得没错，我想

我们大约有七次在一起的时候。可是

我从来没有同她待过这么长的时间。

面对着面，灵魂相遇，把思想交流。

目光相视，心扉开敞，身体融合。

我为她朗读诗篇。她听着我。我向她讲着

---

[1] 法语：咱们不谈这个吧。

波尔菲里，讲到母亲，讲到伯爵，讲到黑豹巴希拉，
讲到安德烈，讲到塞米昂、阿克塞尼娅、埃列娜、瓦西里、
奥古斯丁、蒂娜、鲍利斯、安杰拉……是的，我向她讲着
老陀，讲到托尔斯泰，讲到普希金，讲到爱明内斯库、
阿尔盖齐、巴科维亚、尼尼。我大声为她朗读
布拉加的诗作和阿赫玛托娃的诗作。好像我来自
另一个世纪、另一个千年……我不知道是
从什么地方。而她听着我说，跟着我的讲述，
打探我的情况，研究我，观察我，观察我……

我研究着她。我跟随着她。我观察着她。当我们
像两个老朋友一样交谈的时候，四处笼罩着
一片安宁和一层薄光。我不再抗议。我做着
对我的所有吩咐，它带着同样的被善意撕碎、
被某人遗忘在面庞的微笑。是的，在那个岁月曾是我的面庞，
好像……在那个岁月……那是何样的岁月，上帝……那是过去的
岁月。我把一切都放到了后面。我把我的生命放到了身后
就像你在脱下一件旧衣服，你在犹豫与其分别。
我的头发开始在一些部位脱落。我给它剃了
光头，为的是自己能够避免一次额外的洋相。

我有一个严峻问题

我有一个严峻问题。是一种注定的紧急情况。
我什么也不再梦想。兄弟姐妹们，我亲爱的，
我挚爱的朋友们，我什么也不再梦想！！我？
偏偏是我？！是的，我，一辈子我都在五彩的梦想中
编织着梦想，追寻着一种更高的文化
境界，如同在考古现场。当我对巴萨拉布
说这些的时候，亲爱的他一阵大笑
笑得停不下来，我一边问自己，
一边带着亲情看着他瀑布般的豪放笑声，
从何而来的笑声？他的那尊神又叫什么名字
睡在什么地方？是否有某位女友把他爱得
直到能够为他洗脚并摇晃他入眠？
而他是否也曾哭泣，是否也祈祷……

我梦想在不同的层次中，兄弟们，自从我知道自己，自从

那时我知道了自己；我已经在谈论过去，因为我

已经有一半或者全部离开了这里的

世界而我还未曾发现，因为所有的消息我都是

最后知道……我梦想着整部的连续剧：同埃及人，

同圣者们，同不曾相识的土地，兄弟和姐妹，

同古埃及女神玛利亚①和圣徒尼古拉，同金口

约翰②，同拉斯柯尔尼科夫和阿辽沙，同伊凡

和德米特里③、维尔西洛夫④、基里洛夫和汉斯⑤·卡斯托尔普⑥，

同神圣国⑦和卡斯托尔·约内斯库⑧、比佐尼乌、

弗洛丽卡和可爱的鲍波齐克，阿克塞尼娅奶奶的

爱犬，它曾经嬉戏地把我撞倒——嗯，我们

在玩耍——摔个屁股蹲儿。我梦到的还有泰勒斯……

①圣母玛利亚的原型是古埃及神话中司掌生育和繁衍的女神艾西斯。

②即克里索斯特（Saint John Chrysostom，约347—407），希腊教父，有非凡的讲道才能。

③陀思妥耶夫斯基的长篇小说《卡拉马佐夫兄弟》中的人物。

④陀思妥耶夫斯基的长篇小说《少年》中的人物。

⑤陀思妥耶夫斯基的长篇小说《群魔》中的人物。

⑥德国作家托马斯·曼（Thomas Mann，1875—1955）的小说《魔山》中的人物。

⑦指以色列。

⑧罗马尼亚作家尼古拉·布雷班的长篇小说《面壁之路》中的主人公。

我梦见了阿那克西美尼①和阿那克西曼德②

我梦见了阿那克西美尼和阿那克西曼德，

梦见了巴门尼德③和柏拉图，梦见了

还梦见了所有那些不可救药的狄俄尼索斯式的酒徒们……

我有梦与尼采相伴……我梦得无以复加。

我睁着眼睛做梦直到双眼和天空

都为我歌唱，而梦到的那些名字……我已难以企及……

我不能寻索到他们的足迹。我还梦到

上帝……是的，来到我梦中的是

所有如此美善而又如此奇特的人们，

那些苏格拉底的前人，带着稚气……如此稚气，

在他们中间我感到就像在自己的孙辈当中，

经常出现我在清晨同他们一起飞翔的情景……我早已发现，

是的，我知道是什么原因让耶稣滞留在孩子当中……

---

① 阿那克西美尼（罗语Anaximene，约公元前588—前524），古希腊哲学家。

② 阿那克西曼德（罗语Anaximandru，公元前610—前545），古希腊哲学家。

③ 巴门尼德（罗语Parmenide，约公元前515—前5世纪中叶以后），古希腊哲学家。

偶然会发生我不能作出任何分辨的情况，

不能区分不同的世界，

不能区分此处、大地上的不同世界，

不能区分我的各种心灵之心的世界和上天的世界。

所有这些有时都让我深思。

Bref①。我的梦想导致头脑从清晨就开始疼痛

于是我下到底层，我想说的是

我的心灵地下室。头脑的疼痛也波及我的家人，

他们笑得前仰后合。我去上床睡觉

按照我过去的做法——啊，那是什么年月，

上帝！——同塞米昂去电影院，善良、

热情和如此生龙活虎的塞米昂，竟然被我杀死

在一场噩梦中，在睡眠里——这把我吓得

如此严重，以至于我颤抖地惊醒

口里大声说着我们的父亲。

我已经不再知道自己发生了什么，我拥抱着自己

使出全部气力大喊，在内心

高喊：我做了什么，上帝，我做了什么，

上帝啊，我做了什么，恰恰是那个?!……

---

① 法语：总而言之。

集中精力，你是我的女儿

你的父亲对你非常疼爱。他不会
对你有什么不好。
他总是把你抱在怀里。
把你摇晃，一直摇晃。
我还没有听说过有哪些男人
会把自己的女儿摇晃如此多的
年头。当你来到世界的时候
他差不多看不见我了。

他所有的时间，所有的时间
都同你在一起。我还没有见过
能如此疼爱自己女儿的父亲们。
你的出现对他就如同一个奇迹。
从那时起你就从一个奇迹踏入
另一个奇迹；不是在陶盘里，

正如你所讲。否则，

天上的圣父早就会把你

带到他的身边。在你的

童年好几次我险些把你丢失

我看到在最近几年，一而再，

再而三，有失去你的风险。

你充满活力，你是我的女儿。要集中精力。

我是你的母亲……你是我的女儿……

你是一个美丽而纯洁的孩子。

我不会忘记你，就这样放下你，干脆地，离去……

你是否看到这样的情况，你是否看到这样的情形……

带着安详的老母狮般目光，

假如你在爱，用灵魂用心去观摩；

假如你爱，用灵魂用心，那么

你就会用灵魂用心去看，

于是你变得永远重要。

我的女儿是一种危险

他，头一个，看见了你。

他喜欢听你的声音。

那时你们一起读书。经常是

形影不离。而他对你说，

经常对你说不要让自己

这样单独待着，

你不要读得太多，

否则在你和

其他人之间会形成一道深渊

会无法望到边际。

应当与你年龄相仿的孩子们玩，

他总这样对你说。而你从来也没有说过，

是或否。你俯首听命

并且露出那种

微笑，有时，它让我

在思想上在心灵中

要亲吻你的双手。

对那些与你年龄相仿的孩子，你在院子里

玩游戏时总能赢过他们。你踢足球；

你总是当守门员。

学校里你在最优秀的学生

之列。在大学也是同样，

朋友们叫你Goldy①，如果我没有说错。

塞米昂是那个见过你的人。因为他知道，

他对你说过，他请求你把自己隐藏起来。

无论性格，还是面孔，都不要向他们显露。

我的女儿是一种危险，他一个劲儿地重复道……

他在很早以前，在你童年的时候曾教过你，

要你跑向槐树，

樱桃树，跑向核桃树和桑树……

---

① 英语人名，有红额金翅雀、黄雀之意。

让我来亲吻你的双手

让我来亲吻你的双手

我愿自己这样，就像我还曾

做过的那样……你是否记得？

那时我们是在北站^①，你

面无表情，孤独地留在

月台。而我走在回家的路上……

你留在了陌生人群当中，

独自一人，在这个极为

怪异的城市。我不知道该说什么，

我不知道该说什么。在那里，

月台上，你用塞米昂那种充满生气的

目光望着我；你有着他的眼睛，

---

① 布加勒斯特的主要火车站。

天鹅绒一般。你站在那里

仿佛长在了原地，不肯挪动。

天使啊，天使，不要难过。

天使，天使啊，不要悲伤。

让自己高兴起来。做你自己。做

有心怀大爱的奥莱丽娅吧，活跃在

书籍、水、火、大地之间，活跃在

雅典和神圣的国度之间，在

北京和巴黎之间，

莫斯科和罗马之间，

佛罗伦萨和西藏之间，活跃在

德尔斐和凡尔赛之间，

死海和黑海之间，在

天空、泥土和盐巴之间的一切都为你所爱。

这是你最擅长做的事情。

我爱你，生命永恒的你。在

你的肋骨之间是一大群

生灵。在左侧——

你的心脏旁边是另一颗心，

它的旁边又挨着别的心，而它……

你的毛脚燕家族

你记得，那个月台，

就像一箱蜜蜂在发出嗡嗡的声响，

你站在那里似乎是一只迷途的海豚

脱离了你的海豚群

或是你的长尾雉、杜鹃

或是姻亲的毛脚燕家族……

你有着你父亲那种天鹅绒般的眼睛。

然而，灵魂——它们当中的一个——

我想上帝已经把它

从迈锡尼的王陵中采集，

几个世纪之前在那里

发现了第一枚紫水晶，

它嵌在一顶王冠上面，

411

如果我没记错，是被刻在凹雕宝石里，
按照我的理解，人们更确切地
说，是深深地刻着的第一枚
紫水晶……那枚紫水晶或它那紫色的
蒸汽，老天将它从泡沫中扔到了
你曲折的灵魂里。

一片未名大海有太多怪异
集合在一起……你像大海，你像黑夜
或是清晨的蓝天，
当你跑进果园去看日出的时候。
你对任何人都保持缄默。然而我看得见，
我知道全部。我是用心来看。别害怕……

你像蜜蜂一样在看

我的心被撕裂成碎块，

我望着你。我的心在被撕裂，

当我看到你在那里，在月台上的时候。

你就像一只与母鸡走散的幼雏。

你就像一只失去了自己家族的白鹳。

我不知道你是否知道：

有时，你在用单腿独脚站立。

并在寻找，用眼睛，用心……

你在寻找着什么，似乎你早已

找到；只是你在此期间

已经忘记，你究竟找到了什么而又在哪里。

你是一个另类的孩子，与其他人

不同的孩子。仅此而已。

你一贯如此。

多少年来我一直关注着你。

你是一个奇迹。

还有同你一起、通过你创造的

所有奇迹，我应当把它们都讲出来。

你能行吗？我知道这是肯定的。你经常

经常是无所不能的。你做的一切

就像书上写得那般完美。你就像

海豚。你在看着，如同蜜蜂

飞在你的那些石头花上；

穿过你的那些神奇的花朵，

黄色，红色，白色，纯洁的，

淡紫色，石榴红色，橙色，绿色。

就没有看到你是多么的陌生？！

你是个陌生人，是你快步跑到

果园，对它说起孩子新的月份的

咒语魔法，尽管孩子看不到它，因为

没有办法看到它！你可以看到……

你在用灵魂看

我想说你看不到
这里的新月。你的灵魂
也无法看到。至少是现在。
然而，或许你可以看到它。
他，灵魂，在看着它。你却还没有
向我说起。灵魂可以看到全部，
绝对全部。你的灵魂，
被从天空拢紧，石榴，松柏，
棕榈，橙树柑树，你的古希腊罗马
诸神，皑雪，樱桃，行吟诗人……

你是我喜欢幻想的女儿，
在跟随墙壁上的绿色骏马
驰骋。不要再诽谤中伤自己。
不要着急。要有耐心。

让你听从上帝的安排吧。

他是唯一的命途。他是全部，

全部，全部。他是大写的真理、

希望、爱和生命。

他在群山，在大海，

在上面的海、下面的海，来自我们，

来自大地。他是有歌喉的轴，

围绕它转动的是我们

所有的人：山岳，大海，

我们美丽的森林，那里的枞树、

白桦和赤松，最近

已被伐尽。所有的一切都将

恢复。一切，按照他的意愿，都将

再生。节日在临近……

节日在临近

是的，一位朋友在他的书里写道，

本雅明^①，被黑色的长枪党^②

——所谓的国家精英——

在众目睽睽下，用枪射杀，

把他神圣的鲜血洒在公共广场：

"轻轻坐下，你轻轻坐下，你会看到：

不久即是节日"。

---

① 瓦尔特·本迪克斯·舍恩弗利斯·本雅明（1892—1940），犹太学者。早年生活在柏林，1933年被纳粹驱逐出境，移居法国。为躲避盖世太保，1940年又移居至西班牙的一个边境小镇，9月27日被迫自杀。

② 西班牙法西斯政党，1933年建立。1936年以其为核心的反动势力发动反对共和政府的叛乱，西班牙内战爆发。

轻轻坐下，亲爱的姑娘，

我的女儿……我亲爱的儿子。

当我把你怀在腹中的时候，

你知道，神的声音向我谕示

我将有一个男孩。而我要弄平

在面前长出的这个圆形的奇迹，

我说：你将是一面盾牌，

你将是我的抚慰和我的

支柱……可是，一切都是另外的样子。

你是个女孩，后来也是，

一个贴心的女孩。看看你的样子：

你是男人的头脑，

你是女人的掌心，而那些躁动不安

都来自银河系的尘埃。

"轻轻坐下，你轻轻坐下，你会看到：

不久即是节日"。

如同天空原谅飞鸟

你不过是一个另类的孩子。

你既不是野兽，也不是疯子。

也不会成为卑鄙小人。

你张开你的手臂把我们所有的人拥抱，

那是男孩子的手臂，是女孩的手臂……

你分掉了最后一块面包。你给予我们全部，

全部。全部你都给予了。你原谅，

如同天空原谅飞鸟。

你把弄到的所有好东西，

都无偿地分发了出去：

让亡灵和活着的人都能吃到。

你更多地像一个幽灵，

一个高贵的影子。唯有

灵魂你没有将它送出。

灵魂你没有将它送出。没有。

灵魂属于伟大的父亲。是他为你

塑造了一个如此美好的灵魂。

所以他们背叛你，他们出卖你。

他们驱赶你。他们玷污你。

他们威胁你。他们拽你

上法庭。你为没有买的东西买单。

自从我知道你，你就付出了。你是用血

支付了全部，全部，全部。自从

你进入生活，虽然你还是孩子，就已经

在付出。这是圣父的意愿。从在学校的时候

你就习惯成为替罪羊，

小绵羊。你没有哭泣。你说：没

什么。没什么。我在

圣父的怀抱。所以我能看见。

你快走吧，快回你的位置，到塑像里。

去爱去宽容吧

然而，在你跑回你来自的
那个地方之前，去爱
去宽容吧。去爱去宽容吧。
爱意味着没有穷尽的
宽容，如同仅仅宽容
天空。去爱去宽容吧，
如同鲜花宽容蜜蜂。
如同天空宽容飞鸟，
做男儿的你自己，做姑娘的你自己：
去爱去宽容。去爱
去宽容。你在睁着大眼
做梦。你经常用目光
盯着图书。你经常
用心去读《圣经·诗篇》。
你的目光停留在月亮。

你在寻找月亮，而你却无法

不看到：像我们，

像所有的人们，她有嘴、

下巴、鼻子、耳朵。你知道，

其实，你为什么每天的夜晚

都在追着月亮奔跑？你知道为什么，姑娘？

你在听着她的歌声

并且将它们誊清。

你在听着她的啜泣……

你在听着她的啜泣……

你在寻找新月：那富有生命力的月亮。

如同蜜蜂聆听天空。

如同你在聆听蜜蜂。

如同鲜花在聆听蜜蜂。

如同在万物当中，在周围的万物当中，

你在聆听圣魂，你，人的

头脑……头脑。

照亮

如同在盛夏时节——没有任何的征兆——

突然间，就出现了严酷的冬天……于是

我说：需要成吨的时间和经验，需要

其他无法表达的东西。而所有的……为了让你蓦然

明白，那只看不见的手——专横地存在

于全部事物，存在于几乎所有人的集合——把你握在

它的木铲里，时时刻刻，都处于所有现实当中的

最可怕的现实：你死了，不过你看，你又没有死。

大家都明白，还需要某种不可缺少的重视，

来让你能够感受到，其实，你是被抱着，

经过那地狱的分分秒秒。只是那个

每时每刻把你晃动的人，那个经常被呼唤、

被热爱、被再次呼唤的人，虽然他几乎为我们所有人

熟悉，但他却更喜欢一种奇特的匿名状态。

于是当你出于内心一种不可动摇的敬重

去感谢他的时候，就会从任何空旷中把他得到！而他——已经

到来，到来——是的，将再次出现，那时你将醒来，

奔跑在另一个圆圈里面，一个与那七年之圆

同样原始的地方：七年——其漫长程度

如同七个世纪——你在其间漂泊，远离世界，

举目无亲，而更为可怕的是，你异化了自己。

需要七年，你才能懂得一件事情，

它如此简单动人，会让你立刻缴械降服：

当你认为自己同原本的你开始陌生，其实，

不排除恰恰此时的你才成为了你自己，是……

是从未有过的你自己。谁人能知，无人知晓……

在尼尼那里是怎么写的？在应答是和否的瞬间，天使就匆忙

撕毁了全部的书页。那么奥拉呢？……奥拉那里又是怎么写的？！

如果我记得没错，奥拉那里大致是这样写的：天空

知道，芳草知道……异端的她知道，对，是她，母豹。

月亮知道，对，对，新月不可能不知道，

因为它每个月都要被摆动一次并且被Goldy爱着，

用前额上的眼睛，发自她白色的手臂，用来自灵魂和

巨大长串的心脏的眼睛。天空知道，

大海知道……大海的盐和生命的活水。

从头开始：母豹知道，异端的母豹，知道是用泥土

和天空将她做成。巴希拉知道。伯爵知道，它是我的冥府看门犬，

世界上最喜欢亲吻的罗威纳犬。柳巴、柳波夫、

柳巴莎知道。塞米昂知道。还有安德烈，第一个被召唤的

圣徒阿波斯托尔·安德烈的右手，不可能

不知道。还有塞米昂·马太，我的小外孙……巴西尔知道……

他怎么能不知道？当他已经来的时候。他在路上。正在来？！……

来？！……

来？……

来！

来来来！！！

你就让自己随着魔力吧

你就让自己落在魔力的翅膀上吧，
它在这无法挽回的夏天里如火一般。
花草的芬芳和蜜蜂向天空施出了魔法，
神奇的玫瑰让你沉醉在爱之中。
你让自己接受柳树的爱、接受栎树和
楸梓的爱吧。你就让自己接受
落日方向那棵椴树的娇宠吧，几乎
整个夏天你都忘记了为它浇水。而它
依然在满是叶子和痛苦的树冠阴影中
把你接纳，把你原谅。

你让自己在深夜尽情地享受
那来自漫不经心的毛脚燕
和晚间馥郁花香的爱意吧，
这时你可以看到所有的黑影在四面八方

订婚，正如几个世纪以前你就同

你的父亲在跟随它们，

你们悄声谈论那些黑影

知道在夕照的家宅院墙上谈情说爱

的样子：它们愈加徐缓，愈益悄寂。

你不要回望。然而，你若是

不时瞥去一眼，

你要感谢你还活着，你应当向花朵鞠躬

因为你存在，你被它们清晨的翅膀

触及，之后又被它们晚上的翅膀庇护。

你应当感谢上苍，因为几千年来

是它最警觉的翅膀把你保护，

正是它在昨天带你穿过古城堡区，

又在你险些死于伟大的正午的时候，

把你拽了上来。

你险些死于伟大的正午

你险些死于伟大的正午。

你将为所有的生命记住那一天：

2016年8月10日。为所有的生命。

你急匆匆地也不知道要去哪里……啊，你是

如此着急。约莫两个月你都没有

进老城区了。街道都是如此漫不经心，

上帝啊……你一路前行，沿着主路，穿过街心公园，

走在大街上……你在寻找，又并不知道究竟

要找什么。你有些焦躁……你去

给自己换副眼镜。你用信用卡付了钱……三年前，

施洗者圣约翰杀头殉道之日，

经过米尔恰的回春妙手，上帝重新把视力给你

让你看见，是的，你，恰恰是你，

在三十多年的时间里眼盲的你，

像回到了童年，是的，几乎像回到了童年……

你到秋天大街的明亮眼科诊所，

去换你的镜片，在那里还换了你的眼镜，

尽管，照我说，你不再需要，以后也不会需要

诊所的眼镜，于是，你一直在那里转悠，围绕着

一个看不见的轴，从一条街换到

另一条街……来消磨时间……直到做好

眼镜和镜片，而你已经不需要它们……

你似乎拐向了玛丽亚·罗塞蒂大街，然后

又朝着未来大街走去，接着你又快步回转，

对于你那让人上火的慢性子来说，可以说是匆匆急步，

围绕着同样的圆轴，它无处不在而又无法看到……

你看见了一座教堂

蓦然间你从远处看见了一座教堂。

你对自己说进去，就像大约七年以来做的那样：

几乎在路上看到的每一处供奉上帝的地方

你都进去，并且在那里与他无拘无束、静静地

交谈。有几个人在那里面，从圣像间

走过。他们在做清洁，在悄声讲话。

你轻轻地向他们示意，走向圣坛，在它的右侧

你跪下身子开始祈祷，面对着圣像

祈祷。当你站起身来之后，你看到那些是

圣人尼古拉和圣母升天的画像。

是的，圣母升天节临近，正是通过她的身体

天上的圣父将他的儿子带给了我们。

没有开始、没有罪孽、没有结束的

儿子，为了我们而遭受痛苦的圣子。

为了我们当中的每个人他被钉在了

大十字架上。而我们，在我们可怜的境地中，

年复一年，没有哪怕是百万分之一秒的

迟疑，就扯住了他的双臂……一次又一次……

在教堂的出口，你的脚步放慢了。

你清醒过来，向一个男人要些圣水。

他有着金色的头发，蓝色的眼睛，个子不太高。

他微微低头，跑向一个柜子去找

一个瓶子。圣水来自有医治功效的泉源，

就是说，来自复活节后的第一个星期五。

你为自己对他太多打扰表示了歉意，

然而，你也了解到那种被称为小圣水的

圣水是从何时存在，你又要了

两瓶，告诉你面前的那位先生

三年前你曾大病一场，*如此等等*。

我听着那两位知识天使的交谈

那个男人用眼睛盯着我。这时候，
一位中老年先生走近了我们，
他需要听听另一个同伴的
意见：是否可以用卫生酒精擦拭
神圣教堂里的圣像；
他认为不妥……我温柔地微笑着，
听着那两位知识天使的交谈，他们在讨论
圣像和圣徒，我向他们投去喜爱的目光。
对我来说他们是那样可爱……他们的身上有某种……
某种超凡脱俗的东西……直到现在我都不知道
该如何更好地解释他们具有的那种……

在我告别之前，我再次请求
原谅，因为是我把他们从圣徒和圣像中间
生拉硬扯了出来。在离开之前我问他们

那两位先生怎么称呼或者……我也不知道
该如何说……有某种东西弥漫在空气中，在飘荡……
米哈伊尔和加夫里尔……他们依次地自我介绍……
当他们一说出自己的名字，当他们一……哦，上帝，
你看我都做了什么，米哈伊尔在深深地悔恨，你看……
他望漏斗里灌了太多圣水，
好大一片桌面都被弄湿……
没关系，我把桌上的圣水汇拢起来
用它来湿润我的面颊。没关系，这种情况在所难免，
我们总会出些差错，我们犯错如此频繁，以至于……

我们犯错如此频繁……

我们犯错如此频繁，以至于，有时候，

让你都不知道该相信什么……那两位大天使

看着我如何用两手把桌上的圣水汇拢起来，

再去沾湿自己的脸面、两眼、

头发、两手……这是圣水，加布里埃尔

说着。这是圣水，米哈伊尔重复着他的话。

有某种东西弥漫在空气中，在飘荡……

他们从柜子里大堆的提兜中

为我找出一只合适的口袋……

我对他们报以热情的微笑，向他们致谢。

我向他们鞠躬。我把他们拥抱。之后走到

外面耀眼的阳光中。直到那时我才看到

那是圣彼得教堂，于是我再次比画十字祈祷。

有某种东西弥漫在空气中……我不会解释

究竟是何物……我不以为我有这样的能力。

现在，当把**那**一天带到眼前的时候，

它对我来说似乎是从另一个世界汇聚而来。

然而，这毕竟是我们的世界，我说道。是这个世界。

是上苍的帝国，我重复道。我好像

又走在了玛丽亚·罗塞蒂大街。在第一个

十字路口我感到自己似乎飘了起来……

我听见一声急促的刹车声，感到一惊，

骤然间感到浑身发冷，尽管外面是

似火的高温。一辆机动车停在了离我

可能只有两米的地方。司机看着我。

我看着他。我感到那股凉气愈发

强烈。我和面前的司机

目光相视着对方，灵魂碰撞着灵魂。

两人的僵持，付出的代价是几分钟，却漫长

如同几百年，我没有动，没有眨眼。

分分漫长如百年

几分钟的代价，却漫长

如同几百年，我没有动，也没有眨眼，

司机亦然。忽然间，在我面前的

这辆车后面响起

一阵急促的喇叭声，仿佛让我们

两人腿脚落地回到现实。

我在他的面前低垂了一下额头，

露出微笑，说了声谢谢。

我又一次在低垂了一下额头，

露出微笑，说了声谢谢。

他在我的面前低垂了一下额头，

露出微笑，说了声谢谢。

我看到了他的嘴唇在动，

看到他鼓起了胸脯

瞬间释去了怀中的巨大

重负。我继续向前。

我一边前行，一边感谢，

不断地感谢……并且为我的

性格底牌，为我的整个天性，

请求原谅。塑造这种个性的是

泥土和天空，大地和神经，

肌肉和灵魂，还有骨头……不随和的性格……

三弯九折的性格……中了魔邪的性格……

漫不经心，迷失于不同的世界，贪玩好动，

像个孩子，如此调皮，

上帝啊……我是如此调皮捣蛋……

这性格让我说不完写不尽，

对它的来龙去脉也不想多言。

我不知道该做什么。我祈祷，

为自己祈祷，几乎无时不刻在祈祷。

我努力让自己集中精力，

减少外出的社交活动。

让自己尽可能少出错误。

让我成为自己。让我自己身处

万千世界之间的边界，

它让人焦虑不安，激动落泪，

我正是在这些世界里生存，梦想，写作，

去爱，去编辑杂志的要目，去策划出版

计划，去同所有的家伙较量，为了我，

为了我的亲人，为了我家庭的成员，

为了我的亲人、家庭的成员，伯爵部落，

我要说，为了我所在的

仁爱、拼搏和友善的整个界域——

我庆幸，我要感谢，上帝，

保佑，保佑，保佑——自己身在其中……

我想彼时的我已是满面泪流……

圣水的痕迹

我想彼时的我已是满面泪流……
或许那是来自教堂的
圣水的痕迹……我不知道。
有某种东西弥漫在空气中……
在飘荡……是一种伏特的
压力。我被卷在一种
旋涡……我不知道该怎么说，
该如何描述。我不知道该如何解释。
我走在一条与胜利大道①
垂直平行的大街。
好像是主教辖区大街……我也不知道
准确的名称。搞不懂。
我恰恰不走这个脑子。

---

① 布加勒斯特市区的一条主要大街。

从那条街，越过

胜利大道，就是什蒂尔贝伊大公街。

在我的右面是一辆巨大的

旅行客车。它似乎停泊

在那里。我向前一步

又迈了一步到人行道上

随后……忽然有一个人的右手

横在了我的面前。

我停在那里。

我不感到热，也不觉得冷。

我向前走了一步，又后退

一步。我把头转向我左边的

那人。我站立的时间

只有几分之一秒，

然而它延续的时长

却是几千年，目光对视，

灵魂碰撞。没有人……

目光对视，灵魂碰撞……

我站立的那几分之一秒的
短暂瞬间却如此漫长
好似几千年的目光对视，
灵魂碰撞。似乎
没有人也没有任何东西
在周围。我看到的只有
那个人。我看到的只有
那个人，那个对我来说
如此熟悉的人。
他似乎是个陌生人……
一个陌生人？……不，不对，不对。
我知道他已经有几千年。
我知道他已经有几千年。
我知道他已经有几千年。

或许比我

高出一头。

他身材结实，彬彬有礼，

我对自己说，

后来我一直尝试着

为他画一幅肖像。眼睛

如同天鹅绒般温柔。像塞米昂。

几乎一样。他面容清癯，

高高的鼻梁长又好看，

嘴唇更是无可挑剔。

他尖尖的下巴充满

个性。两道眉毛

端正，美观。

他来老城区做什么？

我又要做什么？！

他穿着大礼服

他穿着大礼服。

一套黑色的大礼服。我微微一笑。

我用母亲如此喜爱的**那种微笑**

微微一笑。我微笑着，

自己也没有感到……

我什么也感觉不到。绝对

全无。有一个例外。一个

重要例外。我身上沾满了某种东西，

某种东西……无法描述……

一种不可言喻的物质，

沾满它的还有那个

大男人……我们目光对视，

灵魂碰撞。蓦然间，

我猛醒过来并讲述起来

以一种完美的淡定，

周围环绕着

一种……脑子没有

想起该如何说……

是一种尊严。

我没有看见，也

无从看到

同这辆……巨大的客车……

平行而驶的那辆客车。

我无从看到它，

我的灵魂说道。我

面前的灵魂

微微点了下头，

给出肯定的示意。

我无从看到

另一辆大客车

正全速驶来……

我无从看到……

我无从看到……
把我的视界阻塞的
是第一辆客车。它巨大
庞然……我的嘴唇在饱满地讲着
词语，词语，可怜的词语
没有任何的意思。或许……
所有的一切对我都显得如此遥远。
一切，绝对是一切。例外的情况
是那位大男人……我都不清楚
称他为大男人是否合适。

我不敢肯定……他点点头。
垂下眼皮。那是明白的
示意……他明白一切。
于是……我说着，慢条斯理，词语
之间留着间歇。我站在原处。
什么也听不见，连噪音也没有。

我看到的只有那个人。

或许……或许……Ecce Homo①。

假如……假如您

没有伸出右手

没有想阻拦我……那就

再清楚不过，另一辆

大客车就会把我撞个正着

能把我彻底弄死……

我要说，要……

我望着，用一种宁静

如此深沉，在他的眼里……

他肯定地点点头。

这当间，他向我示意

我们可以安全穿行

之后又用一种坚定和

如此温和的口吻

对我说起……某种……某种情况……

介乎于命令和鼓励……

某种……某种情况……归根结底……

---

① 拉丁文：看这个人。这是本丢·彼拉多（罗马帝国犹太省的执行官，耶稣基督在其任内被判钉十字架）描述基督耶稣的话（带有极度的轻蔑）。

您再也不要这样做

您再也不要做
那做过的事情。您再也不要
做那做过的
事情，我重复着并重新发现了
那双温和的眼睛，它们在面前
是如此温和……于是……
我听见自己在说——希望
对于我来说能听到自己——
谢谢，谢谢，
谢谢。

我横穿了过去……就这样，不约而同，
没有得到提示，该如何
以何种方式已经可以
横穿……他先我一步

走在前面。

我先穿过

经过胜利大道

直接汇入什蒂尔贝伊大公街的那条路。

然后又一起穿过

胜利大道……猛然间他显得——

或许是我的错觉——略微匆忙。

那是一公尺的距离。

当走过老城干道

一半的时候，

我看见他骤然加快

步伐……那矫健的步伐。

可以看出他不是

一直住在城堡区……

可以看出他不住在城堡区

可以看出他不是一直住在
城堡区。他表现出的全部气质，
罕见、温和、有些质朴，
从中可以感到这一点。
尽管离我
有一米，
或许两米左右，
我能感觉到那种气质。是的，
我能感到……忽然，
当他的脚步迈上
首都的这条主干道的
人行道边石的时候，
我听到自己
悄声在说：稍等……
稍等，劳驾……

我重复道。隐修士，

圣人或者……我不知道

该怎么说，才能让自己

尽可能地准确……他把头

转向我。显得

略微惊诧。似乎说了

一声好……似乎……似乎

您不要见怪，劳驾，

您的名字是什么，

尊姓大名？……

我的名字？

我的名字？看上去

他脸上很容易露出的

那种微微的惊诧

在一点点加深……看上去

他在迟疑……他差一点儿就……

他的眼里突然闪现了

一道如此强烈的火花，

随后……随后……

一道深邃，

愈加深邃的光，露在脸庞，

那光发自心灵的

心灵。发自心的心……

那是心的禀赋……心灵的守护神

它撒满我的全身，从上到下，

从下到上。那正是

耶稣变容节之际

马里安·尼古拉神父

在教堂主持礼拜时

我所感受到的：

是一种亲善而强烈的

暖流，散发在

整个身体，从

头顶到脚心。

从头顶到

脚心。

我感到了一种海风

我们在胜利大道。

我们在胜利大道。

我们在胜利大道。

他微微一笑。

我感到了一种海

风，一缕清风

从海上吹来，如同爱抚

来自四面八方，

这时你的目光相视、

灵魂相遇、火红的身体

碰撞，是的，沐浴着

刚刚升起的朝阳……

他摇了摇……几乎……

几乎是……否定地摇头。

我看到他的血

涌上面颊，很快，

快得不能再快，

快得如同赛过闪电的念头一般，

好似海藻顺着泡沫

浮出水面……他向我投来

满是爱意的目光。那种爱

对我是如此美好，他还带着微笑，

那种纯洁无邪充满活力，活力，

活力，让我为之倾倒……

他摇着头，说道：

名字就免了，不用

留名，今天不需要

留名……

他大致说了这些，随后离去。

我怎样尽可能忠实

好像他是这样说……好像他是这样说的……
我不知道怎样尽可能忠实
于那次远非偶然的
偶发事情。任何事情都不是
偶然。任何事情都不偶然。

我不知道该怎样尽可能准确地
复现那几个小时里发生的
事情。也不知道该怎样尽可能
细致地描写全部……不知道

从2016年8月10日星期三开始，
不论我走到哪里，不论我做什么，都能感到
那种热度，它发自我左侧的灵魂和
那位修士、那位圣人、那……的右边，

我脑子里想不出该如何表达……

……重要的是*心灵知道*……那种热度
和从四面八方涌上我的身体的*那种永恒*……
我从*那*对天鹅绒般的目光感到那种永恒在
从我灵魂的双耳尖底瓮里上升并且浮越出

边缘，更确切说，它在向四面八方
倾泻奔流，就如同一条巨大的江河，
一条浩浩汤汤、无处不在、覆盖万千的江河，
一条无名的江河，一条没有被收录的江河，
无论在各种版权页、定义、园林、初版、辞书、

围栏、百科全书，还是那些书写，用动词、
音节、荷花、书写、隐喻、韵脚、神鹰、
乌鸫、石头花朵填充的纸页，还是我写作和祈祷、
写作和祈祷的房间，我为巴西尔书写，
为他祈祷，期盼他来，他的到来，
终有一天从七大海洋和国家归来，
从七处远方，从任何的迢遥天边……

那条江河水流湍急，汹涌奔腾，没有被收在各种比喻，

无论我怎样凝思笔端，也无法把它描写，无法
用眼睛、大脑、灵魂或用我无数颗心的心将其包括，
那条江河从我身上流过，如微笑，像低语，似和风，
随后又流入果园，流入母亲的
庭院，流入我兄弟的房间，流入乌鸫，

流入刚刚编好的杂志目录，流入伯爵
族群成员的电子信，流入母亲的
眼睛，流入安迪的眼睛，他的全名是
安德烈，流入塞米昂·马太的眼睛，流入巴希拉
和伯爵的眼睛，流入马里安·维克多的眼睛，米哈伊尔和
加夫里尔的眼睛，那几个朋友的眼睛，奥古斯丁的眼睛，
流入埃列娜的微笑，流入瀑布的上游，永远在
上游……它们波浪起伏，如此美妙，如此动听……

按照《犹太人》书中所写······

这次我做的完全是按照《犹太人》书中

第十三章所写："不要忘记

接待客人，因为一些人，通过这样，

不知不觉地留宿了天使······

劳驾你们了，兄弟们······"我亲爱的兄弟们，

我亲爱的姐妹们，亲爱的鸽子，

那些长着黄色胸腹和蓝色嗉囊的

美不可比的夜莺，亲爱的栎树，

我那尊贵的柳树，我怀着虔诚

聆听了这段勉励话语，并不是

在我面对月亮，让我激动不已的星球，

向她请求宽恕之前。接下来有段时间，

并不很长，我忽略了她······毕竟······

我要照管我的姑表兄弟和孙儿的洗涮膳食，

我为他们歌唱，我为拯救他们当中

每一个生命而祈祷。在一个个夜晚，

尤其是夜深人静的时候，当所有人

都上床歇息的时候，我都要祈祷。之后

跑进果园，长时间地仰望着

她——美丽而永恒的新娘——

特别是当我处于一个

极为怪异的时期。不仅如此：

在我面前展示的还有一种版图

——谣传说——极为严厉，是一幅

魔幻的版图。所关注的是某一个

点，一种穿越或通道，

朝向我们先前的生命。

那是一条被施以魔法的通道，

被完完全全洁净的力量施以了魔法。

尽管是一股龙卷风般的咒语和祈祷，

我还要说这是**洁净的**力量，因为

一切的一切都来自全部魔法的魔力。

这是一种极为强烈的魔力。

假如我努力并且

只用心灵去想的话，

我不能不看到在它们当中

是最明亮的魔力，

是魔法当中最强烈的魔力。

在第一部中我详细讲到过

圣奥古斯丁提到过的魔法。

你们记住："去爱吧你将被爱。"

"去爱吧你将被爱。""去爱吧……"

你爱得越深……

"*去爱吧你将被爱，去爱吧*
你将被爱。"当我向圣莫尼卡

重复眼泪之子的这句箴言时，

我一直把头半句，

也就是去爱吧，

读得很重，尽管

我要把手放在胸口来坦言

纯粹的真实：尽我所能，尽我所能

问我的亲人：你爱我吗？

你爱我吗？你爱我吗？根据

得到的回答，我身体里的某人，

有时，会评判对错。你爱得

越深，就越……Passons[1]。我会再谈这个话题。

---

[1]法文：咱们不谈这个吧。

可能我会稍后再说，假如

我不会遗忘，当然。恰恰在这些

时刻，埃维丽娜就出现在我面前。

现在她是世界上最重要的。

是一种善良、美丽、

温顺、奇特的轴。完全像我，

在她的年龄。完全像我，在她的年龄。

金色头发，个子不太高，刚满七岁。

我望着她就看见了自己，我自己。

我当年和现在都有着淡褐色的眼睛。

那是我父亲的眼睛，当年我们玩开飞机

游戏的时候，他不小心失手，当他把我

从地上抱起，情况已经彻底不妙……

他摇晃着我不住地问自己：

我怎么搞的，我怎么搞的啊，

上帝？你为什么让我失手？

她摔出去了，从我的手里摔出去了。

我能听见他的声音。我一切都能听见。可是两眼

却不听我的。我无法睁开

被我父亲的泪水打湿的双眼，

他向我伏身哭泣。

他在号啕大哭。而我如此遗憾的是

我无法睁开自己的眼睛……尽管我可以

用心灵的眼睛看到一切，可以用心感知。

妈妈气喘吁吁地跑到我们身边

看着我们俩，像疯了一样

不住问道：你怎么搞的，塞米昂？

你怎么了，塞尼娅？我该怎么办，柳芭，

柳芭莎，我的女人，我亲爱的

宝贝。一不小心，我弄死了

自己的孩子。我弄死了你的孩子。

我怎么做了这样的事，老婆。

我竟然亲手害死了我的

女儿。她从我的手里摔了出去……

你看她，像睡觉一样，

像睡觉一样，睡得无法

醒来。饶恕我，饶恕我，

饶恕我吧，上帝……

我听见自己在问：你可曾飞翔？

我有着浅褐色的眼睛。那是我父亲的

眼睛。天鹅绒般的眼睛。埃维丽娜长着

一对出奇的蓝眼睛。

她的眼睛是明显的蓝色。

她有着瘦弱的胳臂，好似相恋的藤本植物。

她的鼻子略微扁平，只有极度好奇和

活泼顽皮的天使才是那个样子。

芦苇般的身体，时而做这，

时而做那，出于一片爱心，以及

其他完全模糊不清的

原因，她显得有些谦卑……我们面

对着面。你饿吗？谢谢，我吃过饭了。

你困吗？谢谢，爸爸开车的时候，

我和我的妹妹梅丽娜在车的后排

一直在酣睡，而妈妈……啊哈，

那你喜欢我们做什么？她陷入了

沉思。她用目光凝视着我。

显得不知如何是好。她耸耸肩。

你愿意我们朗诵诗吗？我们可以

来比试一下……我面前的

这位天使的头发卷曲，无比

神奇。啊哈，嗯，妈妈和爸爸

休息的时候我们做什么？我特别问道。

这么，我不知道。我还真没有

想过。嗯。那么心呢？那么心呢？

她像对待一个嫌疑犯一样盯着我。她

再次陷入沉思。她的脸上充满

一片强烈的天真无邪。

唉，我的心在沉默在等待。你愿意

我们一起玩吗？我问。她用眼神

打量着我。她看到我对于这样的游戏

年龄有些大了。我用左眼向她示意。

我们玩什么？嗯，我知道吗……

她差一点儿就要彻底陷入

失望……这里，哦，天哪，救救

我吧，上苍……救救我。我听见自己在问：

你可曾飞翔？我面前的这位天使

已经被惹得极不高兴。

她微微皱眉。

在她的脸上可以看到一种

隐约的惊讶和不高兴相混杂的表情：

我没办法飞翔，真的没办法，

我面前的天使把翅膀使劲儿展开：

我是人，不是鸟。我是人。

不是鸟。所以，我不会飞翔。

我是人，不是鸟

我是人，不是鸟。是人，

不是鸟，明白吗？所以，我不会飞翔。

人类不会飞翔。人类行走。

你肯定吗？我听到自己在问。你

肯定你是人而不是鸟吗？

妈妈这样对我说。然而，倘若

你是飞鸟，你没有发现，妈妈

也没有发现吗？阿廖娜，妈妈从厨房

用一种无限的母爱望着我们。

爸爸去到睡眠中集聚精力了。

我如何去知道这些？啊，我如何去知道

我是否是飞鸟？……你想要我们飞翔吗？

我从问题中猛然醒来。埃维丽娜眨了眨

她那对长得如同嫁接草莓一样的孩童眼睛。

你觉得我们能做到吗？当然可以。你愿意吗？

她捉摸不定地注视着我。我最后一次问你：

你想要我们飞翔吗？你觉得我们能做到吗？

她用一个问题来回答

我的问题。当然可以。

当我像你这么大的时候，我就和我父亲

塞米昂飞翔过。我们飞翔得如此频繁。

一切都是那样美妙。那样美妙。

我们玩**开飞机游戏**。我们玩的是

开飞机游戏。我的母亲用充满爱的目光

看着我们俩，啊，对我们何等的爱！

我愿意！埃维丽娜高兴地跳了起来。

我要飞翔。我想要成为飞鸟。

我想要成为飞机。我那如同

双耳尖底瓮的身体充满了热情。

我从头到脚把它打量。

我没有流露自己的任何东西，

任何姿态、任何想法。然而，我在想，

她的个头已经不小。我究竟能否把她托起？

上帝啊，请你把我们托举，求求你啊，

请把我们俩托举在你的手掌。

不要失手，不要像我父亲那样失手，

不小心地把我掉在地上，让我从那种起飞

进入昏迷状态，让任何人

都不再认为我还能够苏醒，

然而，我最终还是恢复了知觉。

当我的父亲在我跌落后几个小时

看到我终于睁开了眼睛……

啊……他把眼睛睁得如同

埃及人的葱头一般，说道：

是上帝把这个孩子托在了

他的手掌。是上帝把这个孩子

托在了他的手掌。上帝知晓。

我正是埃维丽娜的年龄。

我正是埃维丽娜的年龄。

请把我们俩托在你的手掌

上帝啊，请你把我们托住，求求你啊，

请把我们俩托在你的手掌。请你

把我们俩托在你的手掌。我对你就这点请求。

我在脑子里祈祷着。埃维丽娜在等着，也似乎

感到了。也似乎感到了……我不能，

啊，不能，让她失望，那会是无法允许的过分。

你来我这里，我听见自己在说。她挪了一步，

接着又向前走了两步。我们是在起居室里。

我听着自己的心声。我听着自己的心声。

你相信我吗？我问她。她给我了

肯定的回答。你爱我吗？我问她。

她给了我肯定的回答，没有犹豫……

（她并没有重复当时我父亲的低语：

是谁提出这样的问题？

而我却回答了她：是我，我，我……

你不要外露你的感情……

为什么？这样不合适，你明白吗？是，

明白，敬礼，列队，士兵们，立正！……）

我爱你，埃维丽娜回答我。

她的眼睛湿润了。我鼓起勇气。

爱我有多深？你能向我展示吗？是的，

我得到了回答。请你跪下来，

让我向你展示。你是个大人。我跪下身子。

她用自己整个的幼小身体

把我搂住。哎哟，我故意说道，

同时，又一本正经地：啊，是的。

我们将要飞翔，我告诉你我们将要飞翔。

我飞起来了，妈妈，我是飞鸟

我站起身子。把一只手伸到她的两条小腿

中间，用另一只手搂住她的整个身体，形成

一个圆圈，用我的手臂当作一种带链。

我把她紧搂在胸前。她用藤条一样的手臂

搂着我，把自己盘在我的身上，

近乎一条蛇。就这样形成了

一个魔幻圈，里面有名叫埃维丽娜的

幼小灵魂和身体。然而，对我来说，

她有点儿重了。她有点儿重了，我内心说。

思绪在向这个圈的外沿转移。

把我们俩托在你的手掌吧。

上帝啊，我重复道。把我们俩托在

你的手掌吧。我不能错过这样的机会。我开始

抱着她转圈。你闭上眼，我说道。

闭上眼。我们玩坐飞机的游戏。

我们玩坐飞机的游戏。我们飞翔。
埃维丽娜，我的宝贝，我们飞翔。
阿廖娜，从远处向我们投来
爱的目光。她如此强烈地爱着我们，
用自己美丽、深邃、明亮的大眼睛。

我飞起来了，妈妈，埃维丽娜
后来对她说着什么。我是飞鸟。
是飞鸟。我飞起来了。我是飞鸟
同时也是人。我开始理解，
飞行中的翅膀是如何工作。
我以一种无尽的爱情望着她。
脑子里一个劲儿地重复着：谢谢，
保佑吧，保佑，保佑。我娇惯着自己
听从上帝的摆布。在听命中神往。
啊，我总是那样地神往。阿门。

我的亲亲，埃维丽娜

你害怕了吗？我问。没有，她回答我。

一点儿没有？我接着问。好吧，稍微有一点点。

"上帝是我的光明和救赎：

我要害怕谁呢？上帝是我生命的

支撑：我又要怕谁呢？"

我向她低声吟诵《圣经》中的诗节。

你认识上帝吗，我的亲亲？

我问她。怎么不认识，怎么能不认识？我

天天都和他交谈。天天。是奶奶教我的。

是阿克塞妮娅奶奶教我的，我回答说。

你还想要我们飞吗？我面前的

天使问。她的目光热切。她的身体

在旺盛地燃烧。请你，求你让我们飞翔吧。

埃维丽娜说个不停。她缠在我的身边，

像爬树一样爬在我的身上。

她几乎要整个跌落下来。把我们

托在你的手掌，把我们托在你的手掌吧。

请你求你了，我在心里低语。我们去果园吗？

为什么？我们去到那里飞翔吧。我可以和你

去天涯海角。我可以和你

去天涯海角，我的亲亲埃维丽娜小声说道。

我们展开身体，躺在一棵杏树下的草地，

相距约莫一米。我的左手

伸向她幼小的身体。

她的右手伸向我的身体，

刚好是合适的距离，

一点儿不多，一点儿不少。

刚好是合适的距离，我说道，我已经

许久没有发问：为什么？为了谁？

用在什么地方好？到什么时候？谁？……

生命线，清晰可见的掌纹

我们是光芒万丈的狮子星座。

我们是光芒万丈的狮子星座，

我对埃维丽娜说。我们俩会光芒四射。

处女座临近了，它具有神奇的

治愈力量。这是我祖父，瓦西里，

我父亲塞米昂的父亲，1898年8月24日

出生的星座。

假如记忆没有欺骗我的话……

我们将经过一些整个生命的轮回。

我们将逐个经历它们，就在眨眼的瞬间。

好吗？她探寻地望着我，用一种无边的

温柔盯着我，她在用目光亲我爱我。

我们目光相视，心灵相通。你想我吗？

我问。想，她干脆地答道，想。有多想？

她把我紧紧搂住，贴在她幼小的胸脯，

贴在她如同飞鸟一样的胸脯。好的。

听着，我的亲亲，你听我说。

不需要你明白全部。只要你听我说

就可以。用心来听我说。从因果报应来说，

我们将会转世重生。明白吗？她合合眼

表示完全同意。我们要跟随生命线，

清晰可见的掌纹。好吗？她合合眼

那是纯洁无瑕的同意。我只犹豫了

片刻，无限微小的片刻。一切都清楚了……

所有这些东西是何而来进入我的心里？

这种铺天盖地的堆积从何而来，这种问题

组成的陆龙卷从何而来？我从来没有想过

如此……这般的……我都不知道

该如何称呼它们，才能不在自己面前丢人现眼……

我似乎是约瑟夫①，他能够解读梦和天空还有石头，

解读飞鸟，河流。对，我做的同约瑟夫一样。

他学识丰富，被埃利泽②牵手，娇惯，被加工造型，

他是管家，智慧的启蒙者，头发上

戴着金银首饰，灵魂里装着有待实验的帝国。有时，

①②均为德国作家托马斯·曼小说《约瑟夫和他的兄弟们》中的人物。

我似乎又是埃利泽……我似乎是小办事员……

证人，法官，清亮的建筑师，

自己生命的催化剂……分解到

其他的和其他的生命，一条女像柱链，

一条生命链，一个从父亲的谱系树

长出的枝杈扇面，一条链……

我想我简直要疯了

你肯定没有想过吗？你肯定吗？

波尔菲里狡谲地问。你肯定没有

想过吗？……那心里呢？！……那心里呢？！……

嗯，天晓得，当这个世界令我感到可亲可爱的时候，

也不知道是怎么回事，嘿，

仿佛从虚无中出现了波尔菲里。波尔菲里，波尔菲里，

你要我做什么？喂，在这个时刻，你究竟

要做什么？！哎呀，哎呀，哎呀呀，狡黠的

忏悔神父用左眼向我示意。

你想成为太阳吗？波尔菲里冷不丁地

问我，非常怪异地眯起眼睛。

波尔菲里·彼得罗维奇把眼睛眯得如此怪异

他先穿过杏树，紧接着又穿过亮闪闪的苹果树

枝头……而波尔菲里·彼得罗维奇的眼睛……

闪光发亮：你想成为太阳？那就做太阳吧！……

从词源讲，奥雷利娅的意思就是：

太阳。或许波尔菲里鼓励我

成为我自己……纯粹地成为我

自己……我想，我想……我简直

要疯了，我内心自言自语。这是我的信念。

这正是我的信念。我看到天使和圣人无处不在。

我看到我的家庭是一个圣巢。

我以为罗马尼亚，我的祖国，是一个

圣人之巢和英烈家园。野火烧不尽林木，上帝啊，

野火烧不尽林木，焦土挡不住重生。此非戏言。

空气清新，稀薄。恰似花岗岩一般。

白昼的巅顶是如此之高

白昼的巅顶是如此之高，如此陡险！

我穿过胜利大道

与上帝灵魂相遇，目光相视。

我和上帝穿过胜利大道，

灵魂相遇，目光相视。原谅我，

原谅我吧。谢谢你，感谢，感谢，

感谢！我爱你胜过爱生命。

把我托在你的手掌。请你随意把我摆布。

我知道的只有一件事：*我想听故事。*

*我想听故事。我想听故事。*在任何

世界上我都要遵从你的意愿，我要经常重复，

要低语，要用我所有的心之心

发出沙沙声响：原谅我，我爱你，原谅我，

我爱你。我想听故事。我想听故事。

原谅我，原谅我，原谅我，原谅我。

到另一个世界上我也要低声说这样的话。

到其他的世界上，或许我也要低声说

这样的话。是吗？波尔菲里隐约生气地问。

你肯定吗？我沉默无语，盯着埃维丽娜。波尔菲里

盯着我，沉默无语。何等的女人，何等的女人，

上帝啊！何等的女人……我看到她充满气质，

向周围传播着一道强度怪异的光。

我时而看到她富有天赋，时而看到她智力发育迟缓。

时而忧伤。时而沮丧。时而梦想，时而茫然，

在不同世界之间愈发茫然。时而挺拔，僵直，

单薄，太过于单薄，或许，偏右，可能太右，

冰冷得像一尊雕塑。何等的女人，上帝啊！

心不在焉，真实准确，杂乱无序，收在她自己身上。

像蜗牛缩在它们淘气的螺旋形的壳里……有时候，

我明白我什么都不明白。哼，这就是她的

话！我不可救药地被她影响。是的，我没有

办法，我承认，我即将放下自己的

全部武器，我即将收拾自己的行装。

我会把它们收拾到小包袱里。好像，好像

梅诗金公爵也在什么地方说过……黑暗在缓慢到来。

不过还有，毕竟，还有时间，到那片漆黑娇声咕哝，

用一个虔诚巫婆般的声音，从扭曲的内心深处

发出叹息：已是日落时分。

波尔菲里睁着葱头般的眼睛

埃维丽娜娇嗔地噘起了
她那如同熟透的樱桃一样的
嘴唇……我们做什么，今天
一起飞翔吗？当然，马上，让我
全神贯注。波尔菲里，求求你，我
在脑海里柔声细语。我现在正忙着。
请你原谅。我为了这个小不点儿
为了这个女孩儿正忙得不可开交。
她是世界上最重要的事情。
我不能让她失望，对吧？你同意吗？
在眼下的时刻她就是真理、光明
和大道，是生命……是爱的定律。她就是全部。
我们还有几个小时的光亮。已是傍晚时分。

……他们，马克思、列宁、斯大林、布哈林和

娜杰日达等人，在先前的书里寻找什么……嗯，

他们在找什么?!……啊，历史的上帝……你怎么

能写**这样的东西**?!恰恰是你?!

怎么，难道你是马雅科夫斯基?!怎么，你是叶赛宁吗?

好在不是。还有，系统……网络……

他们在寻找什么，所有的都在书里，那又如何?!

幼稚的思考……最终……从来没有人知道……

列宁与自动取款机……蠢话……我更喜欢

第一部。是一部杰作。与你有关，波尔菲里……

是我的生命。我们在这里做什么? 我们吵架吗? ……于是?!……

你怎么能以游戏方式去书写有关……还有关于……

打住，波尔菲里。你读了启悟三部曲了吗?

是的。书的主题是什么? 它的轴心是什么? 爱情。

胡扯，波尔菲里。回答错误，波尔菲里。波尔菲里

把眼睛瞪得像葱头一样。真理才是这部三部曲的主题。

那么? ……你想要我如何谈论真理?

那么……你把话咽了，波尔菲里·彼得罗维奇，快点?

如今还有谁谈论真理，波尔菲里?

疯子，残疾人，孤立者，圣贤，

隐修士，诗人，他们当中的一些人……被用……发配

而没有别的办法，落伍者，也就是……

于是? ……我在一种极其的艰难中清醒了。

我险些绊倒自己，否则会原地直直的摔倒。

这似乎不是第一次。那么？……你知道，我的

父亲不在家养傻瓜。那？……于是……

于是……怎么样？我偷看了一眼书。

去重读《旧约全书》并做一次尼采疗法吧

那么？……很简单。当你有一个问题，

你无法到达它的尽头，是一个巨大无比的问题，

一种极限，我不知道该……是一个最后通牒式的、

不可能的问题，随你怎么说……那时，弗里德里希，

会暗示你做什么呢？哪个弗里德里希？当然是

尼采。怎么？看，你不知道了吧，我亲爱的。

找到一个合适的角度去再对它戏说一番，

就好像不可能性是一扇胡乱打开的门。

就好像你已经到了它的尽头。明白吗？不太明白。

重读一下苏格拉底之前的哲人吧。去做一次尼采疗法吧，

同时加上《旧约全书》，加上

大量阅读托尔斯泰、老陀、D.H.劳伦斯、

赖内·马利亚·里尔克的书。别忘了那位亲爱的赫拉克利特

和他那魔幻的轮子。神奇的轮子。不要

忘记……No，现在我没有时间给你做书目

卡片。明天再说。最好过两

三年，在你做完功课之后。再见，宝贝，再见。

你疯了吗，女人？……有点儿吧，恰恰

刚好，波尔菲里。刚刚是你恋爱时所需要的

程度。你恋爱了？是的，热恋。啊，爱情

是神赋予的一种疯狂。我明白……你要么沉默像个哑巴，

要么讲话太快，要么狡猾的样子。你狡猾，

女人。有点儿吧，恰恰刚好，波尔菲里。你指的是

哪个真理？重新读书吧。在书里你能找到

对所有问题的回答。可是我已经把那书读了三遍了！

再读一遍。真要如此？是的。到目前为止我

不曾有时间给自己。当到达我自己的时候，

我已是过于疲惫。然而……所有东西都有限度。我的生命

就在中间，明白吗？！我过去是现在也经常，

经常是——不真实的，可就是如此——脑袋罩在云雾！

那接下来……等等，波尔菲里说道。大诗人当中有谁

谁写过他的家庭？爱明内斯库……请便……

艾兹拉·庞德……不过那里丝毫没什么了不起？

去重读庞德吧……不久前我刚刚重读。

是的，可是他付出了，他付出了……那么？……我也付出了，

波尔菲里，我付出的是血。我为了一切而付出了生命。

你以为你是谁，能去书写*你微小的生命*?!……

快点，有谁?!我就是我自己，既不多，不过

nota bene①。也不少，我不知道我的生命

是伟大还是弱小。它只是人的一种生命。仅此。

还有……波尔菲里，不要简化这些事情；我

不太存在于书本！于是? ……我宁可是，

几种声音，它们——偶尔或并不偶尔——

多多少少属于我；没有更多的，我亲爱的。

中间有几种面具……嗯，我什么都

不再懂了。你去重读那本书吧，从它的光中

你可以随意获取想要的光，只要胸腔能够承受。

你将充满真理、爱和回报。

———————————

①拉丁文：注意。

你如何去谈论真理?

那么?……如果这样，你为什么没直接写过关于真理的东西?

波尔菲里揉着自己的太阳穴。他感到自己陷入了窘境。

他感到自己失言出丑了。我沉默无语。我点上一支香烟。

他也沉默。他问我出于什么原因用冷漠的目光看他。

我在研究你，我说道。你是我的教学材料。What?！

你别嚷嚷，波尔菲里。你吓着孩子。有的时候，你冷漠得

像一条蛇。原谅我，挤对你了。没有任何问题。

我喝过加了蜂蜜的蝰蛇血，那么……你说得对，

波尔菲里，我可能也非常冷淡。我可能像冰一样，像一只

冷冻的北极熊……你什么时候喝过这种东西? 与你无关。

然而……你该如何直接讲述，按照你的话说，讲述

真理? 耶稣做到了，波尔菲里。

是的，他，真理，道和生命。真理——

爱的法则——他，独自一人，被带到了我们当中。

结果是被钉在了十字架上。我没有耶稣的力量。

原谅我。我只能这样。我也稍稍玩耍了一下……

你知道的……面具游戏……我玩了一下就……跑了。

不严重。时而会有发生。你知道……多重的我和……

潜意识的现实……你喜欢萨尔瓦多·达利①吗？……

我对他说，哈，哈，哈，抽屉人……你记得

他在《一个天才的日记》里写的东西吗？"你们不要害怕

完美。你们永远也不能达到……"

在很久以前的某个时候，我曾是个野蛮的女孩……

我以为那个女孩已经死去了几个世纪，

你明白吗？……我想我错了。她还活着，波尔菲里。

她活在我心胸的墓园，活成了

从未有过的样子……在那些岁月我曾是……一个姑娘。

---

① 萨尔瓦多·达利（Salvador Dali，1904—1989），西班牙超现实主义画家和版画家。

当你到了所有极限的极限

……复调诗歌……那么，我想，我是听了

太多的音乐……你喜欢贝多芬吗？

室内乐。你尝试过

把《埃格蒙特序曲》听上七十七遍吗？波尔菲里

把眼睛睁得大如葱头。我和巴希拉——也是。

后来？……我们用了七分二十五秒攀登了

珠穆朗玛峰。哎，可不是这样吧。就是。

后来？……当我到达上面，在台地……巴希拉

俯卧在我身边打起呼噜。那你？……

我也躺倒打起呼噜，波尔菲里……多重的我，

是你说的？啊哈……所以你喜欢梅诗金王子，

水母人，你对他说的。我想为王子去杀人。

可是，你毕竟不能把所有的事情简化，波尔菲里。

当你有问题的时候，当你到了所有极限的

极限，你就去想象

你面对的是一堵墙。

一堵普通的墙。不要动。

你死死待在原地……

直到你面前的墙

挪动。在第一层……

当年，塞米昂曾对一个朋友

说我自打出生

就是这样。后来？……后来

我问自己：他从什么地方知道？

后来？……后来，我明白那是

一个疯子提出的问题。

你认为自己是疯子吗？不一定。

我的一生都在跨越

从一种极限到另一种极限。

总之……这一切

太复杂了。

总之……

是世界上最难的事情，波尔菲里

这里是人的一生，是他自己的生命。这是
世界上最难的事情，波尔菲里·彼得罗维奇。我们
稍后再说，好吗？原谅我，我还有飞行。
烧灼，波尔菲里。你明白吗，烧得厉害？！
是天地之间的一场火。
是陆龙卷，波尔菲里·彼得罗维奇。是陆龙卷，
亲爱的，我亲爱的陆龙卷。我在燃烧。三个月来
我一直在它的内核燃烧。三个月来，我的心就没有
沉默。亲爱的波尔菲里，原谅我吧。在对我发生的
全部情况里我什么也无法弄懂。重要的是我活着，
活着，愈加充满活力。你懂吗？我活着，而这才是真正
重要的。我经历的，或许是在另外的生命中
错过的全部。我爱。用全部的生命，用我
所有的灵魂去爱。啊，波尔菲里，波尔菲里，
我是如此情深地爱你。我爱你，是的。

下次我会向你讲述，会向你讲述全部。

就像当年，此刻我深深地

爱上了埃维丽娜。无须犹豫，她

是最重要的。别了，我的爱，

波尔菲里·彼得罗维奇……别生气。稍等片刻。

好的。这书非常独特，他说。我知道。你落成了笑柄。

哎，那又如何？然而……别了，波尔菲里。我写道。

我在她身上聚集了我灵魂中全部美好的东西。

其余的是……其余的是空话，空话，空话……

就像我兄弟的精辟之言，哈姆雷特，藏在

几个面具后面，不过，尤其是，藏在疯子的面具后面。

正如我的兄弟，梅诗金王子，曾经藏在

一个白痴的面具后面。何曾相似……Bref^①。

我接近书的末尾了。就相信我吧：

我没有道义上的权利来错过时机。谁不喜爱这部

书，就永远不会是我的朋友。你明白吗？

它是用血书写的。用心灵写就的。

稍等。唉，上帝啊……你把尼采放置在

离上帝不远的地方。这不真实！

---

①法语：总而言之。

这有关不同的维度问题。你弄乱了

抽屉，对不起，各种瓶子，波尔菲里。

上帝向好人和坏人身上下雨下雪，

尼采和他的思想超越了善与恶……

你想暗示什么？他们两人都不道德？是吗？

我没有写过这样的东西。那么……是有关不同的

维度问题。当年说的是……你说过的。注意，

别玩话语的游戏。词语如同闪电，波尔菲里。词语

是坟墓。不要同坟墓儿戏，我亲爱的。

快说，是谁提出这样的问题？我没有时间。

我已经处在命运的严重晚点。稍候。

哦，不，上帝！这书本里的全部都真实无疑吗？

波尔菲里眯起狡猾的眼睛问道。是的，然而……

你知道……有时候，很少，确实，毕竟，我扯谎了。

那么？……是的，我承认。我完全是按照需要

扯谎。你这样做不好。我知道。原谅我。

原谅我。原谅我吧。可是究竟什么地方你扯谎了？

波尔菲里，你重读一下这本书吧。你将找到

所有问题的答案。拜拜。

我们做什么，飞翔吗?!……

我们做什么？我们飞翔吗？埃维丽娜有些失去

耐心。马上。我们先准备一下。

伸展双臂。缓慢。你要尽可能缓慢。

把你贴着地面。你有喜欢的男孩吗？我问。

有，埃维丽娜表情灿烂地回答。

他是否抱过你？当然!

哦，我瞪大了眼睛，使劲儿憋着

让自己没有放声大笑。不管怎样，我在心里说，

我的男友可没有抱过我。埃维丽娜

要比我开化。好。他多大了？

七岁，和我一样，埃维丽娜肯定地回答。

好。你让自己贴紧过他吗？我问。

当然了。我小心地凝视着她。从这

一点来看，她比我更开化。嗯。

清楚了，我微笑地想。我的男友

可没有抱我。在第一卷里，

波尔菲里眯着眼睛，从树枝间窥视，

发生了什么?!哦，有时你可以让人多么无法忍受，

波尔菲里·彼得罗维奇……我们的灵魂在那里

相爱了，你明白吗? 我回答她。灵魂是全部，

波尔菲里。灵魂，啊，灵魂……灵魂在我身上

已是如此之久，上帝啊。谢谢。那肉体呢?

波尔菲里露出狡猾的微笑。肉体呢? ……我们

肉体的寺庙不过是灵魂的影子。

把自己贴到地面，埃尔丽娜。你贴了吗?

贴了。你喜欢海豚吗? 喜欢。想象一下你是

一只海豚。想象了吗? 想了。我们要做呼吸

练习。深吸气。吸气，

就如同你是一只海豚并从海洋里吸了水。

我用眼睛瞥向埃维丽娜。还好，她吸了口

气。那么现在，我说道，吐水，吸气。吸气……

再来一次……再来……就这样，你棒极了，棒极了。

我就要你这样，宝贝，就要你这样。就这样。

现在你闭上眼睛，展开翅膀

现在你闭上眼睛，展开翅膀。

轻轻地，带着一片柔情。用一种无尽的优雅，

去爱蓝天，让自己享受风的抚摸。

让你的身体感受来自空中诸神还有

飞鸟目光的关爱……你在飘，我在飘。

我们在飘，我们在翱翔。好吗，娇娇女，好吗？

是的。你闭上眼睛，闭上眼睛。

你在飞。在飞。我在飞，我在飞行。

在我面前有一架飞机，埃维丽娜喊着。

有一架飞机，她喊道。我的脸庞感到烧灼。

慢一点儿，我跟着你呢。我在这儿。有龙卷风，

上帝啊，谢谢，我们在你的掌心。

威武，威武，威武。我的脸庞感到烧灼。我在掠过。

把爪子插到我的翅膀上！我没有爪子！

你贴紧我。我爱你，埃维丽娜。

你贴紧我的翅膀。前面是我的父亲，

是塞米昂。是他的飞机。他不会对我们有任何

患扰。他是我的父亲。明白吗？我像你这么大的时候，

他就教会我飞行。你好吗，亲爱的？好。

我们返航。慢慢地，搂住我。待好

贴紧我。呼吸，呼吸。轻轻地。

平稳地滑翔。去爱空气，让自己随风飘飞，

在上帝怀里撒娇吧。他无处不在。你感到了吗？是的。

我们到了。慢慢地。闭上眼睛。闭上

眼睛。肉体在一点点、轻缓悄然地重新归附骨头。

我爱你，不同寻常的宝贝。睁开眼睛吧。你是

光。你就是光，埃维丽娜，我的

亲亲。怎么样？！喂，怎么样？绝对奇妙！

我听见自己的心在低语

喂，怎么样？绝对神奇，绝对
无法置信。这是我第一次飞行。
第一次。看，快看，天上。
是让我的面庞感到烧灼的飞机。
是那架飞机。我抬眼望向空中
用我的目光看见了飞机。眨眼的工夫，
我变得像块木头。像块木头，伯爵，
宝贝，我当时像块木头，你懂吗？……
我把眼睛睁得像埃及人的葱头一样。
我把眼睛睁得像埃及人的葱头一样。
我听见自己的心在低语：
现在你会说你弄懂一件事情，
这就是你什么也不懂了。

埃维丽娜用目光把我亲爱……你有爱的人吗？

她一边问我，一边像爬树一样攀在我的
身上。有，我回答。他抱过你吗？
或许在另一个生命里，我说。你们爱过吗？
我叹口气，或许在另一个生命里……这里我没有
碰过他，我在内心低声说。我没有品味过
他肉体的花蜜。不过，我却
尽情品尝过他那如此美好的
灵魂之蜜。我为他照看过
灵魂的蜂巢。他的声音，如同流深的静水，
把我集结在自己身上并把我安抚。他的手臂
好似看不见的珍珠母，摇晃着我，啊，是那样
不停地摇晃着我。他的声音……像风一样，
爱得无穷无尽，把白桦林晃动……

当我们在阿姆扎市场
一起用餐之后，分别时刻我亲吻了
他的面颊，他亲吻了我，拥抱了我，
我拥抱了他。那情景就如同我拥抱了
天空，我拥抱了全部的九霄云天……
在护佑天使下凡的整个老城区雪花飘落。
雪在下……雪下得如此猛烈，上帝啊。
整整一个夏天都如同火炉，有护佑天使下凡，

天才下雪，下雨，然后，又是下雪……

我面前那位好奇的天使深深地、

如此深地盯着我。我们目光相对，

灵魂相遇。埃维丽娜把嘴唇噘得老高，

两眼里流露出一种巨大而又温和的忧伤，

埃维丽娜忽然问道：你们为什么没有结婚？……

什么？我不懂你的问题，我说。

在阿姆扎？在阿姆扎吗？或者……你们

没有结婚吗？埃维丽娜，我的宝贝

很坚持……我一阵木然。

上帝作证

我愣住了。我已经年近
五旬。我的鬓发已经有四分之三
染霜。我是一个成熟的人，已步入
第二个青春。事实上，我是
发育迟缓的一类少女……真不知道
我还是什么……我站在一个七岁的女孩面前
却不会回答她的问题：
我，挺大的人。我听见自己在说：
或许，是一个结婚的神父。完全像在
第一部，地下室的故事。有人悄悄地
对我说，他结过两次婚而由于
这个缘故，他没穿上帝的
衣装，不能在这里，在大地上，
解开和系上那些上帝在天空
系上和解开的东西……总之。

世人讲话有意无意。我不知道

该相信什么，埃维丽娜。你直接问他，

我面前的这个小不点儿凝视着我。

你直接问他。从那以后我没有再见过他。

我们只是相互写过信……那么……

你给他写信吧，为了上帝！用一封短信

给他写这种事吗？很遗憾，我不能。

我不能做这样的事情。不知道原因。不知道。

那你会做什么？我会等待。是的，这是唯一

办法。我相信，我说。我听着自己的心

在低声说着什么，它变成了一种怦然声响：

现在你会说你弄懂一件事情，

这就是你什么也不懂了。

不要企图去弄懂。去生活在上帝那里吧。

去在上帝身上娇惯自己吧。至少

有两件事情你可以恣意无度：于善良

和于温柔。你听见了？是的，我的嘴唇

嗫嚅着。我怎么能听不见呢？我可以听见

和看见一切……埃维丽娜，请你不要向

任何人说起我们的飞行。这将是一个秘密。

一个绝对的秘密，我说道。同意吗？

唉，瞧你，现在又需要我

编瞎话了。上帝作证，

我面前噘着的小嘴唇发出流水般的声音。

上帝作证。我没有办法

我要说瞎话了，我要

瞎说八道了……你听见了吗？她问我……

上帝把这个姑娘托在手掌

笑死我了。笑死我了。

你笑什么？你让我一败涂地。亲爱的，听见了吗？

你让我一败涂地。你比我厉害，我笑着。

我宣布自己败阵了，我笑着。彻底败了。

你在听我说吗？在听我说吗？我笑着，笑得不停。

通常，我到最后才笑。听到一个星期一说的

笑话，可能到了星期四、有时星期五我才

笑出来。我是一个有点被打傻的天使。

在我的父亲失手摔了我之后，

我看见他在流泪，为我流泪，

这让我感到如此难过，

后来，在一个晚间的温煦时辰，我独自决心

去飞行，这个想法已经是

一而再，再而三地反复出现在我脑海。

我从一开始就非常冷静：我在独自跌落……

我的父亲不再流泪……他只是

极为惊诧。母亲在祈祷。奶奶姥姥们

在祈祷。所有人都在为我祈祷。

差不多一直都是这样，以至于，有的时候，

我开始相信，我的成长与一个根相伴，

它育植在祈祷辞里或直接在《圣经·诗篇》……

我搞不懂为什么每次当我尝试飞行……脑海里，

脑海里都会再三发生我跌落的情况。我一直在跌落。

我可以经常听见我头顶上

传来的低沉话音，让我醒来：

上帝把这个姑娘托在手掌。

上帝把这个姑娘托在手掌。

上帝把这个姑娘托在手掌。

而我的父亲悄声说：我无法相信。

我无法相信……我无法相信…

从那以后我听到和看到的一切都与你相连，

都是通过你。尤其在夜晚，我听见、经常听见

不同寻常的天使们聚集了

我身上的肉并将其带到某处，

无人知晓何处。清晨，不知道

由于何种也不清楚的原因

似乎他们改主意往回返了。

至于他们飞行之地，想要返回的原因，

没有人、没有人愿意向我说起。

假如你的爱出现……

我也有一个问题，埃维丽娜的话音飒然。

好，你讲。假如你的爱，你的巴西尔，

此刻出现在这里，你会对他说什么？

我一点儿也不知道。真不知道。你保证吗？

保证，埃维丽娜。或许，我们听听

音乐……某种……某种……过去的……

埃格蒙特序曲或贝多芬的

第三十二号钢琴奏鸣曲。未完成的。

或者……我想为他读点阿赫玛托娃的东西……

我想为他读我的作品。你的？什么作品？

不知道。停下来，优雅的陆龙卷，

从哪个日出的东方，啊，灵魂……红色

小提琴。还有什么别的？

爱我吧，古韵，火炭

与蜂蜜，我们要听故事，萨福体诗。

还有别的吗？我面前的天使

无法平静了。这部三部曲的

第一部或第三部中的

几乎任何一首诗，地下室的故事，

里面的我从来都不是我自己。

生命线，安提戈涅，心的

祈祷，奥菲莉娅的号哭，看这个人

在女像柱的阴影处……爱情的

魔法，锚……

你曾对我说我是你的爱。对吗？

是的，是这样。你能给我读爱我吧这首吗？

我面前这位狡猾的天使噘起嘴唇

问道。求求你了。你怎么哭了？……

我是高兴的，小宝贝。你好吗？

我充满了……从来没有这样好。

你真好，而我是一个天使

聪明绝顶……你让我彻底折服了，

亲爱的，你让我彻底折服了，埃维丽娜。

爱我吧，不要让我独自空守。
我消逝在万物当中岂不惋惜。
不要让我在夜晚的草地上
一人孤独。从另一个

落日的地方把我拥入怀抱
带上我，就像那曾经带上我的
唯有风，不过尤其还有
词语，圣者，

疯狂的神，还有某人，是藏在
密集、质朴的幼芽中，
从我那异端的、用泥土和天空
做成的灵魂当中。所有我向你请求的

就是把我抱在怀里，你要特别
轻缓地把我晃动
如同风摇晃着
白桦林

如同未出生的婴儿

我在思想和睡梦中

把他们摇晃，我爱他们

就像爱野草——那是土里的死魂灵，

从被一片片照亮的天上，

爱我吧，恒久如同七生

七世。让我在你的身上彻底

熄灭并消失在茫茫的夜色之中。

迟晚，在我的大街

……迟晚，在我的大街上，走过

两个年老的天使，我清楚地听见他们

当中的一个人对另一个人说：你看她，

坏得连灵魂和肉体都

不能把她托在她的骨头上。我清楚地

听见另一个人逐字逐句，

重复着第一个人讲的话：

你看她，坏得连她的灵魂和肉体

都不能把她托在她的

骨头上。而另一个人——第一个老人——

补充道：上帝偏爱她。上帝

偏爱她，第二个人重复道。我望着他们，

接着望向他们……也不知道怎么

留下的脚步。好像我能分辨出他们的痕迹、

影子、热气……我还要来……我的脑子

没有走神，怎么说呢……我怀着友善

望着他们的背影。一种忧伤的友善。

然而强烈。时间已这么晚，我说道。

太晚了。我等待。我在等自己。

我在等你，亲爱的，等你，等我

和你。在永远的迟晚中

时间已是如此之晚……

我站在围墙中间直到墙体移动

我站在围墙中间直到墙体移动。

我在等巴西尔。我在等国王。我的

神想念我了。他出现过，来了，

走了。在陆龙卷灾难的中心

我依然等他。我生命旺盛。我充满热情。我在梦想。

我睁大眼睛梦想。我做呼吸练习。

巴西尔，我的国王，迟迟不来，不来。

他有非常重要的国家大事

需要处理。也不排除他去狩猎了。

对不起，现代版的上班

被称为……好像……上帝啊，我们是在

哪个千年期？我们是在哪个千年期？……毕竟，我知道

他，我的全部爱情之爱，会来的，

当没有我的时候他无法再活下去。

就像我的神。是的，像神。对对，像神一样。

他知道这点。知道。他不会不知道。

我，他梦想的苏拉米塔①，也知道。苏拉米塔，

那个患了相思病的人……假如他忘记了，

他读着我们的书就会想起来。

我们的启悟书，为我全部生命的

爱情而写。对我来说也是如此。

国王将跟随各种符号。因为他想要听

故事。我也要听故事。我们俩人

要听故事……我将挺直身体、像炷香一样燃烧。

我将祈祷，在夜晚的神圣翅膀上，穿过

罂粟花，拥抱娇嫩的花香和小草。

在圣油的浓郁香气中我将会唱一首……现在，这里，

在果园，在上帝身上我呼吸，我梦想，我祈祷，

我阅读，我听音乐，我同群鸟交谈，我书写，

书写，在心里旅行，之后归返，

写，阅读，聆听音乐，写作并看着，

在永远的迟晚中如何出现了愈加的迟晚。

---

① 即所罗门王的密友书拉。

颂歌

当那种迟晚达到最高的

峰巅，那时我的爱人——英俊、苗条

和年轻，像一个神——将来到……在那之前

我将梦想，我将听音乐，将阅读和写作。

"书的写作——《圣经》中的传教书说——

是无穷尽的。"我在书中读到

下面的两句："敬畏上帝

谨守他的诫命！"……我站在石头

中间，看到它们的世界表面

狭窄，表面微小，直到世界长眠。

我陷入沉思。我想到那两位

长者和他们说的那些：

你看她，坏得连她的灵魂和肉体

都不能把她托在她的

骨头上。在我升天之前，我听见自己

在低语：原谅他们吧，上帝。

他们不知道在说些什么。原谅他们吧，上帝，

他们的话语不过是有口无心。

拯救他们的灵魂吧。让他们

转向善良和祈祷。我知道

我不配你的垂青，

那是世界的轴，正义、正义、

正义而且如此智慧的轴……

我知道我不配让你倾听我、

听到我的诉说。我只想说：原谅我，

原谅我。原谅我。我知道在人类的家园

我是什么：我是一个怪人，有着

蝴蝶般的灵魂。似乎是这样。我是一个没有的人，

还不如一个没有的人，她不时地

会问自己：我是哪位过客的肉体，

上帝？她期待一个答复。期待

故事，每天经历的故事。期待并歌唱

"你那个能够讲故事的天堂"，此处此时的，

这个日复一日、充满爱和恩典的天堂。

她在低语，每天晚上都要低声自语：

原谅我。原谅我。颂歌。颂歌。颂歌。

颂歌。颂歌。期待。期待。期待。

期待。期待。

自孤独中，伊格纳蒂耶神父

生命是一个狂野的圆圈，

我们，充满激情的孩子们，都被套在里面

如同落入陷阱，没有

逃路，因为不曾有过死亡，

现在没有，任何时候也不会有。

从全部的头批羔羊中挑选的生命

是谁给了你神圣的品格来下沉到

如此深度？！

不要再问。不要焦躁。不要

不安。不要害怕。让自己摆脱万物

凝神聚气。团身下沉，提升，

然后反复，下沉到你的身体：徐缓，

平静，深沉，再深。让你听命于自己的

各种心思。用眼睛，用感觉去抚爱它们，去爱，

519

让你置身于它们纯洁的庇护并对它们施以魔法。

走到庭院里吧。在百合花中飘舞，

飘舞……就停在你走到的地方吧，你听。

听这一切是如何歌唱，是如何纷乱地起舞，

去歌唱吧。用心的心去聆听

蝴蝶是如何飞舞，夜莺又如何歌唱……

夜晚时分。天上的冬天已经过去。生命的

冬天，像一支蜡烛，已经熄灭。

你身患相思病，像苏拉米塔一样，

伫立在大门口低声自语……神圣的夜晚

集合在眼睛，在灵魂，在纤弱的，

越来越纤弱的手臂……

我祈祷的时候没有忘记您，这是

伊格纳蒂耶神父、我永远的兄弟，

从他的孤独中写给我的话。

这位兄弟的大学前后读了七年

是在复活节岛墓园

完成的。我还活着，活着，

越来越有生气，自从我去了

那里，一起和拉卢卡，圣女拉卢卡之手，

还有玛利亚，生下上帝的

圣母之手……我有热度。我还活着。

我别来无恙。伊格纳蒂耶神父写给我

第三部的生动的

叙述主线，让各部分登峰造极

交相辉映……伊格纳蒂耶神父懂行。

灵魂的概括

伊格纳蒂耶神父称我为妹妹

并且用几个词来概括

我的诗歌，做了更正之后

写道，这或许更好地概括

这条神奇的江河

发源的灵魂，他同时从

耶稣变容节当中搬出了一段

引文：我的灵魂在活活地燃烧，

像一支火炬，为了把所有人

都包括在这只新的歌里，

它带着奇异的

阳光，照射着我的双眼……

我微笑着，发出被撕碎的、从内心

奔涌的同样微笑，它温和，如此温和，

像一股细流，缓缓地，来自一座高山

心脏滋润的清泉……

透过眼泪，我想到了我的那位

兄弟，他读就了生命和死亡的学校，

在切尔尼卡墓园，更准确说是在

复活节岛上，在那里他日复一日、

每时每刻都在交谈，同上帝，还同

飞鸟、小公山羊、各种圣像和孩子们……也

不时地同我交谈，

让我感到自己是在他的

呼吸气体当中，在不同的世界之间，在家。

此处，在这个异乎寻常的生命里，

在家——是一座神奇的桥梁……

我听着，我跟着，循环反复，听的是节奏

我听着，我跟着，循环反复，听的是节奏

它来自一首深沉的歌，从广阔遥远的某个地方

升起，发自心灵的守护神

温柔的脏腑，高扬着，不断高扬……

我怀着一种无尽的爱想着那位

隐修士，那位低级职员或是属于超人的

行吟诗人，我心灵的守护神对他是

如此喜爱……弗里德里希·尼采——

我亲近的、准闺密级的朋友，从他那里

我学会了要从自身自立，

要让自己贴近大地，要接受屈辱的境遇，

对我自己强烈的蔑视，

遗忘、跌落、罪孽、接二连三的

苦难和所有极限带来的

后果：名誉的蒙羞……接着，最终，

当一切圆满，结束，得到救赎的时候，

当我们杀死了历史的上帝，

没有任何希望的时候，

我重新找到了天空里的上帝

他活着，活着，活着，每时每刻，

我都从他那里学习如何安放

信仰，让信仰靠近信仰，

让我徐缓地上升，愈加徐缓地上升，上升，

上升到我的自身，无穷无尽地伫立

在耶稣和狄俄尼索斯之间，在我看来

他们几乎是孪生兄弟，用洁白、洁白、洁白的

相同大理石块雕刻而成，我为其歌唱

一直歌唱……歌唱而不会厌倦，

因为我无法让自己到达尽头，

到达这个世界的峰巅，上帝，我也无法让自己

结束这支神奇的歌，是的，我不能

结束，唯有泪奔，泪奔，唯有泪奔……

神圣的生命之魂

我高兴而流泪，我忧伤，流泪

并流泪，并流泪……我跳舞和歌唱，

在果园里流泪，当月圆的时候，

当一弯新月的时候：新月，新月，

把面包切成两半。把一半给你，

把健康和万般的好运给我。

无论多么丑陋，无论多么庞然，

无论多么不可救药，我都要赞颂苦难。

是的，苦难。还有神圣的生命之魂，

是它把一切变得神圣：有生命，有死亡，

有爱情，有仇恨，是它圣化了一切、一切、

一切，它在圣化并宽恕我们，宽恕，

再宽恕，不断地宽恕我们，就像上帝

在灵山讲道时把雪花和雨水洒向

恶人，洒向好人，洒向青年，老人，

洒向索涅奇卡，洒向拉斯柯尔尼科夫，

洒向孩子们，洒向伯爵和巴希拉，

洒向梅诗金公爵洒向伊凡，洒向

你，伊格纳蒂耶神父，洒向你

马里安·尼古拉神父，洒向约恩神父，

洒向我洒向巴西尔，他的洗礼名

是瓦西里，是的是的，洒向我全部的

生命之爱，它已经到来，到来。

它不可能不到来，那无法挽回的、

无穷无尽的、美好的……爱。

一切真理的真谛：

爱的法则。心灵的守护神。是的。

它不可能不到来——这应当

清楚。因为在所有起源的源头

曾是金字塔。

恩典的翅膀

是的。第一个词语中的金字塔

是起源。那么第一个词语

又是什么？*爱。大爱。*

一种无法医治的爱，不可能的

无以修复的爱。所有的门都自由敞开吧，

朝着所有歌声的歌，

向着所有故事的故事。

是的，尤其，尤其……歌声……

那歌声……歌的声，袅绕

在甜美的螺旋，悦耳的声音

螺旋，飘扬着，时而温柔，

时而看上去像是自杀般地盘旋

在无所不察、无所不能、

无所不恕、无穷无尽、永恒的天空。

听吧。呼吸吧。把气深深地吸入胸里

去等待那优雅的翅膀，所有飞翼的

翅膀，它把你扭到你的自身，

就像沿着一道奇异的螺旋，它扭动着你

近乎懒惰，缓慢，更慢，之后

变快，愈发加快，像一阵猛烈的风暴，

天赐神赋，进入神圣的灵魂，又通过你下降，

通过你们降落，在我的身上燃烧，燃烧，

不断地燃烧，又燃烧在你们每个人身上，

你们是我的朋友，美好的朋友：一群圣者，

让根生长在天空和草地，把根留在

树木、花香、毛脚燕，让灵魂——

像所有的苹果长在苹果树上，像所有的榅桲

挂在榅桲枝头，像鸟儿飞在蓝天——让灵魂紧贴在先祖。

2016年5月31日至8月29日，

布道者、施洗者圣约翰杀头殉道之祭期，

莫戈什瓦亚

一个关于不同世界相交的"故事"

米尔恰·布拉伽

在相对主义支持下起步并朝着不确定状态快速演进的一个时段里，正如我们的时代，逻辑上的严谨性已经服从于趋势，那种对现实、包括对存在性依照类别披以盛装的趋势，但在出现对术语不信任（"在隐藏的语词"：尼采、黑格尔、伽达默尔等）的时候，当出现"脆弱思想"（瓦蒂默）的时候，当出现解构主义便利（德里达）的时候，那种严谨性即遭攻陷。目前，由于没有在时间上拉开应有的距离，我们会将各种现象记录在一种寻找他物的背景上，同时仅仅认识到（这是我们的乐观主义注脚）人类演化运动可以转换为循环性。事件叙述的动态发展，浑浊而多向，恰恰是从思想（因而我们称其为观念）的各种坚硬部件的脆化开始的，它们具有弹性，然而并没有失去自身的学科位置，但强行突破了那些以往刚性的限度。其结果是，哲学，按照海德格尔最后的论述，不再意味着"体系"，而是一种按照连串现象进行的操作，如同从整体性的现实（这要么属于具体性，是物质的，要么属于本体论范围的存在性）中的剪切，同时，仅仅通过加强，来提供一种各种"可定位的"本质的顶点。主观性和客观性成为松弛的观念并且近乎永远不再攫取自身的分离，同时相互接合，这一过程与量子物理学中现实取决于观察者的情况相似。向较为有限的空间赋予权限的行为是正确的，直觉通过富有隐喻的保护来确定一致：概念在膨胀，为的是确保将老办法试图压制的一种含义包括其中。

这个过程在理论层面、文学批评和文学史的层面上也极为明显。教学空间和学术空间尚且服从于一种技术性，它刚好把目标的实体神秘化，尽管并不总是深信无疑。然而，除去这些，服从的情况在观念的刚性面前也停止了，阅读的因袭以另一种排列起着作用：我们读《奥德赛》和《伊利亚特》如同一些长篇小说，而忘记了它们是史诗；"中篇小说"《丘雷安德拉舞》对于它的作者来说，是一部长篇小说；乌尔穆兹①的《漏斗和斯塔马特》被归入荒诞文学，几页的文本我们却接受它是"四部组成的长篇小说"；我们甚至借助于长篇小说的概念来以此限定乔治·克里内斯库②的《……文学史》；按照诗人的愿望，叙事—戏剧长诗《叶甫盖尼·奥涅金》是作为"诗体长篇

---

① 乌尔穆兹（本名Dimitrie Dim. Ionescu-Buzău，1883—1923），罗马尼亚小说家。

② 乔治·克里内斯库（George Călinescu，1899—1965），罗马尼亚文学评论家和文学史家、诗人、小说家和剧作家。

小说"进入世界文学史的；总之，仅仅通过这些例子，尼采的道德说教性散文体寓言《查拉图斯特拉如是说》可以作为诗篇来评论。假如我们换一个层面，再补充一点事实，即在当代文学中，韵律学不再认可那些曾长时间受到追捧的成分，我们就只能有序地撤退到这样的立场，由此看来，题材种类的传统模式只是一些大致的分类，不能超越一种缺乏令人信服的努力的水准。

那些与文本化在形式性质上相关的差异——由于叙事性、抒情性、戏剧性，随笔以及用"转写"术语的讲述，都可以共存——在有意义的、自由而不受任何制约的境界的开启面前作出让步和失去还原力，而这种建构最终是通过语义场的规模和"活性"被定义的。当作家自身的直觉对他的文本拥有这样一种富有弹性的形式上的合法认可时，各种情况的出现就已经被记录到一种理所应当与艺术性融为一体的"自然性"的曲线上面。奥拉·克里斯蒂的以诗体长篇小说形式推出了她的新著《心灵的守护神》，并非"普希金模式"上的建构，而是重新设计了一种路线，为一种资源已经显得枯竭的范式重新注入活力。诗人知道，此时，长篇小说意味着存在的维度，我们将看到，她正是以此来触及她的文本。通过互文性模板阅读的音义段对应词组，永远不会指出简单的抄写，因为并非此类型的机构在支配创作过程，而是属于一些管路系统，在其范围内，"心灵的守护神"或"启悟书"（奥拉·克里斯蒂作品扉页上的提法）仅仅是在被称为尼采或兰波的节点上的过客，人们熟知的是他们长期积累、为数众多和创作多样的先例。任何创作者都生活在一个对他来说信息泛滥的文化世界，就像我们所有人被包围的世界，它具有另一种密度和多样性；恰恰通过这种方式，文化性使得一种说法成为可能，即欧洲的全部文学已经处在失明的行吟诗人创作之中。原型属于奠基的神话，包括过去、现在和将来发生的，它被无限地支持，做必要更改（mutatis mutandis），为荒诞的绝对性腾出空位，象征性地包括在哈里发欧麦尔一世的陈述中，当年他被置于下令毁灭亚历山大图书馆的绝境："如果这些书同经书相同，那么它们就是多余的。如果不是，那就是不受欢迎的。不管怎样，它们都应当被扔进火里。"伪造开始于对单独意义的绝对化，而整体性只能是多重性意义的和谐，总之"定位"——对于接触被信息流不断饱和的文化世界的人来说——仅仅是历史的偶然。

当然，除了形式的和谐之外还有另一种和谐，它针对坚实性而言，特别是涉及允许个体与整体共存共处的表面。现代人，尤其是在"美学人"（homo aestheticus）或"宗教人"（homo religiosus）状态下，已经达到这种一体化程度，从属于它的是对生命的三重限定，克尔凯郭尔在把理性和有形体性同精神结合时对这一点有所强调。从这个角度看，视一篇文本为"我的启悟书"并将词组"地下室的故事"作为本书第一部的标题，本身便把我们推上了一条几乎不可能的朝向自我之路，在那路上去放眼、去剥脱、去努力理解一个物体，而其真相将永远存在于柏拉图洞穴的附近。这种努力延续反复，但永远不会枯竭且几乎被排除出传播的等离子区，这种传播——在奥拉·克里斯蒂的"长篇小说"中——没有对应，既不接近佛教经验，也不同于某些或多或少有神秘色彩的、新世纪式的特权，而是带我们走近镌刻在德尔斐的阿波罗神庙主立面上，后来被苏格拉底接受为"存在"和"似乎"之间的答案的那句箴言："认识你自己！"在这条路上，你还可以遇到那个daimonion（精灵），他守卫着相同的雅典智者的思想，作为生命"地下室"的另一面，在那里光明与黑暗相互交织，这是歌德的"诗化"状态，但被陀思妥耶夫斯基弄到了悲惨坍塌的境地。这是一种下降，它通过放眼，不言自明，还通过达到无限性，去进行理解。或者，如奥拉·克里斯蒂所写的那样："如临人间终结的平静，就像面对／一道峭壁，我站立在家的门槛／忽然间感到自己在开始下降"（《地下室的故事》），这里的"家"喻指原始性，而个体消散在那些没有地点和时间的东西里："一切都重新回到你这里；／这个生动而聪慧的本原／数千年来被你偶然居住／它在生命表层／它反射在任何人／但里面／没有任何东西属于你"（《同样的脚本》）。

在这样的旅程中，有如那位丹麦哲学家明确表达的那样，被证明行之有效的只有重新回忆，它"是我们称之为人从永恒那里得到的一张保单"，这时你可以做到"将各种感情、状况、

535

环境进行比对"并且仅仅是在其本质的状态。"重新回忆的能力也是任何创造性活动的条件",如同一种原型压迫,既然(而这里克尔凯郭尔自己也要面对如此比喻)"重新回忆的劳动在当中包括了净化,它成为一种新的重新回忆,又可以在其本身产生征服力,因为一旦我们明白了什么是重新回忆,我们永远是被征服的俘虏!"我们将懂得,在一种特殊的方式,重新回忆可以使独特性固定为整体性的部分,但同时在尼采和米尔恰·埃里亚德展现的"永恒的重新归返"规则中,在"同一性"和"同样性"两者之间,建立起非一致性:在任何的重新探讨、重新构建过程中,同一性从独特性中提取名称,赋予特征,对自身提出要求,而同样性仅仅用以保证本质、原则、基本法则的恒定性。在奥拉·克里斯蒂的书中,这种"天赋"可以通过在对自身本质的独特拷问中识别:"没有任何可以作为。/ 你能够做什么又如何做,/ 当一切都如同经书那样 / 安排在你身上? / 一切都已发生 / 没有任何解脱,/ 没有向你征求意见,/ 没有把你问到"。由于具有孤立的身份意识,创作者自己戏剧性地消耗着孤独,利用的恰恰是重新回忆这种基本根据,克尔凯郭尔强调它"是一种秘密,因为当你意识到它的时候,你是孤独的"。奥拉·克里斯蒂细化着"通过同样的奥秘 / 而低声吟唱的 / 是懂的那人"(《远方》):当"你陷入沉思,/ 黄昏爬上来 / 通过你,/ 如同大海",那时"去感谢去祈祷让你 / 连根一起拔起 / 从所谓偶然的被挑选中 / 从诅咒中,因为没有找到 / 自己能够被解放的方式,/ 来挣脱，来逃出天赋 / 那有毒的利爪！"（《天赋》）。

需要明确指出的一点是：通过重新回忆被带上舞台的并非重新体验，这是因为体验的时刻是唯一的，无法重复。那些通过重新回忆被现实化的东西是本质的一种沉淀，在这些本质上面矗立的是一座彼时此时都不存在于现实的建筑，对这种兼具性的体验是与作为牵涉思想和感觉、而并非事实的特定理解相伴随的。环境、自然界、各种条件和主语变成了艺术现实，地点和时间是富集矿石，它们包含自身的各种限定、效应，甚至在同一画面还有历史。各种关系在过去和当下之间、并非在机械转换的条件下发挥着作用；先前的真实，当需要的时候，甚至包括主体的形体性，现在则是一种虚幻的、悬在普及性意义当中的现实。而从这里，我们可以就文本实效性来谈论长篇小说原则的运作，或许可以来谈论一种叙事性幻想的张力，谈论一些语义场"故事"，一些生存意义展开过程的"故事"，它们在某个时候曾被实际体验，今天又通过重新回忆被构建，作为组合，作为展示自我的内在性的若干部分。

深入自我的过程，同时通过重新回忆的作用触及启悟的门槛，同样也向认识自身的生存构成打开通道，作为人与内心的关系，它将你置于世界的意义视野，但也是真理的创立行动。在这样的条件下，历史的出现不再是持续的时间，不再是按照可感知时间的逻辑决定的连续状态来展开的事件叙述，而是拥挤的同时存在，其中神话性与真实性的外延相重叠，而想象在

情感的范围重新书写着各种史实："我看到你轻轻地、逐渐地 /
朝着世间的万物移动 / 森林、河流、战争，/ 从故事中带来的狂
风暴雨 // 带着英俊少年和抢劫路人的鬼魂 / 还有行走在河流上
的神灵，/ 那些纯净的泉水 / 要浸湿我的无比忧伤"（《近些，再
近些……》）。这是与那些经历了当地历史和被当地历史眷顾的
人们的生存和命运在广义上的一种认同，作为在一种共同命运符
号下"完全的燃烧"："我能不着急燃烧吗，/ 当祖先们在土地里
/ 燃烧还是燃烧？我可以感到他们的火；/ 几乎到处都是那火焰
在变成鲜血，/ 神圣的浆液，匆匆流淌，经过野草、/ 树木、欧
洲野牛、苍鹰、天空和人群，/ 恋人和屋舍，把我们所有人捆绑
/ 一些人在另一些人身上……"（《完全的燃烧》）。诗人下降到
自身的地下室之中并在那里遇见"几个千年"，对于她来说，重
新回忆混淆了善与恶，如同在尼采的书里，并将它们确定在相
同的平面，作为相等和必需的力量。在同样的地下室里，危险
似乎来自情感混沌，它趋向恒定（《好似一场游戏》），既覆盖
历史，同时又穿经众生下降，从那里产生同"风车"搏斗的感
觉，答案关乎重建道路，去寻找那些被丢失的伟大内涵："悄然
溜过的是无人，像一只蜜蜂 / 返回蜂巢，我听着里面 / 那位伟大
的无人的脚步 / 如何变成一种奇异的回声，扭曲着 / 如同一把在天
空中拉开的弓，/ 穿过阴影和宅舍、世纪、/ 历史、传说，被胡乱
送上 / 混浊喧嚣的波峰，// 然而，从里面又聚积起某种东西 / 似乎
在增长，不断增长……"（《无人》）。

在触摸、在亲近、在辨别这个"某物"的字母表过程中，依托的并非理性，而是灵魂，"我那没有结尾的故事中的朋友，/ 我的孪生兄弟，用抛向空中的锚，/ 用撒在河流上的骨灰，在神话中"（《啊，灵魂……》），关于它，我们不知道是否属于"心灵的守护神"的部分或仅仅是其简单的词义引申，抑或仅仅是此神的道德操作手，正是他把品行作为了归属感："你要因忧伤逃向何处？在哪个世界上 / 你可以为自己找到安宁，岸边和隐蔽处？/ 我们从来都不孤独，一个隐修士 / 对我说。我们从来都不孤独，/ 叶子、正午、布满石头的河滩都在齐声附和"（《哀歌》）。《大作》是针对"众人中的生命"，这是各种本质存在普遍内在联系的陀思妥耶夫斯基范式，既不作为目标也不作为特性实现，但作为"生命的重新变化"（诺伊卡[①]重新书写的论断），作为原始性的恢复："于是，用肉眼就可以看到：/ 玫瑰花，分分秒秒，爱着 / 讲述着全部，因为自从创世，/ 天空和大地，就习惯了这样的 / 创造。…… / 从今往后我将像花朵一样去爱"（《然而……》）。

　　爱不是黏合剂，而是整体的条件，是理解，它消除爱与表面上被相应的神话引导出的时间性产生的关系，实际上在肯定一种持久性。尽管是物质进行安排，但它并没有抓住，或者更确切说，它已经脱离了物质，另外还牵涉属于直接的具体

[①]康斯坦丁·诺伊卡（Constantin Noica, 1909—1987），罗马尼亚哲学家。

性的另一个外部地位，那个纯洁性地位。它们可以是相互关联的，但并不相互限定：按以上理解，爱包含着纯洁，而纯洁不仅仅是爱的质量。在关系到人的时候，爱将生命性置于自然的状态，重新激活原始性并如此这般地在恢复神话路线的意义上"工作"，这可以被体验被勾勒，作为所希望的投影。或者，如同弗拉基米尔·扬科列维奇在《纯与非纯》所讲："神话的未来与神话的过去相得益彰"，因为"纯洁不能够作为一个没有根据事实本身（ipso facto），作为一个应当重新找回的天堂，被主动地，追溯既往地公设"。这样，在爱的"现实"面前，纯洁性就被表达为原则的功能，相当于一种"规范性需要和一种调节性的理想，它服务于我们，让我们至少可以测量和评价我们的非纯洁程度"。既然爱是建立于自身并服务于自身，它就不进入标准的游戏，纯/非纯的分离原则指向的就不仅仅那些在与世俗性、直接真实性的情况的非间接接触时出现的存在形式。它在爱和情欲之间制造了区别，因为第一个范畴趋向达到一种普遍性的本质，让它被感知并保证其通过体验来接受，而第二个范畴直接包含具体性，得到发展同时不可避免地沾染上非纯洁性。在极限状态下，情欲同样以生和死来触及，深化那种由根本性顿挫，在肯定和否定之间摇摆的生命：人可以理解，死亡是生命的部分（或反之），但是不能够解开这种疑难的"悲结"，为保证"生命的正面延续"而制定的，每次都要将一种组成部分降低等级。扬科列维奇最终选择的解决方案，将被从

540

一种"纯洁的形而上学"的表面分离，作为虚构的退还用语：可以为每个人提供进入的大门，奥拉·克里斯蒂也写道，在那个"光的基泰伊城堡，它位于我们灵魂的深处；每个人都可以找到它，仅仅片刻，在一个处女之心的单纯，并可以因此而重新体验世界的第一个早晨：那时，它重新变成，作为瞬刻的代价，变成在充满光明的日子里的那个前行者，如同他穿行了整个原野。"这出自一个有关城市基泰伊的古老的俄罗斯传说，为了保护人民免遭蒙古人的暴行，这个城市被神灵沉没了。其间，最初的主题得到了扩展，由于日姆斯基·科尔萨科夫将其接管，将这个城市变成只有心灵纯洁者方能抵达的"不可见的城堡"，它变得更加闻名。凭借扬科列维奇的说明，我们随之置身在了一种虚构的沉淀面前，通过对原始伊甸园美德重新回忆的刀刃，为体验所激活。只是一部神话，一种作为强烈愿望之基础的不可能性，它被现实化在了可符号化的流体当中，在里面各种事情不再具有阴影，至少暂时如此，在很大程度上是一种诗歌方案。它可以被封闭在戏剧性的问题当中，诸如：可是如果——在犹太人对《旧约全书》的传统解释中遇到的假设——原始的伊甸园只是一座纯洁性之岛，它被建造于内部，用的是一个非纯的岛屿？接着，作为演绎：情爱能够被救赎吗，作为爱情的堕落部分，从其原始性或非纯洁性当中？

对于后面的问题，我们可以在已经提到的克尔凯郭尔的《宴会》中遇到一种略微掩饰的回答。尽管直接的参考可以覆盖爱情中不贞的各个台阶，重点仍无法绕过"悲惨的爱情"（除了色情力学非纯洁的暴力行为外毫无其他可言），这位哲学家证明，有一种受条件所限定的会合，正当存在于性爱和艺术之间：当性爱——以其非纯洁性的整个队伍，从不确定性和嫉妒到各种幻想、顽念和渲染——"像一个幽灵折磨着诗人的精神，他穿经舞台去寻找女友，这时幽灵在等候男友；假如她能够找到他，而他能够来，美学便不再有任何东西可说"。叠加在这个观点之上的是扬科列维奇的论断，通过演绎得出的原则，提出要努力排除或者起码尽可能地过滤它非纯洁的成分，并将这种努力作为性爱的艺术可能性。这种相反的趋势在某种特定的当代文化节点上尤显突出，它敞开非纯洁性艺术大门，不论以任何形式表现得多么密集，它也代表着提供一种重复的意义（我们在此对其性质不细致讨论）给饱经讨论、属于"艺术需要"的问题，还属于那些建立和引导创造性努力的功能。

　　假如我们简单地允许这是一个美学信念和选择的问题，带有或缺少其他性质的调解，那么就将会同样简单地突显一个事实，就是奥拉·克里斯蒂的爱情诗归附于第一种态度：重新回忆在过滤直接和未感染的阈限，爱情经过那里来触及尘世性，即相应为青春期的、柏拉图式的情欲，假如我们喜欢这种表达的话，它带有一种对神话基质的暗示性祈求："不知从何时起他就走失，/ 请你把他全部完整地恢复。/ 给我那一半吧，上帝。/ 昨天晚上，沮丧的我，在红罂粟花丛。// 我绽放了，我哭泣在

白杨树旁 / 我匆匆躲入玫瑰花间 / 直到暴风雨突然大作 / 直到时光变得很晚"(《你把我的目光捧在手掌》),从神话中降落,这样,通过归属感被净化,情欲担负起整体的完备性作为不变和共同参与,如同世界的圣灵一样,与自身进行交流并作为实现:"我们是两半 / 属于同一只珍稀的飞鸟, / 我们是两半, / 属于同一种难得的机运, / 它让我们迟到在这里,当然, / 有几个世纪,在这里蓝色, / 那里灰色或咖啡色的高原, / 散落着橙黄和绿色的沙丘, / 漫山遍野的花朵, / 被油菜花和向日葵 / 染成黄色的高坡, / 坡地上是疯长的、野生的 / 酸樱桃树:你爱,我爱, / 你感受一切,一切为我感受 / 在同一个灵魂里: / 我看到一切,一切被你看到。 / 在同一个灵魂里: / 你爱,我爱"(《停下来》)。在这样一幅图景上,情欲可以赋予自身以书面性,"最美好故事的"(《在日复一日的早晨》)文本,在那种"混合物"中想象夹杂了各种生命色彩,它们隐藏在那些来自梦境或幻想之波的身份下面,诸如毕巧林、伊凡、阿辽沙、梅诗金王子或里尔克。被查禁的不是激情,而是肉体的暴力,因而是那些通过姿势和行为脱离的东西,脱离感情,脱离为了注解基本感觉而产生的内心震颤。情欲可以作为期待、作为预感得到发展,即便是连死亡的微风都不会延迟显示自己的存在:"不论什么, // 不论发生什么,石头会告诉你 / 还有如同思想、闪电、狂风 / 和白桦树的大海,告诉你我曾是一个女孩 / 现在也不时地依然如故, / 我等你,就在这里,天地之间。 // 我在生命与死亡之间把你等候, / 在散发香味的可爱羊群 / 和成群的彩蝶之间，在勇猛的 / 蟋蟀和充满幻想的罂粟花之间，在梦想的 / 密林深处，/ 那些我睡梦中漫游的仙境"（《一切会是别的样子》）。但是漫长和未完成的等待将现实的信息变为阴影，像幻觉和梦想的吐火怪兽一样脆弱，归返一种从神话的模糊性中自我补给的理想性。没有到来的那人，所体现的仅仅是缺席，而这种缺席既为具体性的世界所拒绝，也为居住着诸多神明的世界所拒绝："直到树木由于等待而落光叶子 / 在那之后，才有雪的准时而至…… / 直到你自枞树林中姗姗迟现。/ 直到秋天收紧自己的身体：/ 就从我发芽破土，不是吗？// 直到五颜六色，直到天堂的斑斓 / 从此在我身上消退，燃点……于是…… / 你为什么不来找我？你为什么不对我说？为什么 / 你不来敲我的门？！敲门，门就会为你打开，/ 经书上这样写。你没有敲门……你没有来……"（《直到所有的花朵》）。不过缺席作为空的成分，没有被载入时间的长度，载入无限，存在性的秩序至少拥有一种对虚的抗拒模式：在生与死的时间/空间里，只有生命将作为体验的根本性内容得到呈现。

只是通过触及真空所预设的死亡，也萌发出那些向生存提出的重大问题，正如在诗歌中，海德格尔解读现实那样，生命作为通向熄灭之路，完成于一种羯摩当中，其文字唯有神方可进入："恋人们在天上生火 / 早晨，中午，傍晚。/ 一条蛇窜上了留在最后的 / 天使的太阳穴，随后逃走。// 死亡在劳作中闷头燃烧，/ 在夏日的末了到处向我们微笑，/ 它沿着大地纵横奔跑。/

愈加充满生命的活力。// 黑暗我们充裕地拥有。/ 假如不存在痛苦，/ 就像在星星和草里看到的那样，/ 那么它一定会被发明，// 为了让我们抵达生活，如同尤利西斯 / 在晚近的伊塔卡开国，/ 当诸神制造野蛮的火刑 / 并在他们活的著作中找到全部"（《充裕》）。假如，在结果方面，对原始状态的体验离一种权宜之计不远的话，生命被蒙在痛苦的因果报应中，而死亡封闭了最初的、可能的理解范围，存在的意义停留在那种通过其本身去寻找能够证明存在的各种真理表征，总之那个伟大的标准。我们保持在克尔凯郭尔指出的伦理、美学和宗教三种存在的界限内，这些标准只能作为一些大概的估量得到阐述，毕竟，它们起码在部分地服务我们力求的包围类型：伦理标准脱离于对一种社会契约的强制，美学标准来自敏感的体验吸引，而宗教标准来自信仰的力量。美学存在和宗教存在共同拥有主观性的基调，它一方面可以被作为现实反映的可能性的创造能力强烈地标示出来，另一方面，被信仰的心理力学所标示。因此，丹麦哲学家在"非学术的跋……"中强调，"真理是存在的，假如存在，只能通过主观性而存在"，这便将"美学真理"变成了一种赋予，通过的途径就是艺术对象和它的"消费者"之间情感同化的相互关联，而"宗教真理"则成为一种创制，它基于信仰（作为理解的"强硬"形式）展示的一些方位标，不可摧毁，无懈可击。不论在哪种情形，共识都不会将真理送至客观状态，这里牵涉的仅仅是功能，它在一种多方面的精神范围引发相同的回答，有着紧密的内在联系，可以支配一种共同的匀质接受。这还意味着"美学真理"是模糊的、变化的，并且总是滑向一种值得讨论的可能性，单就接收行为而言，文本客体是一种比作者主体强大得多的确定性，"宗教真理"却是排他和根本性的，它存在或不存在，仅仅取决于主体的全部信心/确定性；"美学真理"向着一种多重评估开放，被反复接受又被反复否定，存在于一个时间和空间无穷无尽的调谐度盘上，而"宗教真理"可以自我封闭在教条中，带着空间和时间、甚至是一些社会政治的限定（对这种真理的拒绝，本身也可能是在另一种教条里的封闭）。艺术性提出自己的一些根本性问题，为了将它们送向浑浊岩浆般的所有可能回答，这时，也产生于相同类型问题的宗教性，在各种回答的确定性面前将它们抛弃：这就是"游戏"，通过它那两个领域的互相贯穿才有可能发生，原因是可感知的主观性滑坡的动力。

　　然而，即便是通过其本质，诗歌也不能合并到那种统一的构建，尤其在德国神学领域，它是作为"神学诗歌"被评注的。诗歌旨在"阅读"宗教，其"学说"既不是被请求对它模仿，也不是对它"重新讲述"，也不是要接受其各种礼仪；有时候，它以这样的方式处理，装饰性地自我炫耀或者"为王子所用"（ad usum delphini）地写诗。一方面僵硬，另一方面弹性，两者均通过对相似物质的体验得到分享，但是在它们的整体中并非相同，各种原型的强制不能以类似的严格起作用，并提出自身的终极性的不同诉求。那些在诗歌中是或可以是重新回忆和激动之情，在宗教中是启示和救赎的东西，是祈祷和虔敬。诗歌进行的是同素异形现象的拷问，宗教是在上帝自存性的表达中展开的。在激动和震撼之间，测量差别的是物质的指数和与差别接触时的侵袭力指数。诗歌的自由是虚构性、想象力和创意的地方，宗教的自由则属于严格的忏悔和虔诚。

诗歌的全部问题，对于所有这些原因还有其他的一些原因，是除了异端邪说的标记之外其他的东西，但也不能是一篇特定文本的誊写。默默祈祷救世主的瓦西里·沃伊库雷斯库①，在为自己要求通过创作赋予的神性部分的同时，也将通过原始的瞬间给予他的尊严还给了人性。此外，在诗歌中，任何的问题组合都在扩大语义本原，人以此进行塑造和自我塑造，作为被传递的创造性原则。通过发问来召唤神灵，奥拉·克里斯蒂没有偏离愿望，要去理解或许不仅仅是那些神秘的含义而且还有其各种情态语层："原谅我的问题……然而我?!……／我在哪里，你现在，就在这里告诉我，／哎，然而，在哪里?!……我跨越／废墟；灵魂姗姗来迟，我的目光／挑唆蜂群离开光明，让蜂群／离开纵队，让侧面加固的野蛮城墙／离开天云般的柱廊，／坍塌在野草和锈病里。／哦，苍天啊，你马上告诉我，在灵魂里／为

---

① 瓦西里·沃伊库雷斯库（Vasile Voiculescu, 1884—1963），罗马尼亚诗人、小说家和剧作家。

什么你向我滴下忧伤的蜜"（《再度……》）。上帝既不是一个词语，也不是一种形象，也不是一个有关的"故事"；而是一种状态，是于各处又于任何地方皆无的隐匿。我们不能去谈论我们以日常的费力辨认都不认识的东西，正如对作为我们接受的存在性并不存在的那些东西，我们不能说任何话一样。它通过时间性或空间性抑或通过存的想象逻辑，作为缺少意义之物的意义而存在。如同在沃伊库雷斯库的作品里，他是你能够搭话的"邻居"，你可以请他帮忙，你可以向他忏悔，他是那个旁边的人，你因为是天性的残废，假如不能看见他和"触碰"（就像阿尔盖齐①希望的那样），你倒可以感觉到他作为亲近和可亲近的在场："把我照亮在石头里，/ 在杀人的火焰里。/ 把我照亮吧，在那些 / 刚刚离开襁褓的天使身上。// 当你的光芒把我原谅，/ 也请你所我的光原谅，/ 你把它像疾风一样带走 / 穿过你那些笔直的树林"（《心的祈祷》）。你不能向他索要任何东西，因为祈祷不过是追溯自身力量的一种"曼怛罗"②，投射着你的各种愿望和纠结："当你 / 处于生死之间的时候，你在学习 / 并总在学习，那么，假如你怀有 / 向运气胡乱敞开大门的 / 心，你会发现你也是 / 人，你也有灵魂，/ 你也开始疯狂地爱……"（《看这个人》）。但是再后来，因为神的力量，由于"创世"覆盖了绝对

①图多尔·阿尔盖齐（Tudor Arghiezi，1880—1967），罗马尼亚诗人。

②印度教和佛教的咒语。

性而被中断其自身，即便它不拒绝自己的主显，它的发生仅仅是作为刺激和模式来得到显露：通过组成而成为主显的教课，生命拥有展示其条件、完成或失败所需要的力量，因为只有那些你定义的东西你才能够拥有，也就是说仍然通过词语你才可以奠定基础。几乎每一次，祈祷都仅仅通过你的能力所及来作出回答，即使它动摇着那些各种表象所提倡的类似乌托邦的东西："为我把它从无眠和悲伤中拿走／请便吧，让灵魂起码能够／时不时地升上天空，／在那里能够再给它石头的／耐心，清晨的甜蜜和／蛇的狡猾，深沉、重如苍天的／群山，河流的清凉，／而最终——大海所知道的一切"（《看这个人》）。

　　总之问题没有得到答复，因为它的性质既非过往，也非当下，更非未来，而是把你沉入寻找自我的地下室的力量作用，它在那里得到自己的轮廓，一方面，通过成长意义的调制，而另一方面，是通过它们与行为接合，让你实现作为意义携带体的存在。即便地下室不是一个客观性的领域，但是一个尽可能延伸的、同样又如此深厚的主观性领域，没有任何事情的发生是以走出现实为目标，后果仅仅是放弃日常的花言巧语，消除那种小道具系列，它们优先组合姿态的虚假，阻碍真实性，揭露所有的面具，思想和感觉的陈词滥调。在各种表象熔炼成的简单性和线条性与永恒的纯粹复杂性之间，选择所依托的是没有多余的理解："当走出定式，／走出模板、走出偏见的时候，／一切是何等的复杂，／当你抬眼仰望天空，／把目光投向花园，关注神话的时候，/一切又是何等的简单。// 你做着世界上最艰难的事情：/ 你要自己，通过你，去成为你/ 因为没有终结，你在变化，不断变化"（《然而……》）。这实际上是（永恒的？……）向真理的归返，真理属于世界和生活，属于生命力和自然性，属于向未被道德偏见感染的存在沉潜的特权。"风景"，内部的和外部的，距离属于酒神狄俄尼索斯节狂热的尼采的标志不远："然而，是我们的世界，我说，/是的，可怕的永恒世界，属于沉默/和飞翔，在鹰和山峦之间遨游，/在天空和亡灵的小草之间分布。/那是我们的世界——每天的奇迹，/被夜晚母亲在细弱白皙的手臂中/摇晃，被可爱的蜗牛们/按照喜好的、破坏性的雨来测量，/雨还有力量让我们归返，/不论多晚，它们都面向着我们"（《火炭与蜂蜜》）。

同时，在奥拉·克里斯蒂看来，自我认识意味着自我实现，它是被创造的生命在一个被创造的世界中的状态，可以通过"使命"来定义，因为神的理性不能在无用性和微少性的空间里操作：它不创造视角，而本身就是视角。世界因而应当被视为整体，其质量是由各组成部分的质量赋予的；而生命据其自身的宿命就是能量的创造者，它们的特点受限于作为事实力量存在的意识的细微差异。它没有从整体中折断，人使它变得完整——这是人在世界上并面对世界的"法则"："尽管思念冬雪，哦，我却不能/停在半路。/不能因为寒冷/是我的近亲，我也不能/像在歌里唱的那样/去随心随性，我听从的是/发酵剂和规律。/ 一切照书上写的处理"（《完全的燃烧》）。而在此方向上，这种要求是合法的，它本身是向原始性、向变化中的这种褶裥装饰物的奥秘的归顺："你还爱我吗？你还在把我抱紧——// 让我再来一次？你还接纳我吗？/ 你把我从水中从林间放下让我蜷缩，/ 让我就这样到秋天。终于，我终于 / 发现为什么你给了我这个身体和生命 / 为什么你给了我几千年的时光 / 而我气喘吁吁地奔跑 / 要对你讲述我发现的全部……"（《好似一场游戏》）。而最后的问题，超越了生命的未来，不可能有一个回答，因为神性处于时间的彼处："倘若 / 世界和我，是自打你降生就往里下降的 / 地下室，那么当我不复存在的时候，/ 你又该如何，上帝？"（《耶稣变容节》）。

*

　　自我理解的插曲被消耗在听任和最终对内心化的接受之间，超越了高傲和不满，超越了各种重新评价或逃避，而成为一种努力，其方向是一种平衡，它不仅仅具有反作用，而且也是为了意识到自我存在的复杂性。这些二律背反情况不能被控制，但是可以被承受，从那里可以看到，在自我本质和将其带向表面时所产生的波浪之间，存在各种脆弱甚至是冲突，适应它们是自然而然的。不过，因为被从相对接受的内部的门槛排除在外，存在的系数还远不在平衡状态：在构成自我之后，查拉图斯特拉自己离开了自己的山、岩穴和动物，下降到众人当中。奥拉·克里斯蒂没有泄露这种模式（或者，可以说，她本能地采用了它），但是把它重新组合在表格上，在那里，失败的意识开辟"重新评估所有价值"的道路，这些价值在过去，以及现在，都已经失去了其基本含义。然而，首先出现的是"病"。

这部"长篇小说"的"第二部"，"喷火怪兽喀迈拉的孩子们"，开篇即预示着生存的疲劳，显现出隔绝、突兀，近乎绝对的混乱："当你不再走出你的房间／不再为世界上的任何事情出门……／当你不从你的床上起来／而且永远的永远也不想再起来的时候……／……当你拉起百叶窗，拉起帷幔并站立着／一直站立着，等待，再等待，不再等待的时候，／实际上，没有任何，确实没有任何东西……你动都不动，／确实不动……"（《当没人来的时候》）。这种状态很像身体和精神的嗜眠状态，随着触及其徒劳无效的意识，它杀死了日常生活中指手画脚的意欲："当一切似乎终结，完了，／抵达了最后极限的极限／并彻底敲定——我是想说决定性的——／板上钉钉，在永远的永远……／当你伫立等待并不再思考，／你根本不愿思考，也不再梦想，／你根本不愿梦想，也不再阅读，／你根本不愿阅读，也不再聆听，／你根本不愿聆听，永远的永远……／……／当你不再有／力量在这里写作，在最后的／地狱，全部永远的永远……"（《当一切似乎结束》）。这是自我觉醒的第一个反应，通过地下室的活动，向现实归返，它出现的结果是清醒的目光，是在内部和外部之间产生的潜伏的断层意识。

在靠前很多篇页的地方，还是在强行进入地下室之前，小说的抒情主人公就丝毫没有花言巧语地问自己，总之没有给自己一个回答："你如何才能在竞技场上，始终有/在家的感觉?"（《自从我认识了自己》）。然而"当家"是一个传统主题，它的维度是同意识的塑造能力相对应的：从那些最小的，带有属于童年的有限的近似，到那些通过发生在时间上的认知积累和生存性消耗，与重复性习惯一起延伸的东西。第一个局限可能是祖国；最后一种可能的、在深奥方面有标志性意义并为博尔赫斯（原则："多数人仅仅是一个人"）所接受的局限，假定是一般性。可是，当"在家"的概念同"流放"结合的时候，就显露成结构上被影响的，非正常状态的派生物，变成不能包括你的陌生地方，这里牵涉一些本性上的不可调和的东西。流放地是一个在家的地方，尽管不可能是这样，因为你没有将它用密码载入你的血肉和感觉。各种表象在言说，有时它们在谈论一种同样的东西，尽管变化的征兆表明敌视无用，在同样的程度上，存在又将这种征兆作为非有机的东西加以拒绝。"在家"将始终受到你的谱系赖以支撑的地心之水的袭击；当"在家"意味着"流放"，地点的存在便成为与被放逐者的生存并行的东西。通过从一种"如同流放的在家"意识中脱离出来的内在对照，各种结果只能在戏剧性和悲剧性之间才有自己的空间；这些方式谈论的或有关意识的自我否定，或涉及需要有效对抗那种恶，因为它已经入侵并毁坏了有关存在的自然的传统观念。在第一种情况，前景是道德上的（有时也是身体上的）自杀；在第二种情况，不可避免的是下到竞技场地，进入角斗士状态，赖以生存的食物是梦想，那些圆形露天竞技场周围是石头修砌的看台，对你来说陌生的观众从那里看着你，你的梦想能够战胜被扔进竞技场的野兽。

然而，还是应当说，梦想在它激起的运动及其效应方面，并非总是乌托邦的同义词。当你习惯审视自己并同自己和解以包括你的意义的时候，地下室还向你引导出一种力量，让你按照真理的次序去探究世界，真理作为主观性构成，为平衡生命与整体的关系提供了可能。实际上，相应关系的平衡伴随需要加以体现，因为孤立不是一个生命的解决方案，而仅仅是建设（或重建）自我的地下的过程的促进条件。出现在（奥拉·克里斯蒂诉求的）奥义传授行为和启悟行为中的神秘的曲线图，没有远离那种伟大的存在范式，对此阿尔伯托·曼谷埃尔在其有关古雅典人审判苏格拉底的评论中简要地阐述："在我们生命的每一个极限我们都是孤独的，在子宫里和在坟墓中，但是在它们之间的空间里是一片共同的疆域，在当中，我们的各种权利和责任都被我们邻居的权利和责任所限定了，而任何违背誓言的行为，任何虚假，任何隐藏真理的企图都有害于该疆域里的所有人——最终也包括那个撒谎的人"。在前面突出提到的抒情我的孤独时刻，于是，表现得如匆匆过客；然而同时，所提及的那种平衡并非无条件地代表一种同意，而是——由于清晰的眼光——是一种莛析，一种为清除真理之旁物或反真理之物付出的努力。当你明白，通过连续的不当做法，人们杀死了上帝（见尼采），换个说法就是，"人们破坏了规矩，被大地惩罚，／他们发现规矩的游戏已经一塌糊涂，被我们和／摩西打碎"（《不会》）；因为，在出生和死亡之间的空间，真理不过是赋予我们的生命（"隐藏的真理，它同时，／随处可见，从树木到树木，／从乌鸫到乌鸫，从云彩到另一些云彩，／从蛇到另一些蛇，从天空／到其他的天空，／所有都封闭在同一个身体，／在同样的，在这里并且永远／永远的永远，同样的大书，／朝着它，你不时地攀登／又从那里，不惊不慌地，降落"——《一切都在噼啪，嘎吱，咕哝》）；因为，他是爱，作为人的生命和大道（《征兆》）展开的爱——一切都在接受一种主显的意义，在其基础上直到任何东西"都不能是徒劳枉然"（《当你不抱希望的时候》）。但同时，按照主显的逻辑，我们可以自问是否我们的所见，我们的所感，我们认为是好或坏的东西，那些过去的，用今天的眼光看，虚假的信仰，实际上不是一种修正的简单插曲，它的力量等同于宇宙的和谐，在时间和地点之上："假如那个出现的某物，像一只巨大而／强有力的手，没有及时／出现，那么一切，当然，终有／那么一天，会轰然坍塌。至少你有一段时间／是这样认为。而任何东西都不能动摇／这个信念。几千年来，草在这里，／还有森林，还有群山也在这里。同样的轮子

// 似乎是在转动，疯狂地转动，/ 愈加疯转……似乎一切都在 / 破灭，坍塌。似乎一切都在发怒。/ 光阴荏苒，时间流逝。忽然间，/ 一片寂静悄然降临，静得可以听到胡蜂、熊蜂和 / 蜜蜂的声音。堤坦神族的儿女们，连同诸神，/ 在从奥林匹斯山奔逃。在伊特鲁立亚人的天上是一片宇宙的和平"（《你能感到肉的战栗》）。一个开始，另一个开始，永远是可能的，或许死亡也是一种如此这般的开始（《你徐缓、愈加徐缓地感觉》）。

这样，生命——被收紧在插曲的纸页上——是时间和地点，在它们当中一个因素与多重因素相结合，个性被置于一种内在非均质的多面相异性面前，但也是在具体性面前，后者向日常性提供着不乏粗糙（我们只能说这么多）的等离子体。因此，我们将会理解，冲突的核心不会缩减到出现在观念的多样挂图之间的种种不和谐，而是需要发现意识在一个扩大的现实当中的同化或非同化程度。"根本性"区分开我和他者，关于这一点伊曼努尔·列维纳斯曾有过论述，它于是接受一种动机，其中不可缺少的是生存条件的具体性，而这一发现在很大程度上排斥了阿尔伯托·曼谷埃尔论断有些僵直的线状性：即便融入了社会，个人仍要单独去体验各种痛苦和磨难，也包括各种喜悦或满足。另外，相对化也触及隔绝或孤独的场域，因为当面对一些并非"绝对"、而是被传染和可以变得细微多样的观念的时候，我们没有在场，正如生命本身就接受有差异的含义和态度。从所处的孤立角度看，观察者也在肯定那种自身的孤独性，它被记载到"真理"的一个梯度变化曲线上，在秩序的词语即为（广义）自然性的词语的时候受到优遇。

但是，重新落入社会性，带着在地下室获得的额外清醒，《心灵的守护神》的抒情主人公强烈体验到的感情，就是脱离了自己所发现，实际上是重新发现的世界，因为它由于标准的缺失而被严重污浊：这是一个向虚无的侵袭敞开的世界，是属于"死去的灵魂"（《当你不抱希望的时候》）的世界，其中至高无上的是互不交流（"就如同一架风车，/ 用词语做成的风车，/ 一直被最狂的风推着，/ 不停地转动。/ 一些人根本无法听清另一些人 / 一些城堡区的人"《在古城堡区》），而在"空气明显稀薄"里占统治地位的是非正义（《你要守护，要有敏锐的头脑》）。在过去并仅仅是暂时地，似乎只有悲剧性地到达了哈姆雷特的祖国之后，疾病扩散了："每当我要同尤利克头骨 / 讲话的时候，它就知道（我 / 搞不清它从何处学会了这个把戏！）/ 对我一个劲儿地咬耳朵：有某种东西越来越腐朽 / 在欧洲王国的这个全部丹麦当中"（《密涅瓦和珀涅罗珀的猫科动物》）。历史的鲜血洒在漫漫路途，依稀可见，因为现在也还有"野蛮者 / 依然在不断地经过这里 / 并且从来都不满足于经过这里"（《血在流淌》），疾病达到了控制和显示社会存在特征的程度："全部机构都被润滑，运行顺利，/ 甚至过分，按照在野蛮人世界里 / 众所周知的原则：操控，谎报，/ 诽谤，洗脑"（《系统的心脏》）。

在本质上，书中这一连串情节的诗篇提供的"教学课"，针对的是20世纪60年代前后乔治·德韦罗所确定的民族精神医学中新的学科分支开展的调查对象，社会中的不正常性由此明确地落入科学的场域。在形式上，奥拉·克里斯蒂，或许是出于对传播功效的考虑，在现代性特有的姿态上叠加了——正如从我们以上提供的那些片段中可以看到的那样——原生态的、未查禁的、明显平淡的后现代语调，带有未经加工信息的气味。给人的第一个印象，似乎不再是为了重新回忆，而是直接的记忆过程：尽管这种记忆忠实于内心的结构，但也毫不犹豫地将随意的真实性信息带上舞台，从那里有一个更大的表达精准度系数，一个同现实相对应的系数，向感知"真理"的境界急迫放置的系数，总之，服从于理性澄清的系数。不过除了这些以外，诗歌稳固的天性所特有的标志并没有被清除：记忆仅仅成为本质上重新回忆的工具，或者，按照阿多诺圈定的诗学和现代晚期诗学，诗歌的表现如同隐迹纸本，具有一张看得见的面孔和一张隐藏的面孔，真正的阅读是那种成功地"看见"，即深入到超越纸页上实际结构的各种意义当中，文本中的否定强化了意义的肯定路线。在如此背景下，各种对立如同隐喻性的细说，出现在黎明晨光和由日常消沉产生的平庸之间（《我在说什么？》），在信仰"落下"（如查拉图斯特拉所言）和它的基本含义之间（《当你似乎相信的时候》），在可能通过想象被激活的纯净天际和脱离枯燥的具体性不力之间（《剩下什么……》），在世界的碎片化和精神大厦深度的完整之间（《碎块组成的行星》），最终，在生命在感觉中的扬散和被"心灵的守护神"统治的感受之间（《我在做什么？》）。有时，"令人纠结的隐喻"非常清晰地聚在作者的"个人神话"中，对其的破译依赖于文本间的比对。《我上了波尔菲里的课》，奥拉·克里斯蒂恰恰在一首诗的标题中声明。涉及的人物明显都是从陀思妥耶夫斯基的小说里剪切下来的，而持续提出的问题则属于一种古怪的助产术，因为各种可能的、并非偶然的关联。那么：以抒情方式溜过的"课"是哪个，而谁又是真正的这个波尔菲里？陀思妥耶夫斯基作品里的波尔菲里·彼得罗维奇，在以一种奇特的、从倾听忏悔的神父和调查者之间分离出来的二元条件决定的方式，寻找非人性的罪行和对杀人冲动的理解／接受之间的平衡，直到达到那个位点，让他能够允许拉斯柯尔尼科夫的思想，根据其思想所有能够以如此一种平衡开展行动的生命，都是当下的主人和未来的主人。然而在过程中留下标记的这种断裂，对其加以掩盖的只能通过一种二次语境化，推动它的恰恰是《假如你有很多灵魂》一诗里引用的波尔菲里·彼得罗维奇的话："你拥有的／灵魂越多，你所害怕的／就越少"。实际上，这是一种紧随的平衡，前者消解了悖论或者，更确切说，是疑难的表层，在艺术条件下，作为道路——通过"灵魂"的添加——归向救赎。毕竟有某种东西，按照超越"具体审判"需要的次序，依然留藏着，没有从给我们《罪与罚》的作者的"地下室"中完全得到释放：是"灵魂"观问题，对此我们应当回到另一个波尔菲里，这次要提到的是波菲利，是他从遗忘中拯救了普罗汀（普罗提诺），同时为人类文化奉献了著名的《六部九章集》。在那个年代，基督教接受了普罗汀，但是波菲利拒绝了基督教：他从自己的老师那里学到的是，光是真理和天赐（这样的会合我们在奥拉·克里斯蒂的书里经常遇到），神性与人之灵魂和宇宙之魂是一样的，它们的自我在宇宙里意味着从光、即从智慧中产生的思想。假如像同一个普罗汀认为的那样，死亡仅仅是由于无处不在的光而存在的另一种开放，那么——波尔菲里·彼德洛维奇也认为——对拉斯柯尔尼科夫的"拯救"意味着将其内心的木然朝向光中，也恰恰在灵魂本质上闪烁的意义的理解转换。

接下来，存在既不是徒然无益，也不是一个该诅咒的侵入型空间，也不是鄙视的目标，而是承载了功能，即"意义"。存在意味着认识和理解，或反之。不论如何，它还被定义为一条道路，在它起始的时刻，任何问题就都将包含自身的答案。《我将在我的身后留下什么？》——奥拉·克里斯蒂询问着自己，同时又很快删去了这个问号："我将留下一座纸质的金字塔，一座书的 / 金字塔……和一座不知所措的金字塔。/ 更确切说，一个爱情故事 / 难以置信，然而，却是真正的"，因为不能"远离真理生活"（《我不能用大脑钻进》）。离开地下室，如同需要重新找回生命，走出自己的塑像状态等同于一种仪式上的死亡（《梦》），因为留在石头上的不朽状态最终不过是将不动

560

的样子蜡封在设计里，而现实中的存在也覆盖了单独性活跃地参与整体性，从那里又融入一种未知的集体"意义"：但是如果我们能够设想人的一种"使命"，那么人类的使命对于我们就变得不透光了。在犹太人对《旧约全书》的解释中吸收了一个古老传说，讲到有三十六位智者，他们的出现决定了世界的存在。由于有一种神灵的、无法渗透到其本质的动机，他们穿越了岁月、持续的时间，进而历史，因为总有其他人物出现，所以只有这些智者的人数保持不变；他们从来没有被辨认出来，连他们彼此都不认识，这就留下机会让人相信，每个人都可以具有这种身份，作为个人的价值和作用，它们被限定同时被整体性的统一包含其中。我们距离一种美学原则也不远，它的建立通过了一种特殊的本体论，沾染着本质性的隐秘学：假如神灵模仿着自己创造了人类，那么生命也是载体，不过它带着属于创造物的限制性的主动和力量。假如价值是一种赋予行为的结果，那么，这种价值也将被层层叠加起来：由于这种原始的赋予对我们来说难以理解，于是留给我们可以理解的只有一个镜中的、以另一种特性加工的形象。真实的价值属于具体观察者独具的慧眼，是主观真理的部分，将被永远束缚在个人的维度，在独特性的一个有限台阶上。我们优待并赞赏这些形象，而共识就产生于某种、即相对和有限的多样的建立，赋予行为具有的特点属于一个公分母，在所处的平台上，数目字不能消解通过单一特征确定的本质。尽管如此，人们总是说，对于诗人的问题，答案并不属于他；可以肯定的只有他"在命运的紧急符号下"（《我不能用大脑钻进》）写作的事实。

*

奇怪的是，当这些问题趋向去重新恢复整体性的时候，它们却在将其打碎、撕裂。情况就是如此，这些被形容词化的问题作为辞藻出现，经常是徒劳无益的，或者，在最好的情况下，作为装饰性元素悄然潜入。还有的时候，从视野中会消失，修辞性的展开要求助于（主观的、明显的……）他者的真理，这仅仅被怀疑属于同样的调整路线，各种困难会根据情况的复杂性突如其来，选择也被带到面前：有一些情况属于例外，甚至是不自然的，本身就是孤立的，它们越是通过单一性的第二层级的出现被提升，得到的回答就变得越摇摆不定。譬如，奥拉·克里斯蒂的"长篇小说"第一部涉指的"启悟"，可以在一个从自然性到想象性伸展的调谐范围内要求对答，正如第二部中的"下到竞技场"并非一种特定的共同的社会性。还有，由于我们面前不是一部普通的诗集，通过阅读来达到去碎片化意味着要寻找高强的黏合剂，作为意义来让抒情性从叙事体作品的文本一贯性和流畅性中接受某种东西。对自我的寻找和认识在"地下室的故事"中得到了发展，在一组原则中得以实现，这些原则不能再被抛弃，从那里它们复现在不同的级差上和多样的情境中，带来的仅仅是细微差异和种种证实，直到"长篇小说"的结束。"喷火怪兽喀迈拉的孩子们"的明智态度，是随着重新返回同类当中，在出现危机的时刻之后得到稳定的，它又一次打开了作为懂得自己命运而存在的抒情作品主人公的自我幻视卡片。同时因为自然和需要，个人与社会之间的冲突没有走出一种普遍意义上的正常性范围，它属于真实，诚如全部的真实又制约着每种手势的主观特质性表现。

在我们的评论中，经常利用交替变化来把各种动机在作者和抒情主人公之间赋予"小说"中的事件性结构元素（假如通过"事件性"我们理解为状态、态度、判断、意识的活动、价值化等），以此部分地强化文学理论的规范，我们所考虑的就仅仅是自传性侵入诗歌文本时有意展现的动态。不过，显然，无论是文本的艺术稳定性，还是在自我培养的演替顶级方面最终完成自我认知过程的坚实性，都不在于这种混合。那些在阅读时沉淀的东西（我曾讲过这一点）是生存的旅程，它作为人与内心的关系被体验和展示，还承担着自我评价责任，所用的器械相当严格，属于近乎外部化的理性，诗人排除了（新）浪漫主义诱惑对自身的诱惑，以让路于（新）现实主义的处理。比作者固有压力的普通媒介更多的是，前面提到的混合强制抒情作品的主人公同样作为自身体验的攻击手和观察员来表现，时而带着客观化愿望推论性地展示，时而又是忏悔性的，求助于狂热的主观证词——这是一个可以体察的特点，在这部"长篇小说"的第三部"圣者之巢"中尤其强烈。诚然，这里考虑到的生存经历的实质本身，被缩小在"死亡候见室"那来来往往的狭窄空间，它通过我们到目前为止对作者的了解，指出了某种旨在断开、排除那种易于达到的小调震颤的抒情性表现。由于诗人自身处在尼采关于怀疑善与恶作为纯粹的道德判断（并非讨论这些判断的必要性）的语境当中，自然性没有作出一种这样的抉择，她便将悲剧性作为生命与羯摩线的对抗作为内涵，这种羯摩线是想象的或凭直觉得到的，当中，死亡的时间在特定情况下属于非自然性。其实，是一种对极限，对极点的"非自然"触碰，其中不仅体现人出现在世界的各种表象和幻想的游戏停止了，而且原始创造的具体性意义，因其落到的含义是"我们是一些幽灵"，"我们是吐火怪兽的一些孩子"（《"上帝在这里等你"》），即绝对的徒劳无用和机遇的优先权（也是被尼采拒绝的假设）。然而，造反是自然的，与为重新确立存在原则的意义、生命的自然性意义而付出的努力是同样的。

在不同的面孔下，生命的这种"偶然发生"的机构不止一次地被解体，优先摇摆于心理学和精神病学之间，总之落在一个非常专业化的场域。然而，下降到一种结构性的本质当中的时候，就关系到一种存在的Geist①，它存在的某个地方和方面，如果我们硬要用同样的德语来表达，我们可以称之为

①德语：精神，心灵，灵魂。

Urerfahrung（大致相当于：原始经验），为我们提供它的是马塞尔·格歇（见《世界的去魔法》）："实在性正如它出现在我们面前的那样——感性品质取之不尽的集合，不同客体和具体差异的无限网——包含着另一种实在：它的出现是为了精神，是在需要除可见性之外考虑现实的无差异统一性和连续性的时候。这种对实在进行划分、对可见性和非可见性进行双重处理的基本操作，其可能性，我们会在思想的最普通活动中不可避免地遇到。我们应当注意，这种操作是中性的，它本身不牵涉任何的解读。"总之，是人的一种原始经验范围，目的是满足需要，通过突显的方式来理解"实在的秩序"，把一个仅仅部分包括直接感知作用的整体进行分类。"对实在的划分"，尽管看上去是一个人为的分开行为，所制约的不仅仅是理解，而且也是生命的质量，因为在认识/非认识的固有二元性推力当中，同样打造了标准和实践：实在的/非实在的，心智的/感性的，内在论的/超验的，可感知的/不可感知的，唯感受论的/凭直觉了解的，存在/虚无，有限性/无限性，表象/真相，如此等等。而且不单单是信仰（特指宗教），通过作为对认识加倍拷问的浸入体验结构双重建立的合法性来发展自身的能量，而且还有艺术："对感知地记录各种信息的实在性来说，不存在中性关系。我们对万物宇宙的介入被想象穿透和连接。它于是以同质的方式容纳了属于一种美学经验，即一种差异经验的潜在性，它让我们感到不可抗拒的信服，向我们展示于一种陌生的光下，作为别的，作为向我们不认识的一种奥秘的敞开，介绍给我们"。在这样的表明下，我们还可以提到，"划分"在过程的纵轴上是可以有各种表现的，总之按照隶属序列：在体验方面，同于思维，可以察觉到，譬如，逻辑的、文本连接的、甚至是终结的选言判断类型。反应性本身也有差异性指数，经常是无法预见的或带有多种悖论色彩的，就像我们遇到的奥拉·克里斯蒂"长篇小说"中抒情主人公的情形一样。

　　主人公被确诊为一种不治之症，于是对自己打开了一套临床病历，其间又被扩展为一些反应的"航海日志"，这些反应时而模糊，时而鲜明，在寻找一种失去的乐谱线过程中不协调地增加，在开始的时候，甚至都不能通过一张不可穿透的屏幕上几乎难以察觉的裂痕，隐约看到确定性的影子。这也是一种传输的时机：疾病的封闭前景，其整个系列的痛苦，都不再涉及生理；路之尽头的迫近如同创伤，降临到一个被遗弃的内心世界的深层："你为什么诅咒我，/上帝？！"（《七个世纪以前》）。物质的解体转换成为意识的解体，无法识别的身份的解体："我已经变成了一种珍稀的飞鸟。/一个后果自负的思想家，大概如此"（《假如我们放下面具……》）。抒情诗的主人公此时切入了一条生存的轨道，在它的运动中各种事件失去了本身的自然时间和地点，主人公被强迫去看自己的"星"变成"我的黑色太阳"，"我的碳化太阳"（《在八月流星群之夜》），留给主人公的只是"最后通牒式问题的回答"，实际上就是一些相似解体的书面同义语。愈加执着的一点是，这些诗篇的文本采取了独白的形式，因为包括在想象中被回忆的人物的各种引证都属于意识的挣扎。"长篇小说"中这个部分的许多地方，自我幻视被载入到一种连续当中，诗篇的标题成为依照出版逻辑展开的常规惯例，因为所暗示的是一个story，接近叙事体的寻觅探求的故事，沉淀滗析的故事，同样也是一种意识的焦虑不安的故事，这种意识就是要在神秘中去寻找命运让生命之路终结时的自身意义。同时，通过辞格（因为抒情性有时仅仅是被麻醉的）散发出的各种对称和非对称，被转向表面上未加工的、然而像袒护语（它对我有所图谋。所以不走！）一样准确的表达。在同样的语域中探讨的还有虚假的解决办法，那些强行让遗忘躲入酒精带来的欣快，要么就放弃到一种以过度方式隐藏着自杀冲动的治疗当中。主人公的选择非常奇特，而且在同样程度上是与自己的身心构成串通同谋的："一种形而上的／躁动紧紧地联系着我的／生命。是的。一种形而上的躁动／是我那美好、真实、可怜的／生命……"（《我知道自己将选择什么》）。总之，解决方案可能在对问题的回答背后，它们掩盖着含混的愤慨，片言只语的真相在那里形成了一种趋势，要在不可能变成可能的节点上相互结合：接受"试验性的治疗"，因为"我的心这样对我说"（《你面前是一个疯子，安静地待着》），但由于隐约地看到了她的一种义务……形而上的（"假如上帝无所不在，那么，／也存在于我"——《也应该学着爱病毒》）。

这里还牵涉一个有关变异的故事：在从不可能上升到可能，而选择产生着希望的坩埚里（"我是一个被拯救的人，/ 我听到了自己低声心语。我是一个 / 被拯救的人……"——《我的宝贝，马尔梅拉多夫》），各种过程为意志和力量所控制，两者都是生存上应急的。用另一种短句的分断法，我们接近的理解是，内心的意志释放着思维的力量，作为形式，作为超越任何具体性的核心力的组成部分，尽管这也恰恰属于存在。被确立的信仰仅仅是这种力量的外壳，神圣通过这种力量统治着创造，在其所用的方式中，原始性，例如古村落，依然带有这种传承中的牢固联系的标志（《我们的农民，圣人们……》）。从这里，确定性开始消除困惑，消除意识的沮丧、在绝望中生活的沮丧，不过恰恰又从现在通过回忆来重建了身体痛苦的危险之路："我艰难行走在不同世界之间。/ …… / 我感到 / 在我身上的坏东西有某种东西折断。仿佛像一群 // ……我都不知道该怎样说……一群蠢笨的水牛，/ 飞快地跑过我的身体，在它们的头脑里 / 根本没有想过停下……也没有离开…… / 它们用犄角、用蹄子把我冲踏撕扯，它们掏挖着 / 我的肉体，把遇到的一切都尽可能搞得乱七八糟。/ 地狱在我身上找到了它的天堂"（《地狱在我身上找到了它的天堂》）。在连梦想都缺席的情况下（《我有一个严峻问题》），以一种已经体验了即将到来的空虚的意识，确信"空寂已经把我战胜……邪恶战胜了我"（《我要从这个躯体辞职》），总之接近生命的虚脱，恢复了界限，在它当中并非恐惧，而是那种顺从已经开始疲惫地接受自己被转送到一种忘却的"那边"："如果你是为此将我塑造，那么我要拒绝，带我 / 去你那里吧。我再也受不了，我真想伴随回荡的声音 / 一跃而下，让大地把我吞噬，让任何人 / 不再知道我，包括我自己……从这个躯体……"（《大地在我身上开裂》）。在这场"陆龙卷"（按诗人写的那样）中，生命被死亡穿透，只有诗篇成为一个宁静的小岛，组成它们的是父亲虚构的信札，排列为一类"喻世书"。有关顺序的词语既不是怜悯，也不是在各种考验面前关乎生命和尊严的功课，不是与自身和解的功课，不是按照"去爱和宽恕吧"的激励下隐藏的智慧顺序："你不过是一个另类的孩子。 / …… / 全部你都给予了。你原谅， / 如同天空原谅飞鸟。 / 你把弄到的所有好东西， / 都无偿地分发了出去： / 让亡灵和活着的人都能吃到。 / 你更多地像一个幽灵， / 一个高贵的影子。唯有 / 灵魂你没有将它送出"（《如同天空原谅飞鸟》）。

我们可以认为《心灵的守护神》也是一个有关命运的"故事"，而命运这种松弛的概念，又总是处于一个缺乏安全的交叉路口？古希腊人已经对它进行过表达，将它归到摩尔纹现象当中，只有这些干涉条纹在确定，人在出生与死亡之间的存在，是通过何物、何种方式和何时得以突出的。诸神本身也是带着恐惧对其观望的，因为它体现着绝对的宿命，在它面前人只是一件普通的东西：如果简化至极，我们可以理解，从对命运的对抗中诞生了悲剧，这是人对于命运获取的一场虚幻胜利，之所以虚幻是因为——在绝对的条件下——反抗也是摩尔纹的创造。再者，在共同的思维中，命运过去和现在都被粘在"那些应该发生的将会发生"的套话里，在这种展开的褶皱中隐藏着无法预见性的各种真理，实际上是宿命的另一种状态：何物，为何，如何和何时应当发生某种情况？在基督教病因学中，通过自由公断人的创造，向人类赋予了控制自我的力量，在一种生存"程序"内部，对意义的偏离不会没有后果。对于构成你的那些东西的责任，就将这样被内在化。上帝因此为自己保留了"权利"，能够通过修正和"考验"介入，最终将"审判"显现出来。生命的断言意味着理解或不理解神圣原则的权利和意志。如果是这样的话（我们看不到为什么不是如此），那么《心灵的守护神》也是一个有关"考验"的故事。

仅仅在表面上显得古怪的是，当死亡经验（实际是一种迟到的死亡）发生的时候，它就变成了生命的一课："如同在盛夏时节——没有任何的征兆—— / 突然间，就出现了严酷的冬天…… 于是 / 我说：需要成吨的时间和经验，需要 / 其他无法表达的东西。而所有的……为了让你蓦然 / 明白，那只看不见的手——专横地存在 / 于全部事物，存在于几乎所有人的集合—— 她把你握在 / 它的木铲里，时时刻刻，都处于所有现实当中的 // 最可怕的现实：你死了，不过你看，你又没有死。/ 大家都明白，还需要某种不可缺少的重视， / 来让你能够感受到，其实，你是被抱着， / 经过那地狱的分分秒秒。只是那个 / 每时每刻把你晃动的人，那个经常被呼唤、/被热爱、被再次呼唤的人，虽然他几乎为我们所有人/熟悉，但他却更喜欢一种奇特的隐姓埋名状态"（《照亮》）。总之，穿经这样的段落，或含有生物性，或心理性，除了其可直接量子化的那些结果外，在意识的区域出现了无法定义的潜在性——被马塞尔·格歇提到的——通过它诗歌可以来触碰神圣。然而并非作为叠放，通过混同直至模糊（除了精神亏空也没有别的可能），而是通过交流。另外，神圣在一种意识的数据中，正如我们指出的那样，不会将未知、不存在、不可能转入一种荒谬，没有意义，因此也无用（连科学也无法如此行动，来对未知进行操作），而是进入世俗，让世俗将其容纳，作为最终姿态的力量、本原、意义的光环。延伸的意识（这不单单是New Age的词组，它已有历史）作为跨度得到显示，远非一种作为奇幻侵袭或异常结果的突变型现实，尽管它并不拒绝想象性的活动。治愈后的头几个阶段，能够在触及神圣的诗歌里被分辨出来，它们特别肯定的事实是，在直接的表达中，各种结果没有离开创造性个人的不可避免的特点，它们排列在一个调色板上，可以包括一切，从恐惧和屈从的极端到生机论和确定性的惬意。在《心声》中，通向正常的轨道被重建在第二个符号下面："你就让自己落在魔力的翅膀上吧，/它在这无法挽回的夏天里如火一般。/花草的芬芳和蜜蜂向天空施出了魔法，/神奇的玫瑰让你沉醉在爱之中。/你让自己接受柳树的爱、接受栎树和/楸梓的爱吧。你就让自己接受/落日方向那棵椴树的娇宠

吧，几乎／整个夏天你都忘记了为它浇水。而它／依然在满是叶
子和痛苦的树冠阴影中／把你接纳，把你原谅"（《你就让自己随
着魔力吧》）。抒情诗的主人公与神圣的关系，当主人公对存在
的体验成为安全感标记的时候，这种关系就排斥了被认为更多是
邻接需要而非巧合范围的偶然性（《你险些死于伟大的正午》
和《他穿着大礼服》），就恢复重新记忆的通道，重新面向幻想
并对一个被给予的命运加封火漆印，在这个命运里，显然，冲
突性关乎一种自然性，尽管有各种表象，但对它的层叠并不负
责："并且为我的／性格底牌，为我的整个天性，／请求原谅。塑
造这种个性的是／泥土和天空，大地和神经，／肌肉和灵魂，还
有骨头……不随和的性格……／三弯九折的性格……中了魔邪的
性格……／漫不经心，迷失于不同的世界，贪玩好动，／像个孩
子，如此调皮……"（《分分漫长如百年》）。这个巨大姿态伴随
着返回自身的行为，激励它的是与同样的波尔菲里进行的一场想
象的对话（《我想我简直要疯了》），其条件是，重新获得内心
的自由意味着一次几乎无穷尽的重建："有时，／我似乎又是埃利
泽……我似乎是小办事员……／证人，法官，清亮的建筑师，／
自己生命的催化剂……分解到／其他的和其他的生命，一条女像
柱链，／一条生命链，一个从父亲的谱系树／长出的枝丫扇面，
一条链……"（《生命线，清晰可见的掌纹》）。

　　但是，如果在"小说"中有一条从叙事启示的线团中拉出
的线，那么主人公还是一贯坚持其抒情的"唯名论"，就面临一

个理解的最后的、也是基本的门槛：经常滑倒的关系的门槛，总是脆弱的呼应的门槛，它们将已知与未知排列在一起，按照可能的方式，不通过理性，而是通过体验。这些方面显得截然不同，没有如此这般，而主人公的短句表达可以是带有冲击意味的："接着，最终，/ 当一切圆满，结束，得到救赎的时候，/ 当我们杀死了历史的上帝，/ 没有任何希望的时候，/ 我重新找到了天空里的上帝 / 他活着，活着，活着，每时每刻，/ 我都从他那里学习如何安放 / 信仰，让信仰靠近信仰，/ 让我徐缓地上升，愈加徐缓地上升，上升，/ 上升到我的自身，无穷无尽地伫立 / 在耶稣和狄俄尼索斯之间，在我看来 / 他们几乎是孪生兄弟，用洁白、洁白、洁白的 / 相同大理石块雕刻而成，我为其歌唱 / 一直歌唱……"（《我听着，我跟着，循环反复，听的是节奏》）。实际上，象征符号不能覆盖从神话脱胎而来的各种生存状况，起作用的还是那些通过宗教主显的重大原则统一不同世界的真理力量：真实是神圣的形式淤滞，前者被提供给各种感觉和理性，作为一级理解和通向第二种、零级理解的桥梁，是神圣的体验。换句话说，耶稣是大爱，而狄俄尼索斯是生命，两者都是一种综合能量的本原和下降到世俗人间的功能，是"一模一样"建立的灵魂先在性的映像。接下来的，我们还可以把《心灵的守护神》作为不同世界相遇时发生的"故事"来读，通过它提供了意义的、生存使命的绘画，不是隐迹纸本，而是详图。其余就是词语了……

"神圣的生命之魂"

——克里斯蒂《心灵的守护神》译后记

2016年6月初，罗马尼亚刚刚入夏，也是一年中最好的时节，无论漫步城市还是行走在乡间，到处都可以听闻鸟语花香，感受蓝天白云下生命的绽放。我参加了康斯坦察"奥维德"大学的一个学术交流活动之后，在布加勒斯特停留转机，友人建议我去看一下当时正在举办的第11届春季图书博览会（Bookfest）。于是我乘兴前往，选购了一些自己喜欢的新书，还邂逅了罗马尼亚作家联合会副主席、著名小说家尼古拉·布雷班先生，认识了和他一起主编《当代人》杂志的女诗人奥拉·克里斯蒂。记得当时她的目光闪烁着机敏，热情地谈到了刚刚在雅西举行的一个国际诗歌节，谈到了她喜爱的几位中国诗人。

是年深秋，我随山东教育出版社代表团去布加勒斯特参加高迪亚姆斯国际教育图书展，再次与奥拉·克里斯蒂相遇。这一次，看到她主持的欧洲思想出版社隆重推出了吉狄马加先生的罗文版诗集《天堂的颜色》，见证了她与山东教育出版社启动的合作。她对中罗两国文化交流的真诚与合作，给我和其他同行的朋友们留下了深刻印象。奥拉·克里斯蒂多年来旺盛的文学创作，加之北京罗马尼亚文化中心主任、作家和翻译家鲁博安先生的力荐，都让我意识到这位诗人在当今罗马尼亚文坛的影响力，进而关注她的作品。2017年当山东教育出版社引进她的这部作品时，我没有犹豫就接手了中文版翻译。经过一年多时断时续的工作，做成了目前读者可以看到的这个译本。

克里斯蒂的《心灵的守护神》是一部带有自传体色彩的作品。它分为三部共计217首相互关联的诗作，全书以叙事和抒情的笔触，淋漓尽致地展现了一位知识女性的心灵成长世界，抒写了诗人在东南欧地区多元文化氛围中对生命与灵魂、物质与精神的深刻而细腻的感悟，从自我意识、自我对话到自我升华的生动而复杂的心理过程，揭示了生命作为自然界之灵魂所具有的神圣性和每个个体的独特性。人与自然之间的相互依存和谐共生，显然是一个关乎人类命运颇具时代意义的哲学命题。

这种心灵的探究和描写，并非完全属于个人的生命体验，它无法脱离作者所生活的时代和社会环境，这正是罗马尼亚民族在特定历史条件下的命运。诗人没有仅仅沉溺于风花雪月的小我情感，而是还有所选择地把目光投向了个人所经历的民族历史和社会转轨时期的若干侧面，进而反映作者对一些政治、文化、民族命运和社会变迁的思考。诗人在创作中表现的"放逐中的家国"这一主题，有着丰富而特殊的内涵。

阅读和翻译这部作品，对其中的几个突出特点印象深刻。一是抒情性。诗人以浓重的笔墨抒写了对大自然的爱，对生活的爱，在她的笔下，世间万物都富有生命，它们是我们这个世界的重要组成，与人类密切相关，灵性相通。诗人对自然和生命的赞美讴歌发自内心的深处，激情洋溢，质朴真切，时而似涓涓细流九曲蜿蜒，时而如江河奔腾激荡，当然其中也有面对现实的焦虑和与梦境的交替。二是互文性。作为曾长期生活在摩尔多瓦共和国的作家，克里斯蒂从小受到俄罗斯文学的影响，同时谙熟世界文化尤其是欧洲的哲学、历史、文学和艺术。因此，书中不同的文明、文化和文学景象的相互交织，特别是穿插了大量陀斯妥耶夫斯基等文学大师作品中的人物和背景，借以表达诗人在特定语境中的情感和思想状态，以此形成了不同文本之间的特殊关系、互动理解和扩散性影响，因而也赋予了这部作品一定的后现代特征。三是多义性。诗人写作的罗马尼亚语，其拉丁渊源和近代以来从诸多国际性语言吸收的词语，使其具有极为丰富的语义蕴含。就这部作品而言，所使用的大量词语都具有多重含义。由于罗、汉两种语言差异巨大，在译入的时候对一部分多义性词语只能择其主要意思，或多或少造成了转换过程中语义的丢失，这也是翻译的遗憾之处。四是隐秘性。这部作品具有浓厚的宗教文化色彩，所涉及的灵魂及其起源问题可以追溯到两希文明时代的哲学和宗教，近代以来的许多西方哲学巨擘对此也有大量论述，其思想来源极为复杂，阐释的视角多元，字里行间有大量神话元素和隐喻，对于不同文化背景的读者来说理解有相当难度。尽管如此，诗人所表达的对于良善、幸福、心灵平静、关爱世界的追求则是具有普世意义的；在不同时代、不同个体的反映也有许多相同相似之处，而其中的思辨和感悟又因人而异，程度不一。诗人在表达上往往有一种不可言喻的朦胧、神秘和幽玄之感，从不同的文化视界、不同的人生阅历去品读，会有截然不同的感受。这部作品在语言上也有其个性，许多诗句和词语都突破了正常的断句逻辑，以一种新的、理据或非理据的排列组合呈现在读者面前，让人初读起来有错乱之感，但无形中增加了阅读的内聚力。对这种情况，译文基本保留了原文的形式，力求更好地体现诗人的语言风格。

奥拉·克里斯蒂诗体长篇小说《心灵的守护神》可谓一部天地人神之间的独特对话，诗人以深邃的目光、丰富的思想、细腻的情感和富有张力的语言，为我们展示了一个纯洁赤诚的灵魂。在价值多元、冲突频仍、充满焦虑的当代世界，它犹如夏日的清风、黑夜的光芒、冬天的炉火，可以抚慰许多人的心灵。其中蕴含的哲学意义，无疑赋予了这部作品以思想的厚度，从这一点看，无论在罗马尼亚当代文学还是世界文学范围，都称得上是不可多得的佳作。

这部作品在罗马尼亚出版前后，受到了多方面的关注和赞誉。资深文学评论家米尔恰·布拉伽（Mircea Braga）为其作序，著名美术家米尔恰·杜米特雷斯库（Mircea Dumitrescu）专门制作了版画插图。2017年罗马尼亚文化院将该书列入年度国际翻译出版推荐作品目录，同时支持中文版和意大利文版的翻译出版。在此，特别感谢中国作家协会副主席、书记处书记、著名诗人吉狄马加先生一直关心中文版的翻译，并亲自作序，鼓励推介，引导阅读和批评。

作为这部书的读者和中文版译者，尽管自己长期学习并用罗马尼亚语工作，但在阅读和翻译过程中，仍深深感到正确解读一个作家和一部作品之艰辛不易，特别是本书涉及不同语言、历史和文化，融会了大量西方宗教典故和哲学背景，所幸在互联

网发达的今天，可以通过便捷的检索来解决一部分问题。作者奥拉·克里斯蒂也一次次地为我答疑解惑，经常是即时收到了她从万里之外的回复，帮助我尽可能准确地把握一些背景和难点，以传达作品的本意，这种愉快的合作令我深为荣幸和感激。尽管如此，限于我个人的知识水平和时间精力，仍会有这样那样的误读误译，诚望广大读者批评指正。

感谢山东教育出版社副总编辑祝丽、责任编辑苏文静、整体设计邢丽等专业人士为本书的出版付出的大量辛劳。希望本书有助于我国读者了解当今罗马尼亚的文学创作，有助于中国和罗马尼亚两国民心的相通和友好。

丁　超

2019年10月记于北外